マッドアダム　上

マッドアダム 上

MADDADDAM

マーガレット・アトウッド

林 はる芽 訳

岩波書店

家族に
そしてラリー・ゲイナー（一九三九〜二〇一〇）に

目次

マッドアダム三部作　これまでの物語

下巻

装画・タケウマ
装丁・後藤葉子

マッドアダム三部作

これまでの物語

マッドアダム三部作では、『オリクスとクレイク』『洪水の年』に次いで、本書『マッドアダム』が第三作目となる。

1 オリクスとクレイク

物語は海辺の木の上で暮らすスノーマンから始まる。パンデミックにより人類がほぼ絶滅した後、スノーマンは自分が生き残った最後の本物の人間だと信じている。近くには〈クレイクの子どもたち〉、クレイカーが住む。並外れた知能を持つクレイクが遺伝子操作で作り出した温和な人造人間だ。スノーマンはかつてクレイクの親友だったが、謎に包まれた美女オリクスをめぐる恋敵でもあった。

クレイカーは性的な嫉妬や欲深さを知らず、服も虫除けも動物性タンパク質も不要だ。それらは皆、人類を悲惨な目に遭わせ、地球環境も悪化させた要因である――クレイクはそう考えていた。発情期になると、クレイカーの生殖器は青くなる。クレイクは彼らが表象的な思考や音楽を持たないようにするつもりだった。しかし、クレイカーは独自に奇妙な歌唱法を身につけ、ある種の宗教を作り出し、クレイクを自分たちの創造主、オリクスを動物界の女王、スノーマンをやる気のない預言者とみなすようになる。そしてスノーマンが、クレイカーを彼らが作られた高度先端技術施設パラダイス・ドームから、海沿いにある現在の住み家まで連れてきたのだった。

疫病の発生前、スノーマンはジミーという名前だった。当時、彼の世界は二つに分かれていた。一つは構内。コーポレーションが超一流の技術者や行政官を囲い込み、警備部門のコープセコーを使って社会全体を支配する要塞のような区域だ。もう一つは、構内と壁を隔てた外の世界、ヘーミン地。そこには、構内住民以外の人々が商売やペテンに明け暮れるスラム、郊外、ショッピングモールがあった。

ジミーは幼少期をオーガン・インク・ファーム構内で過ごした。父親は、ピグーン――特殊な遺伝子を埋め込まれたブタで、ヒトに移植するための腎臓や脳組織を持つ――の作製に関わっていたが、その後医療系コーポレーション、ヘルスワイザーに異動になる。ヘルスワイザー高校で、思春期のジミーは当時グレンと名乗っていたクレイクと出会う。彼らはインターネットポルノや複雑なオンラインゲームで遊ぶうちに、強い友情で結ばれる。遊んでいたゲームの一つが、正体不明の団体マッドアダムが運営するエクスティンクタソンだった――〝アダムは生ける動物に名前をつけた。マッドアダムは死んだ動物に名前をつける〟というメッセージでプレイ開始。二人はゲームの〈グランドマスター〉だけがアクセスできるチャットルームを通じて、マッドアダムとの交信を始める。

クレイクは潤沢な資金のあるワトソン・クリック研究所に進学する。文系のジミーはうらぶれたマーサ・グレアム・リベラルアーツ・アカデミーに進むのが精一杯で、以後の二人は疎遠になる。奇妙なことに、クレイクの母親と義父は二人とも、身体が溶ける不可解な病気で死ぬ。その後、マッドアダムを名乗るバイオテロ組織が遺伝子操作で作られた動物や微生物を使って、コープセコーや社会インフラへの攻撃を始める。

数年後に二人が再び出会った時、クレイクはパラダイス・ドームの責任者として、遺伝子接合でクレイカーを作ろうとしていた。さらに、ブリスプラス錠も開発中だった。性的な恍惚をもたらすこの薬には、避妊やアンチエイジングの効能もある。ジミーが驚いたのは、パラダイスの科学者たちの名がどれもエクスティンクタソンで見知ったユーザーネームと同じだったこと。彼らはマッドアダムの元バイオテロリストだった。実は、チャットルーム経由でクレイクに正体を知られ、パラダイスのプロジェクトに協力する見返りに免責を約束されていたのだ。ところで、ブリスプラスには秘密の成分が含まれていて、薬が広まるとともに、世界各地で感染症が猛威をふるい、人類をほぼ絶滅させてしまう。混乱の中でオリクスとクレイクも斃れ、ジミー一人がクレイカーとともに残される。

亡きオリクスとの思い出やクレイクの裏切りが頭から離れず、自分も生き残れない、と絶望するジミーことスノーマン。衰弱し、罪悪感にさいなまれながらも、武器や食料が備蓄されているパラダイス・ドームに向かう。道中、獰猛なウルボッグや巨大なピグーンなど、ヒトの脳組織を持つせいで悪賢くなった遺伝子改変動物にも追われる。

物語の最後、スノーマンは自分以外に疫病を生き延びた人間を三人見つける。クレイカーを捨てて合流すべきか？　それとも、人間の破壊的な性向を考えると、殺したほうがよいのか？　スノーマンが思案するところで『オリクスとクレイク』は終わる。

2　洪水の年

『洪水の年』では、『オリクスとクレイク』と同じ時期のできごとが語られるが、舞台は構内の外、ヘーミン地に移る。物語はアダム一号が設立した環境保護の宗教団体、神の庭師たちの動きを追う。アダムやイヴと呼ばれる教団幹部が説くのは、聖書と自然の融合、生きものすべてへの愛、科学技術の危険性、コーポレーションの邪悪さ、暴力の忌避。ヘーミン地の荒廃したビルの屋上では、野菜栽培や養蜂を指導する。

物語が始まるのは教団暦二十五年。庭師たちが〈水なし洪水〉と呼ぶ疫病が発生した年だ。トビーは旧式ライフルを持ってアヌーユー・スパに立て籠もり、ほかの生存者――とりわけ秘かに思いを寄せる、元庭師で世知にたけたゼブ――が現れるのを待ちわびている。彼女は庭師の教義に背くことと知りつつ、菜園を荒らすピグーンを一匹射殺する。ある日、遠くに裸の集団が歩いているのが見える。先頭はボロをまとったひげ面の男。スノーマンやクレイカーを知らないトビーは、幻覚を見ているのだと思う。

一方、若いレンは彼女の仕事場、ウロコとシッポというストリップクラブの隔離室に閉じ込められている。疫病発生の直前、クラブはペインボーラー――コープセコー管理下にある人間性を失った元囚人たち。ペインボール・アリーナでの壮絶な戦いで対戦相手を次々と殺してきた――のグループに襲撃された。このままだとレンは飢え死にする。幼なじみのアマンダが助けに来てくれることだけが頼みだ。

かなり以前のこと、トビーはシークレットバーガーというあやしげな店でボスのペインボーラー、ブランコから虐待されていたところを神の庭師たちに救い出された。その後教団に残った彼女は、キノコ、養蜂、薬の調合が専門のイヴとなる。指導役の老女ピラーは、多くの庭師同様、コーポレーションから逃げてきたバイオサイエンスの専門家だ。ピラーは構内に残る情報提供者たちと秘かに連絡を取っている。当時まだ少年だったクレイクもその一人だ。

レンは神の庭師たちの学校でトビーの生徒だった。気が強くてカリスマのあるヘーミン地ドブネズミのアマンダは同級生だ。レンの母親ルサーンはヘルスワイザー構内からゼブと駆け落ちしてきたが、ゼブのそっけなさに腹を立て、ヘルスワイザーに戻ってしまう。レンが十三歳の時だ。十代のジミーはレンを口説いた後、彼女を捨てる。その後、レンはウロコとシッポ・クラブで踊って生計をたてる道を選ぶ。限られたなかで、それが最もましな選択だった。

戦術面での対立から、ゼブと彼を支持する神の庭師たちはアダム一号率いる平和主義的な庭師グループと決別する。ゼブの一派はマッドアダムのチャットルームを連絡手段に使いながら、激しいバイオテロ活動を開始、コーポレーションに戦いを仕掛ける。一方、教団に残った庭師たちはコープセコーから身を隠し、〈水なし洪水〉に対応する準備を続けた。

教団暦二十五年の現在。アマンダはウロコ・クラブにたどり着き、なんとかレンを助け出す。二人が再会を祝っていると、教団の友人三人――シャクルトン、クロージャー、オーツ――が、ブランコと二人のペインボーラーに追われてクラブに逃げ込んでくる。若者五人は一緒に逃げるが、レンとアマンダはつかまりレイプされる。アマンダは連れ去られ、オーツは殺される。

やっとの思いでアヌーユー・スパに着いたレンは、トビーの看病のおかげで回復する。二人はアマンダ奪還の旅に出る。野生化したピグーンをかわし、凶悪なブランコを倒す。さらに旅を続けるうち、疫病を生き延びた人たちが小公園の土壁ハウスで暮らしているのを発見する。ゼブがいる。彼が率いるマッドアダムのメンバー――マッドアダマイト――も一緒だ。少数だが、かつて教団にいた庭師たちも。皆、アダム一号の生存を信じ、探し続けている。

トビーとレンはペインボーラーからアマンダを取り返すため、危険な旅をさらに続ける。海辺では、身体の一部が青い、奇妙なクレイカーの一団が野宿しているところに出くわす。人間の男二人と女一人を見かけた、という彼らの言葉に、アマンダとペインボーラーのことだと確信するトビーとレン。三人をようやく見つけるが、スノーマン――熱にうなされ、幻覚症状も出ている――が、その三人に向けてパラダイス製スプレーガンの引き金を引こうとしている。

『洪水の年』の終盤、捕まったペインボーラーは木に縛り付けられている。レンは悲惨な目に遭ったアマンダと高熱に苦しむスノーマンを介抱する。神の庭師たちの祝祭、聖ジュリアンの赦しの日を祝って、トビーはスープをみんなに配る。そこへ、局部が青くなった〈クレイクの子どもたち〉が不思議な声で歌いながら海辺から近づいてくる。

〈卵〉

〈卵〉の物語、オリクスとクレイクの物語と、二人が人や動物をどう作ったかの物語。カオスの物語。スノーマン・ザ・ジミーの物語。いやなにおいがする骨の物語と、悪人二人が出てきた物語

はじめ、皆さんは〈卵〉の中に住んでいました。クレイクはそこで皆さんを作りました。

はい、善良で親切なクレイクです。歌うのをやめてくださいな。じゃないと、話を続けられませんよ。

〈卵〉は大きくて、丸くて白くて、シャボン玉を半分にしたような形でした。中は木が茂っていて、草が生え、果物もたくさんありました。皆さんが好きな食べ物は全部あったの。

はい、〈卵〉の中では雨が降りました。

いいえ、雷はありませんでした。

なぜって、クレイクが〈卵〉の中の雷を望まなかったから。

〈卵〉の外はカオスで、皆さんとは違う人たちがたくさん、たくさんいました。何が違うかというと、皮膚がもう一つあったんです。〝服〟といいます。ほら、私にもあります。

その人たちの多くは悪人で、残酷な方法でお互いを傷つけて、動物も痛めつけていました。たとえば……でも、今この話をするのはやめておきましょう。

オリクスはとても悲しみました。動物はみんな彼女の〈子どもたち〉だったから。クレイクも悲しみました。オリクスが悲しんでいたから。

ええと、〈卵〉の外はどこもかしこもカオスでした。でも〈卵〉の中はカオスではなかった。平和でした。

オリクスは皆さんのところに毎日やって来て、いろいろなことを教えてくれました。何を食べたらよいか、どうやって火をおこすか。彼女の〈子どもたち〉、動物についても教えてくれましたね。怪我や痛みのある人には喉を鳴らすことも。そして、クレイクは皆さんを見守っていました。

はい、善良で親切なクレイクですね。歌うのをやめてください。クレイクの名前が出るたびに歌わなくてもいいのよ。もちろんクレイクは歌が好きでしょう。だけど、彼もこの話を聞きたいはずです。

ある日、クレイクはカオスと悪い人たちを消してしまいました。オリクスに喜んでもらって、皆さんが安全に暮らせる場所を作るためです。

はい、そのせいでしばらく、そこらじゅうにいやなにおいがしていましたね。

それから、クレイクは空にある自分の家に行きました。オリクスも一緒に。

なぜ行ってしまったのかは、わからない。何か理由があったはずです。そして、スノーマン・ザ・ジミーが皆さんの面倒を見るために残されて、海辺まで連れてきてくれました。〈魚の日〉には皆さんが魚をつかまえて、スノーマン・ザ・ジミーが食べたんですね。

皆さんが魚を食べないことは知っています。でも、スノーマン・ザ・ジミーは違う。魚を食べないと、すごく具合が悪くなってしまうの。

そういう身体なんです。

ある日、スノーマン・ザ・ジミーはクレイクに会いにいきました。戻ったら、足に怪我をしていました。皆さんは喉を鳴らしましたが、よくなりませんでした。

それから悪い男が二人来ました。カオスの生き残りです。

クレイクがなぜその二人を消さなかったのか、わからない。二人は茂みに隠れていて、クレイクに見えなかったのかもしれない。ともかく男たちはアマンダを連れていって、痛くて残酷なことをしました。

でも、今はこの話をしなくてもよいでしょう。

スノーマン・ザ・ジミーは二人を止めようとしました。それから私とレンが出ていって、その悪い二人をつかまえて、ロープで木に縛りました。その後、全員で焚き火を囲んで、スープを飲みました。スノーマン・ザ・ジミーも、レンも、アマンダも。二人の悪人も。

そうです、スープには骨が入っていました。いやなにおいのする骨です。

皆さんがいやなにおいのする骨を食べないのは知っています。でも、〈オリクスの子どもたち〉の多くは、そういう骨が好きで食べるんです。たとえばボブキティンとか。ラカンク、ピグーン、ライオバムも。みんな、いやなにおいのする骨を食べます。クマも食べますよ。

クマについては後でお話ししますね。

いやなにおいのする骨については、今はもういいでしょう。

はい、スープを飲んでいる時に、皆さんがたいまつを持ってやって来ました。スノーマン・ザ・ジミーを助けたかったのね。足を傷めていましたから。そして、青い女の人たちがいることがわかって、交尾しようと思った。

悪人のことも、なぜロープで縛られているのかも、皆さんは知りませんでした。彼らが森に逃げてしまったのは、皆さんのせいではありません。泣かないでください。

ええ、クレイクはあの悪人たちにひどく怒っているはずです。彼らの上に雷を落とすでしょう。

はい、善良で親切なクレイクです。

歌うのをやめてくださいな。

ロープ

ロープ

その夜のできごと――人間の悪意を再び世に解き放った、あのできごと――について、トビーは二つの物語を考えた。一つは〈クレイクの子どもたち〉に話すための物語で、結末はハッピーエンド。できるかぎりハッピーな物語にした。自分用のもう一つの物語は、それほど明るくなかった。内容は自分の愚かさ、油断、それから敏捷さについて。そう、すべてがあっという間だった。

もちろん、あの時は疲れていた。アドレナリンも底をついていた。なんと言っても二日間、ストレスを抱えたまま、ろくな食事もせずに頑張っていたのだから。

その前の日、レンを連れてマッドアダムの土壁ハウス――人類をほぼ一掃した疫病を生き延びた人たちが避難していた場所――を出発した。探していたレンの親友、アマンダをようやく見つけたのは、二人のペインボーラーに暴行され続けた彼女がほとんど死にかけていた時だ。連中の手口はよくわかっていた。トビーも、神の庭師たちに加わる前にそういう男に殺されかけたことがあったから。ペインボールで何度も生き残ると、脳が爬虫類ぐらいに退化して、相手がボロボロになるまでセックスをする。いつもそうだ。その後、犠牲者を喰う。腎臓が奴らの好物だ。

ペインボーラーが自分たちの食べているラカンクについて言い争ったり、クレイカーを襲うかどうか、アマンダをどうするかを話したりしている間、トビーとレンは低木の陰に身を潜めていた。レンはひど

ててて緊張していたが、彼女自身も銃を持って緊張して

ててて

く怯えていた。気絶するんじゃないかとトビーは気が気でなかったが、彼女自身も銃を持って緊張していたので、レンを気遣う余裕はあまりなかった。どちらの男から撃てばよいか。髭面のほうか、髪の短いほうか。先に撃たなかった男にはスプレーガンに手を伸ばす余裕があるだろうか。アマンダにサポートしてもらうのは無理だ。そもそも、走って逃げることもできないだろう。首にはロープが巻かれ、その端が髭の男の足に結ばれている。下手に動けば、アマンダは死んでしまう。

そこへ、不審な男が茂みからよろよろと出てきた。日に焼けて、かさぶただらけ。裸でスプレーガンを抱え、男たちどころかアマンダまで撃ちそうな様子だ。レンが叫び声を上げて飛び出し、一瞬、スプレーガンの男の気が逸れた。その隙にトビーは前に出てライフルを構え、アマンダはどうにかロープを振りほどく。ペインボーラーは股間を蹴られ、石で殴られ、完璧に押さえ込まれ、最後は自分たちが使っていたロープと、トビーが以前着ていたアヌーユー・スパのピンクのビーチガウンを裂いた紐で縛り上げられてしまった。

その後、レンはショック状態のアマンダと裸のかさぶた男を懸命に介抱する。男をジミーと呼び、優しく声をかけながら、ビーチガウンの残りで男の身体をくるんでいた。昔のボーイフレンドらしい。

騒ぎが一段落すると、トビーも緊張をほぐしたくなった。波の音——ざざーざざーという穏やかなリズム——に合わせて庭師式呼吸法で息を整えるうちに、気持ちが落ち着いてくる。それから、スープを作る。

そして、月が昇った。

月の出を合図に、神の庭師たちの聖ジュリアンと〈すべての霊魂〉の祝祭が始まる。生きとし生けるものへの神の愛と慈悲を祝う日だ。〝宇宙は神の御手のなかにある——その昔、ノリッジの聖ジュリアン

は幻視をもとに、そう教えてくださいました。赦しを与え、慈しみの実践に励みましょう。調和を壊してはなりません。すべての霊魂とは、文字通りすべての霊魂のこと。過去の行いは問いません。少なくとも月の出から月の入りまでの間は〃

教団のアダムやイヴから教えを受けた者は、その教えからなかなか抜けられない。この特別な祝祭の夜にペインボーラーを殺す――しかも、すでにロープで木に縛り付けられた二人を冷酷に始末することなど、トビーにはとてもできなかっただろう。

ロープで男たちを縛ったのはアマンダとレンだ。二人は庭師たちの学校で、リサイクルの材料を使ってよく工作していたので、ロープの結び方にも詳しかった。男たちはマクラメレースのように念入りに縛り上げられていた。

聖ジュリアンの祝祭の夜、トビーは銃――自分の旧式ライフルと、ペインボーラーとジミーのスプレーガン――を脇によけておいた。そして世話好きなおばさん役に徹して、みんなが栄養たっぷりの食事をとれるよう、スープを取り分けた。

気高く心優しい行いに、自分でもうっとりしていたにちがいない。なにしろ全員を焚き火にあたらせ、スープをともに飲むよう世話を焼いていたのだ――心に深い傷を負い、虚脱状態で無表情のアマンダ。高熱に浮かされ、炎の中にいる死んだ女性に語りかけるジミー。ペインボーラーの二人まで団らんの中にいた。奴らが悔い改めて、子ウサギを可愛がるようになる？　そんなことを信じていたのだろうか？　骨のスープを配りながら、説教し始めなかったのが不思議なくらいだ。〃スープを召し上がれ。あなたも。そしてあなたも！　憎しみや邪悪な心は捨てましょう！　光の輪の中にいらっしゃい！〃

しかし、憎しみや邪悪な心は簡単には捨てられない。そうした気持ちに酔ってハイになることだってある。一度覚えると、さらなる快感を求めて痙攣し始める。

スープを飲んでいると、海辺の林から声が近づいてきた。海の近くに住む〈クレイクの子どもたち〉――またの名をクレイカーという、遺伝子接合によって作られた、人間に似た不思議な生きもの――だった。ヤニマツを束ねたたいまつを掲げ、澄んだ声で歌いながら木々の間を列になってやって来た。

トビーは、彼らを昼間に見たことがあった。月明かりとたいまつの光で輝く彼らはその時よりさらに美しかった。肌の色はさまざま――茶、黄、黒、白――で、背の高さもまちまち。しかし全員、すばらしいプロポーションだ。女たちは穏やかに微笑み、男たちは求愛モード全開で、花束を捧げ持つ。その裸体は十四歳の男子が読むコミック雑誌に出てくる理想のボディそのもの。筋肉一つ一つが浮き上がり、波打ち、てかてか光っている。ペニスは鮮やかな青色で不自然なほど大きく、人なつこいイヌのシッポのようにぶらぶら揺れていた。

その後に起こったことは、よく覚えていない。順序もわからない。早い動き、もつれ合う身体、飛び交う叫び声――ヘーミン地の乱闘のようだった。

「青はどこ?」「青のにおいがする!」「ほら、スノーマンがいる!」「痩せちゃってる!」「すごく具合が悪いんだ!」

レン「ああ、やだ! クレイカーよ。もし、あいつらが……。ねえ見て、あいつらの……最悪!」

クレイカーの女たち。ジミーを見つけて「スノーマンを助けましょう」「喉を鳴らしてあげなくては!」

クレイカーの男たち。アマンダのにおいを嗅いで「青だ!」「青のにおいがする!」「交尾したいんだ！」「花をあげよう！」「喜んでくれるよ！」

アマンダ。怖がって「あっちへ行って！　いやよ……。レン、助けて！」花束を持った大柄で美しい裸の男四人がアマンダに迫る。「トビー！　こいつらを追い払って！　撃っちゃって！」

クレイカーの女たち「彼女、病気なんだわ」「まず、この人のために喉を鳴らさなくては」「具合がよくなるように」「魚をあげたらどうでしょう？」

クレイカーの男たち「彼女は青い！」「青いよ！」「うれしいな！」「彼女のために歌おう！」「もう一人も青いよ」

「その魚はスノーマンのだ」「取っておかなくてはならない」

レン「アマンダ、花は受け取ったほうがいいみたい。でないと怒り出すかも……」

トビー。細い声はかき消されそう。「お願い、聞いて。下がってください。みんな怖がってます……」

「これは何？」「骨ですか？」女たちがスープの鍋をのぞき込んで「この骨を食べますか？　すごくいやなにおいがします」

「私たちは骨は食べません」「スノーマンは骨を食べませんが、魚を食べます」「どうしていやなにおいの骨を食べますか？」

「骨のようなにおいがするのはスノーマンの足ですね」「ハゲワシが食べ残した骨のにおい」「ああ、スノーマン、あなたの足のために喉を鳴らさなくては」

ジミー。熱に浮かされて「誰？　オリクス？　いや、オリクスは死んじゃったよね。みんな死んだ。誰も彼も、みんな死んじゃった……」そして泣き始める。

「悲しまないで、スノーマン」「あなたを助けに来ました」

トビー「彼には触らないほうがいいわ……感染しているから……まず手当てを……」

ジミー「おい！　何なんだよ！」

「ああ、スノーマン。蹴らないで。足がもっと痛くなりますよ」女が何人か、喉を鳴らし始める。調理用ミキサーのような音だ。

レン。助けを求めて「トビー！　ねえ、トビー！　ちょっと！　アマンダを離しなさいよ！」

トビーが焚き火越しに見たのは、光る裸の男たちのもつれた手足や背中のなかに消えるアマンダ。割って入ろうとしたレンもすぐに呑み込まれた。

トビー「待って！　やめて……やめなさい」どうしたらよいのだろう？　大いなる文化の違いだ。せめてバケツ一杯の水があれば！

くぐもった悲鳴がする。トビーが助けに入ろうとしたその時。

ペインボーラーの一人「ほら、そこのおまえ！　こっちに来い！」

「この人たちはすごくいやなにおいがします」「汚れた血みたいなにおい」「血はどこですか？」

「これは何？」「ロープですね」「どうしてこの人たちはロープで縛られているの？」「前にスノーマンが〝ロープ〟を見せてくれたことがある。木の上に住んでいた時」「〝ロープ〟はスノーマンの家を作るために使います」「ねえ、スノーマン、どうしてロープがこの人たちに巻き付いているの？」

「ロープはこの人たちを苦しめています」「取ってあげなくてはなりません」

ペインボーラー「そうだ、そのとおりだ。俺たちはものすごく苦しいんだ（うめき声）」

トビー「そいつらに触らないで。でないと……」

もう一人のペインボーラー「早くしろよ、青タマ坊や。ぐずぐずしてると、あのくそばばあが……」

トビー「だめよ！　ほどかないで……そいつらは……」

手遅れだった。クレイカーがそんなにすばやく結び目をほどけるとは、誰も思わなかった。

行列

男二人は闇に消えた。残されたのは、もつれたロープと燃えさし。なんてばか、とトビーは思う。情けなんてかけるんじゃなかった。石で頭を叩き潰すことだって、ナイフで喉をかっ切ることだってできたのに。弾を使う必要もなかった。間抜けよ。やるべきことをやらないで、犯罪的だわ。

暗かった――焚き火は消えかけていた――が、なくなったものがないか、急いで調べる。幸いトビーのライフルは無事だった。だが、ペインボーラーのスプレーガンは見当たらない。とんま、と自分をなじる。聖ジュリアンも慈愛に満ちた世界も、もういやだ。

アマンダとレンは互いにしがみついて泣き、美しいクレイカーの女が何人か、心配そうに二人をさすっている。倒れたまま、燃えさしに話しかけるジミー。できるだけ早く、マッドアダムの土壁ハウスに戻らなくてはならない。暗闇の中で、まったく無防備だ。ペインボーラーが残りの武器を奪おうと引き返してくるかもしれない。そういう時、クレイカーが何の役にも立たないことははっきりした。「どうして私をぶったのですか?」「クレイクが怒りますよ!」「雷を落とすでしょう!」ペインボーラーを撃ったとしても、連中は立ちふさがって、とどめを刺すじゃまをするだろう。「ああ、あなたがバンと撃って、この男の人は倒れました。身体に穴が開いて、血が出ています!」「怪我をしたんです」「この人を助けてあげなくてはなりません!」

ペインボーラーがすぐに戻ってこなくても、森には危険な動物がたくさんいる。ボブキティン、ウルボッグ、ライオバム。野生化した巨大なブタはもっと恐ろしい。それに街や通りから人が消えた今、いつクマが北から移動してくるかもわからない。

「帰らなくてはなりません」とクレイカーたちに言う。何人かが振り向き、緑の瞳で見つめる。「スノーマンも一緒に」

クレイカーは一斉に話し出す。「スノーマンは私たちと一緒じゃなくてはだめ！　木の家に連れて帰らなくてはいけないの」「それが彼の望みです。木が好きなんだ」「スノーマンだけがクレイクと話せるんです」「そう、スノーマンだけがクレイクのことばを教えてくれる。〈卵〉についてとか」「カオスについても」「オリクスのことも。いろんな動物を作ったオリクスです」「クレイクがどうやってカオスをなくしたかについても」「善良で親切なクレイク」彼らは歌い出した。

「薬が必要なの」トビーは必死で訴える。「薬がないと、ジミー――ええと、スノーマンは死んでしまうかもしれない」彼らはぽかんとした顔で見つめる。死ぬことの意味もわかってないのかしら？

「〝ジミー〟って何ですか？」と怪訝な顔。

間違った名前を使ってしまった。「ジミーはスノーマンのもう一つの名前です」

「なぜ？」「どうしてもう一つの名前があるの？」「〝ジミー〟ってどういう意味ですか？」死よりも名前のほうにずっと興味があるらしかった。「スノーマンのピンクの皮膚のこと？」「あ、それなら、ぼくもジミーがほしい！」こう言ったのは小さな男の子だ。

どう説明すればいいのかしら？「ジミーというのは名前です。スノーマンには名前が二つあるの」

「スノーマン・ザ・ジミーという名前ですか？」

「はい」とトビー。そういうことにしよう。

「スノーマン・ザ・ジミー、スノーマン・ザ・ジミー」彼らは口々に繰り返す。

「どうして名前が二つあるのですか?」一人が訊ねるが、残りのクレイカーは、聞き慣れない新しい言葉に気を引かれている。「〝くすり〟って何ですか?」

「薬はスノーマン・ザ・ジミーの病気を治してくれるものです」と言ってみる。微笑みが浮かぶ。説明が気に入ったらしい。

「では、私たちも一緒に行きます」リーダーらしい一人――背が高く、黄褐色の肌でわし鼻の男――が告げる。「私たちがスノーマン・ザ・ジミーを運びます」

クレイカーの男二人はジミーを軽々と持ち上げた。薄く白目をむいている様子を見て、不安が増す。

「飛んでる」少し揺らされ、ジミーはつぶやく。

トビーはジミーのスプレーガンを見つけ、安全装置をかけてからレンに預けた。彼女は使い方を知らない――知らなくて当然だ――が、そのうち役に立つはずだ。

運び役を申し出た二人だけが土壁ハウスまで来るのかと思ったら、クレイカー全員がついてきた。子どもたちも一緒だ。誰もスノーマンのそばを離れたがらない。男たちは交代でスノーマンを抱え、ほかの者はたいまつを高く掲げて、時折奇妙に澄んだ声で歌う。

女四人がレンとアマンダに付き添い、二人の背中をさすったり腕や手をなでたりしている。「オリクスが手当てしてくれますよ」口々にアマンダに言う。「青いペニスのくそ野郎を二度とアマンダに近づけないで」レンは女たちに強く命じる。

「〝青いペニス〟って何ですか?」驚いた様子で女たちは尋ねる。「〝くそ野郎を近づけない〟ってどういう意味?」

「とにかく、近づけないで」とレン。「そうしないと、ひどいことになるから!」

「オリクスが手当てすれば、だいじょうぶですよ」と女たちは言うが、不安そうだ。「〝ひどいこと〟

って何ですか?」

「私は平気」アマンダは弱々しく言う。「あんたはどう?」

「アマンダ、あんたは全然平気じゃないよ! ともかく、マッドアダムのみんなのところに行こう」とレン。「ベッドも給水ポンプも全部揃ってるから。きれいに洗ってあげる。ジミーもね」

「ジミー? あれはジミーなの? とっくに死んだと思ってた。ほかのみんなと同じように」

「うん、私もそう思ってた。でも、死ななかった人は大勢いるのよ。まあ、大勢ってほどじゃないけど。ゼブは生きてるし、レベッカも。それに、あんたと私。トビーも。それから……」

「あいつらはどこ?」とアマンダが訊ねる。「ペインボーラーの二人。頭を叩き割るんだった。隙はあったのに」彼女は少し笑う。笑いで痛みを吹き飛ばそうとするのは、ヘーミン地ドブネズミ流だ。「まだ遠いの?」

「彼らに背負ってもらおうか」

「ううん、だいじょうぶ」


たいまつのまわりを蛾がパタパタ飛び、頭上では木の葉が夜風を受けてカサコソ葉ずれをたてていた。どのくらい歩いただろう? トビーは何時間にも感じたが、月明かりでは時間がよくわからなかった。ヘリテージ・パークを通って西に向かうと、波の音は次第に遠ざかっていく。道は見つけたが、方向に自信がない。だが、クレイカーたちは行く先がよくわかっているようだった。

トビーは木々を通して聞こえる音——足音、枝の折れる音、うなり声——に耳を澄まし、銃を構えて最後尾につく。時折闇にうごめく両生類や夜の鳥のしわがれた鳴き声、それに甲高いさえずりも聞こえる。背後の闇が気になる。長く伸びたトビーの影が、その深く暗い闇に飲み込まれそうだった。

ケシ

一行はようやく土壁ハウスの仲間たちのもとにたどり着いた。前庭には電球が一つ点っている。フェンスの後ろに、クロージャー、マナティー、タマラウの三人。スプレーガンを抱え、バイクショップで見つけた電池式ヘッドライトを付けての見張り番だ。

レンは走り出て、「私たちよ！」と呼びかけた。「だいじょうぶ！　アマンダを見つけたの！」

クロージャーはヘッドランプを揺らしながら急いで門を開ける。「すごいじゃないか！」

「やったわね！　みんなに知らせてくる」タマラウはそそくさと建物に向かう。

「クローズ！　うまくいったの」レンはスプレーガンを投げ出して、飛びついた。クロージャーはレンを抱き上げてくるくる回し、キスをしてから、下に降ろす。

「あれ、どこでスプレーガンを手に入れたんだ？」と訊ねるクロージャー。レンは泣き出す。

「殺されるかと思った！　そう、あの二人に……。だけど、トビーがすごかったのよ！　かっこよかった！　あの古い銃で。私たち、奴らを石で殴って、縛り上げたの。だけど、そのあと……」

「うわあ」クレイカーたちがおしゃべりしながらどんどん入ってくるのを見てマナティーが声を上げる。「パラダイス・ドームご一行様だ」

「へえ、じゃあ、あいつらが例の？」とクロージャー。「クレイクが作ったキモい裸の連中？　海辺で暮らしてるっていう？」

「キモいなんて言わないほうがいい」とたしなめるレン。「聞こえるよ」

「クレイクだけじゃないよ」とマナティー。「パラダイス・プロジェクトでは全員が連中の開発に関わってた。ぼくもそうさ。スウィフト・フォックスやアイボリー・ビルも……」

「なんで奴らがついて来たんだ？」クロージャーが訊ねる。「何をする気だ？」

「助けになりたいのよ」とトビー。疲れがどっと出てきた。自分の小部屋に行って爆睡すること、望みはそれだけだ。「ほかに誰か来た？」ゼブは、アダム一号や神の庭師たちの生き残りを探すため、トビーと同じタイミングで土壁ハウスを出発していた。ゼブが戻ったかどうか知りたいけれど、聞くのはためらわれた。庭師たちがよく言っていたように、思いが強いと泣き言も多くなる。トビーはずっと心の内を人に見せないようにしてきた。

「ブタが何匹か、また来ただけさ」こう答えるのはクロージャー。「庭のフェンスの下に穴を掘ろうとしてた。ライトを当てたら、逃げたけど。奴ら、スプレーガンのことがわかってるんだぜ」

「前に何匹か、ベーコンにしたからね」とマナティー。「接合種のブタだから、正確にはフランケン・ベーコンだけど。食べるのはやっぱり少し気味が悪かった。大脳新皮質組織はヒトと同じだから」

「クレイクが作ったあのフランケン人間たちには、ここに住んでほしくないわ」そう言うのは、タマラウと一緒に土壁ハウスから出てきたブロンドの女性。トビーはスウィフト・フォックスだと気がついた。アマンダを探しに出かける前、少しだけ土壁ハウスで過ごした時に会った。三十は越えているはずだが、十二の女の子が着るようなフリル付きのネグリジェを着ている。いったいどこで見つけたんだろう？　略奪された流行のキッズファッションの店？　百ドルショップ？

「へとへとでしょう」タマラウがトビーに話しかける。

「どうしてあの連中を連れてきたのか、理解できないわ」とスウィフト・フォックス。「あんなに大勢。あの人たちにあげる食料なんかないわよ」

「心配しなくてもいい」とマナティー。「連中が食べるのは葉っぱだからね。忘れちゃった？　クレイクはそう設計しただろ。農業をしなくてもいいように」

「ああ、そうだったわ」とスウィフト・フォックス。「あなたはそのパーツの担当だったわね。私は脳。前頭葉の感覚入力を変更したの。少しは面白い連中になるようにしたかったけれど、クレイクは攻撃的な要素を一切認めなかった。冗談すらだめだって。彼らはジャガイモに手足がついたようなものよ」

「でも、すごくいい人たち」とレン。「少なくとも女の人たちは」

「男たちは交尾したがったでしょう。そういうふうにできてるのよ。でも、私はあの連中と身体を使わず、ことばで〝お話〟するなんてまっぴら」スウィフト・フォックスが言う。「ベッドに戻るわ。おやすみ。皆さん、野菜人間たちと楽しんで」あくびをして大きく伸びをすると、ゆっくり歩み去る。

「なんであんなに機嫌が悪いんだ？」とマナティー。「一日中あんなふうだぜ」

「ホルモンのせいじゃないか」こう言うのはクロージャー。「あのネグリジェを見ろよ」

「小さすぎるよね」マナティーが応じる。

「やっぱりそう思うよな」とクロージャー。

「不機嫌な理由はほかにあるかも」レンが言う。「ほら、女の人には時々あるでしょ」

「そうか。ごめん」そう言って、クロージャーはレンの肩を抱く。

クレイカーの男四人が集団を離れ、青いペニスを揺らしながらスウィフト・フォックスの後ろをついて行く。どこかでまた花を摘んできたらしい。そして、歌い始める。

「だめ！」トビーは犬を叱るように、きつく言う。「ここにいて！　スノーマン・ザ・ジミーと一緒に」どうしたらわからせることができるのかしら。クレイカーじゃない若い女性に、いきなり乗ってはいけない、と。交尾ＯＫのにおいがしていてもだめだし、花を捧げたり、歌って求愛したり、ペニスをぶらぶらさせたりしても意味がない、ということを。だが、彼らはもう建物の角を曲がって見えなくなっていた。

ジミーを運んできた二人のクレイカーがようやく彼を降ろす。ジミーは力なく二人の膝にもたれかかる。「スノーマン・ザ・ジミーはどこに行けばよいですか？」彼らは訊ねる。「どこで喉を鳴らしましょうか？」

「彼には個室が必要です」とトビー。「まずベッドを見つけなくては。それから薬を持ってきます」

「私たちも行きます」彼らは申し出る。「喉を鳴らしましょう」ジミーの身体を再び持ち上げ、腕を組んだなかに座らせた。ほかのクレイカーも集まってきた。

「全員はだめよ」とトビー。「安静にしないといけないんですから」

「クローズの部屋が使えるよ」レンが提案する。「いいでしょう？　クローズ」

「誰なんだ？」ジミーの様子を窺いながらクロージャーは訊ねる。ジミーは頭をだらりとさせ、あごひげによだれを垂らし、ピンクのビーチガウンの上から不潔な手で発作的に身体をかきむしる。おまけにかなりの悪臭を放っていた。「どこでこれを拾ってきたんだ？　なんでピンクなんだよ？　まるでバレリーナじゃないか！　まったく！」

「ジミーなの」レンが答える。「覚えてるでしょう、話したじゃない？　昔のボーイフレンド」

「おまえにひどいことをしたって奴？　高校時代の？　子どもにいやらしいことをする変質者の？」

「そんな言い方しないで。私は子どもじゃなかったし。ひどい熱があるの」

「行くなよ、行くな」ジミーが言う。「木に戻ってこいよ！」

「肩を持つのか？　あんなにひどい捨てられ方をしたってのに？」

「そうだけど。でも、今はちょっとしたヒーローなのよ。アマンダの救出を助けてくれて。それで死にかけたんだから」

「アマンダ？」とクロージャー。「見てないぜ。どこにいるんだ？」

「こっちよ」レンは指さす。クレイカーの女たちがアマンダを取り囲み、彼女の身体をさすりながら、喉を静かに鳴らしているところだった。女たちは脇に寄ってレンを輪の中に入れた。

「これがアマンダ？」クロージャーが言う。「マジか！　まるで……」

「わかってる、言わないで」とレンは遮り、アマンダを抱きしめる。「明日はもっと元気になってるはず。明日がだめでも、来週にはきっと」アマンダは泣き出す。

「行っちゃった」ジミーが言葉を発した。「彼女、飛んでいっちゃったんだ。ピグーンの奴らめ」

「なんてこった」とクロージャー。「めちゃくちゃ変だぜ」

「何もかもが、めちゃくちゃ変なのよ」レンが言う。

「そうだな、ごめん。おれは見張りに行かないと。一緒に……」

「私はトビーを手伝ったほうがいいみたい」とレン。「今はね」

「おれは地べたに寝るしかないんだな。あのばか野郎にベッドを取られちまったから」クロージャーはマナティーに言う。

「そのくらい、がまんして」とレン。

勘弁してよ、こんな時に、とトビーは思う。若い二人のイチャイチャげんかなんて。

ジミーはクロージャーの小部屋に運ばれ、寝かされた。トビーはクレイカーの女二人とレンに、キッチンにあった懐中電灯で照らしてもらいながら、アマンダ捜索の前にしまった医療用具を取り出す。できる限りの処置をする。濡らしたスポンジでこびりついた泥を落とし、浅い切り傷にはハチミツを塗り、感染を防ぐためにキノコの万能薬を飲ませる。鎮痛と安眠のため、ケシとヤナギを与え、足の傷には、灰色の小さなウジ虫を置く。化膿した組織を食べてもらうためだ。傷のにおいからみて、ウジ虫を使うのにちょうどよいタイミングだった。

「これは何ですか?」訊ねたのはクレイカーの女二人の、長身のほう。「この小さな動物をスノーマン・ザ・ジミーの身体に置くのはなぜですか? 彼を食べますか?」

「くすぐったい」とジミー。目は半開きだ。ケシが効いているようだ。

「オリクスがくれたんです」トビーは答えた。いい答えだったらしい。彼女たちはにっこりする。

「〝ウジ虫〟っていうの」と続けた。「痛みを食べてくれます」

「痛みってどんな味がするの? ねえ、トビー」

「私たちも痛みを食べたほうがいいですか?」

「痛みを食べれば、スノーマン・ザ・ジミーを助けることになりますよね」

「痛みはすごくいやなにおいがします。でも、美味しいですか?」

比喩は避けたほうがよさそうだ。「痛みを美味しいと思うのはウジ虫だけなのよ」と答えた。「だから、皆さんは食べないほうがいいです」

「ねえ、よくなる?」レンが訊く。「壊疽《えそ》になってるの?」

「そうじゃないといいけど」とトビー。クレイカーの女二人はジミーに手を置いて喉を鳴らし始めた。

「落ちていく」ジミーがつぶやく。「蝶だ。彼女、行っちゃった」

レンは身をかがめ、ジミーの髪を額から払う。「眠って、ジミー」とささやく。「みんな、あなたのことが大好きよ」

土壁ハウス

朝

夢の中。トビーは自宅の小さなシングルベッドに寝ている。ライオンのぬいぐるみは枕の上。音楽を鳴らす毛むくじゃらのクマも一緒だ。机の上には古い貯金箱、宿題で使うタブレット、マーカーペンが数本。それから携帯電話も。ヒナギク模様のケース付きだ。キッチンから母親の呼ぶ声がする。父親が答える。目玉焼きを焼くにおい。

夢には動物たちがいる。まずブタ。足が六本ある。それからネコに似た動物。目はハエのような複眼だ。クマもいるが、ひづめがある。動物たちは襲ってこないが、じゃれてもこない。外は火事だ。においでわかる。恐怖が満ちている。〝死んだ、死んじゃった〟という声が鐘のように響く。動物たちは一匹ずつそばに来て、温かくザラザラした舌でトビーを舐める。

眠りから覚めかけて、薄れゆく夢を引き止めようとする。燃えさかる街。トビーへの警告を携えた伝令たち。彼らは言う、世界はすっかり変わってしまった。親しかった者はとうに死んでいる。愛していたものはすべて消えた。

アダム一号が言っていたとおりだ。〝ソドム滅亡の時がすぐそこまで来ています。今は後悔の時ではありません。塩の柱にならないように。振り返ってはいけません〟

目が覚めると、一匹のモ・ヘアヒツジが彼女の足を舐めていた。長く赤い毛は人毛だ。何本もの細い三つ編みにして、一本一本にちょうちょ結びのリボンをつけている。誰か少女趣味のマッドアダマイトの仕業にちがいない。囲いから逃げ出したのだろう。

「ほら、あっちへ行って」足でやんわりヒツジを押しのける。ヒツジは驚いて恨めしげに見つめ――ほんと、モ・ヘアヒツジっておバカなんだから――カタカタと部屋を出て行く。ここはドアでちゃんと仕切るべきだわ。

窓に吊るした布を透かして朝の光が差し込んでくる。布は蚊を防ぐためだが、まるで役に立っていない。網戸くらいあってもいいのに！　だけど、まずは窓枠を入れないと。もともと、土壁ハウスは人が住むためのものではない。小さな公園に作られた、展示会やパーティのための建物で、住み始めたのは、ここが安全だから。がれきの山と化した都市――ひとけのない道、度重なる漏電火災、ポンプが壊れて水があふれ続ける地下放水路――からは遠く離れている。近くに崩れ落ちそうな建物はなく、平屋の土壁ハウスが倒壊する可能性もほとんどない。

湿ったシーツを身体からはぎ取り、大きく伸びをして、体のこりやこわばりを確かめる。疲れが取れず、起きるのが辛い。昨夜の焚き火を囲んでの大騒ぎのせいだ。くたくたで、がっかりして、自分に対して猛烈に怒っていた。ゼブが戻ったらなんと言えばいいの？　もちろん、無事に戻ってきたらの話だけど。彼は修羅場に強いけれど、何が起きるかわからないのだから。

ゼブの捜索の旅が実り多いものとなりますように。少なくとも私よりはいい結果が出るといいけど。神の庭師たちの一部が生き延びている可能性はある。だって、人類の大半を死に追いやったこの世界的な疫病をやり過ごす方法を誰よりもよく知っているのは、彼らなのだから。トビーが神の庭師たちと過ごした何年もの間――はじめは客人として、それから見習いとして、最後には幹部のイヴとして――庭師たちは着々と大惨事に備えていた。秘密の避難所をあちこちに作っては、食料を貯蔵していた。ハチミツ、乾燥させた大豆やキノコ、ローズヒップ、ニワトコのシロップ煮、その他さまざまな保存食品。来たるべき清らかな新世界に蒔くための種子も。きっと貯蔵庫《アララト》のある避難所の一つで災難が過ぎ去るのをじっと待ったはずだ。いわゆる〈水なし洪水〉をそこで無事に乗り切りたいと考えただろう。ノアの方舟の後、水という手段はもう使わないと神は約束なさった。しかし、世界の邪悪さに対して何らかの行動を起こされるはず――庭師たちならそう考える。だが、街が廃墟となった今、ゼブはどこで彼らを探せばよいのだろう？　どこから始める？

〝最も強く望むことを思い描きなさい〟庭師たちはよく言っていた。〝すると、それは目の前に現れます〟だが、いつもうまくいくわけではない。少なくとも期待するようには。最も強く願うのは、ゼブが無事に帰ってくること。だが、帰ってくると、自分が彼にとって無色の存在だとまた思い知らされる。恋愛対象ではなく、性的に惹かれることも、ウキウキすることもない。あくまで信頼できる同志で兵士。有能で頼りになるトビー。それだけの存在。

そのうえ、失敗を彼に告白しなくてはならない。〝ほんとに間抜けだった。聖ジュリアンの日だから、殺せなかったの。そして、まんまと逃げられた。スプレーガンも持っていかれたのよ〟泣いたり、騒いだりはしないつもり。言い訳もしない。でも、口には出さずとも、私にがっかりするにちがいない。

そんなに自分を責めないで。アダム一号は物わかりのいいお人好しな調子でよく言った。誰でも間違いをおかします。そうですね。でも、致命的な間違いもあります。心の中でそう答える。ゼブがペインボーラーに殺されたりしたら、私のせいだ。〝ばか、ばか、ばか〟土壁ハウスの壁に頭を叩きつけたい気分。

ペインボーラーの二人が怖じ気づいて遠くへ逃げたのならいいけど。でも、ずっと遠くにいるかしら？　食料は必要なはず。無人の家や店をあさり、カビが生えていないもの、ネズミが食べなかったもの、略奪を免れたものの中から、かろうじて食べられるものを探すだろう。食べるためなら、動物――ラカンク、緑ウサギ、ライオバム――だって撃つかもしれない。だけどスプレーガンの電池パックを使い切ったら、追加がほしくなるはずだ。

奴らはマッドアダムの土壁ハウスに電池の備蓄があることを知っている。じきに、いちばん弱い部分を攻撃しようとするだろう。クレイカーの子どもを捕えて取り引き材料にするとか。前にアマンダを人質にしたように。要求するのはスプレーガンと電池パック、それに若い女も一人か二人――レンやローティス・ブルー、あるいはホワイト・セッジやスウィフト・フォックス。ぼろぼろになったアマンダは用なしだ。発情期のクレイカーの女たちに目をつけるかもしれない。下腹部が鮮やかな青色の女なんて新鮮なはずだ。話し相手にはならないが、ペインボーラーにはどうでもよいこと。トビーのライフルも要求するにちがいない。

クレイカーはものを分け合えばよいと思うかもしれない。**彼らはその棒のようなものをほしがっているの？　それであの人たちは喜ぶのですか？**　なら、**どうしてあげないの？　ねえ、トビー？**　人殺しに凶器を渡してはいけない、とどう説明する？　人を疑うことを知らないクレイカーに殺人が理解できるはずがない。レイプされることも想像できないだろう――**レイプってなに？**　喉をかき切られることも――**トビー、どうして？**　腹部を切り裂かれて腎臓を食べられるなんてことも――でも、**オリクスがそんなこと絶対に許しませんよ！**

クレイカーがロープをほどかなかったら、と考えてみる。どうしていただろう？　ペインボーラーを土壁ハウスに連れて帰り、檻に閉じ込めておいただろうか？　ゼブが戻ったら、トビーのやるべきことを代わりにやってもらうために。

彼ならば、形ばかりの審議をして、二人を絞首刑にしただろう。あるいは、手続きを省いて、いきなりショベルで撲殺したかもしれない。なんでわざわざロープを汚す必要がある？　そう言って。ともかく、焚き火の場ですぐに連中を始末したのと同じ結末になったはずだ。

憂鬱な総括はもうやめよう。朝なんだし。私がやるべきだったことを、ゼブがリーダーシップを発揮して実行する――そんなことばかり空想するのはおしまいにしなきゃ。立ち上がって外に出て、みんなのところに行こう。修理不能のものを修理し、直せないものを直す。必要ならばいつでも撃つ。この砦を守るために。

朝食

トビーは足をベッドの外に投げ出して床に降ろし、立ち上がる。身体中が筋肉痛で、肌は紙やすりのようにざらざらしているが、起きてしまえば気分はさほど悪くない。

戸棚のベッドシーツの山から一枚――薄紫にブルーの水玉模様――選ぶ。昔のホテルで客室に予備のタオルが用意されていたように、どの小部屋にもシーツが何枚かある。アヌーユー・スパで着ていたピンクのロング丈ビーチガウンはぼろぼろで、ジミーのウイルスか何かが付いた危険もある。焼却処分しなくてはならないだろう。時間に余裕ができたら、シーツを縫い合わせ、袖とフードをつけよう。それまでは薄紫のシーツを古代ローマ人風に身体に巻き付けるしかない。

シーツはたくさんある。マッドアダマイトの面々が住人の消えた建物からかなりの枚数を集めてきたので、しばらくは不足しないはずだ。力仕事の時に使えるズボンやTシャツもたくさんある。だが、シーツのほうが涼しいし、どんなサイズにも合うから、マッドアダマイトには好まれている。ベッドシーツを使い切ったら、別のものを考えなくてはならないが、それは数年後のことだ。数十年後かもしれない。みんなが長生きできたとしての話だ。

ほしいのは鏡。鏡がないと、自分がどれだけやつれているかわからない。調達希望品リストに入れておこう。それから歯ブラシも。

ウジ虫、ハチミツ、キノコ万能薬、ヤナギ、ケシなど、医療品の入ったナップサックを片方の肩にかける。ジミーがまだ生きていたら、彼の手当てから始めよう。まずは朝食をとってから。胃袋がからっぽのまま、一日に立ち向かうことなどできない。まして化膿が進んだジミーの脚を見るなんて。ライフルを手に、朝のまぶしい光の中に出ていく。

まだ早い時間だが、太陽は目もくらむほどの明るさだ。日除けのため、シーツの端を頭の上に持ち上げて、土壁ハウスの敷地内の様子をチェックする。赤毛のモ・ヘアヒツジは囲いの外にいる。クズを食みながら、菜園のフェンスの隙間から野菜を見つめている。ほかのヒツジたち――銀、青、緑、ピンクのほか、ブルネットやブロンドなど、さまざまな毛色が揃っている――は囲いの中から赤毛の仲間を見つけてメエメエ鳴き声を上げる。この動物が世間にはじめて披露された時、宣伝コピーは〝今日はヘア、明日はモ・ヘア〟だった。

今のトビーの頭髪はモ・ヘアを移植したものだ。以前は、これほど真っ黒ではなかった。モ・ヘアヒツジがやって来て足を舐めたのも、おそらくそのせいだ。塩分がほしかったのではなく、かすかな羊毛脂のにおいのせいで仲間だと思ったのだろう。

雄ヒツジが飛びかかってこなきゃいいけど、と思う。ヒツジっぽさが出ないよう、気をつけなくちゃ。レベッカはもう起きて、調理小屋で朝食の支度をしている頃だ。彼女の備品室に花の香りのシャンプーがあるかもしれない。

庭園の近くで、レンとローティス・ブルーが日陰に座って話し込んでいる。アマンダも一緒だが、目は遠くを見つめている。神の庭師たちならば〈休閑〉状態だと言うだろう。この見立ては鬱《うつ》病やＰＴＳＤから、薬物による恒常的なハイ状態まで、さまざまな状態に使われた。彼らの理論では、〈休閑〉状態の時は、力を蓄え、瞑想で心に栄養を与え、宇宙に向けて見えない細い根のような脳波を送るのだという。そんなふうにしてアマンダも回復しますように。祈るような思いだ。エデンクリフ屋上庭園にあった庭師たちの学校で、トビーのクラスにいたアマンダは本当に生き生きしていた。いつのことだったろう？十年前？　十五年前？　過去が美しくのどかな思い出に変わる速さには驚くばかりだ。

アイボリー・ビル、マナティー、タマラウの三人は境界フェンスの補強作業をしている。昼間に見ると、頼りなくて何でも通してしまいそうだ。そこで、もともとの装飾的な鉄柵に、さまざまな材質の補強材を加えることにしたらしい。針金と粘着テープを編んで作った柵材、ポール各種。一列に並べて地面に突き立てた何本もの長い棒。尖った先端は外に向けてある。マナティーはさらに棒を増やしているところ。アイボリー・ビルとタマラウはフェンスの反対側でショベルを使って作業中。穴を埋めているようだ。

「おはよう」トビーが挨拶する。

「これを見て」とマナティー。「何かがトンネルを掘ろうとしたんだ、夕べ。見張り役は何も見ていない。正面のほうで例のブタを追い払っていたからね」

「足跡は？」トビーが訊ねる。

「やっぱりブタの仕業だと思うわ」タマラウが言う。「頭がいいの——一匹が見張りの注意を引きつけておいて、別のブタがその隙にこっそりと穴を掘ってたのよ。結局は中に入れなかったんだけど」

境界フェンスの外側では、クレイカーの男たちが半円形に等間隔で並び、揃って外に向かって放尿している。縞柄のシーツをまとったクロージャーに似ている人間の男——あら、クロージャー本人だわ——が集団放尿の仲間に入っている。

次はどうなるの？　クロージャーは彼らに同化しちゃうのかしら？　服を脱ぎ捨て、アカペラで歌い、発情期には青くなる巨大なペニスを生やすようになる？　裸とアカペラという二つの要素が三つ目の巨大ペニスのための必要条件なら、クロージャーはすぐに同意するにちがいない。じきにマッドアダマイトの男たちは皆、あのペニスを欲しがるようになるだろう。そして、手に入れようとする動きがひとたび始まれば、競争や戦争が始まるまでさほど時間はかからないはずだ。みんな、棍棒やら角材やら石を手に取って、それから……

しっかりしなさい、トビー。自分に言い聞かせる。取り越し苦労はしなくていいの。とにかく、絶対にコーヒーが必要だわ。コーヒーなら何でもいい。タンポポの根でも、ハッピーカッパ・コーヒーでも。キノコの代用コーヒーでもOK、それしかないのなら。

お酒があれば、飲みたいくらいだわ。

調理小屋の横に、細長い食卓が用意されている。その上には天蓋のように張られた日除けスクリーン。どこか空き家の裏庭から持ってきたものだ。今やどの家も中庭は手入れされずに放置されたままだ。プールはひび割れて空っぽ、さもなければ水草が繁茂して水道管を詰まらせている。キッチンの割れた窓からつる植物の先端が少しずつ入り込む。家に入れば、ネズミが絨毯を噛みちぎって部屋の隅に巣を作り、生まれたばかりの子ネズミがもぞもぞ動き、鳴き声を上げている。シロアリは梁《はり》に穴を開け、階段の吹き抜けではコウモリが蛾を狙って飛びまわる、そんなありさまだ。

「木は一度根を下ろすと」と、アダム一号は神の庭師たちの幹部の集まりでよく言ったものだ。「そう、ひとたび根付いてしまうと、人の作った構造物はもう抗うことができません。樹木の根は一年くらいで舗装道路にひびを入れます。排水溝を塞ぎ、ポンプ装置が機能しなくなると、建物の土台部分が腐食して崩れてしまう。すると、地球上のいかなる力をもってしても、水の勢いをコントロールするのは不可能です。そんな時に発電所でショートや火災が発生したら。まして、それが原子力発電所だったりしたら……」

「そうなりゃ、朝のトーストともおさらばだってことだ」延々と続く話に、ゼブが言葉を継いだことがある。謎の配達業務からひょっこり戻ったところだった。ずいぶん殴られた様子で、人工皮革の黒いジャケットにはかぎ裂きもできていた。都市流血制限《アーバン・ブラッドシェッド・リミテーション》は、彼が教団の子どもたちに教えていた科目の一つだったが、自分で常に実践していたわけではない。「ああ、そのとおり。わかってるさ。俺たちはもう終わってる。そりゃそうと、ニワトコのパイは残ってないか？　腹ぺこなんだ」ゼブはいつもアダム一号に礼儀正しく敬愛の念を示すわけではなかった。

人間の支配が終わった後の世界はどうなるか。この問いが人々の娯楽に悪趣味なテーマを提供していたことがある。大昔のごく短期間ではあったが、インターネットのＴＶ番組まであった。映し出されるのは、タイムズスクエアでシカが草を食むＣＧ、人類のおかした間違いすべてを解説し、その当然の報いだと説く真面目な専門家たち、等々。

だが、人々の我慢にも限界があった。視聴者のリモコン操作で決まる番組ランキングによれば、差し迫った人類絶滅の話はいったん急上昇した後に急降下し、チャンネルは切り替えられた。懐かしいものを見たければ、ホットドッグ早食い競争ライブに。子ども番組が好きなら、おませな少女たちの友情ドラマ、噛み切られた耳が見たければ、〈混合武道真剣勝負〉チャンネルに。すべてに飽きてしまった人には、自殺のライブ中継〈ナイティナイト〉や児童ポルノの〈ホットトッツ〉、あるいは処刑のライブ中継〈ヘッズオフ〉。こうした番組のほうが真実よりもずっと心地よかったのだ。

「私が常に真実を求めてきたことは知っていますね」時折アダム一号はゼブに対して不満げに語りかけることがあったが、この時もそうだった。ほかの誰にもこんなふうに話すことはなかった。

「ああ、そうだな。知ってる」ゼブが答えた。「求めよ、さらば見いださん、そのうちに。そして、見つけたんだろ。疑っちゃいない。いや、悪かった。いろんなことに気を取られて、うっかり口から出ちまった」だが、その口調は〝これが俺だ。わかってるだろ。ガタガタ言わずに受け入れろ〟と迫っていた。

トビーは思う。ゼブがここにいてくれたら。さまざまな情景が脳裏に浮かんでは消える。高層ビルが焼け落ちて、セメントやガラスが滝のように落ちてくる中に消えるゼブ。足元の地面が割れ、ポンプや下水管が制御できなくなった地下の激流に叫び声とともに真っ逆さまに落ちていくゼブ。あるいはのんきに鼻歌を歌うゼブ。ただし、背後から腕や手や顔、さらに岩やナイフが現れ……だが、まだ早朝だ。そんな考えごとには早すぎる。それに何の役にも立たない。だから、それ以上考えないようにする。

テーブルの周りには不揃いな椅子が並ぶ。キッチン用の椅子、プラスチックや布張りの椅子に回転椅子もある。テーブルクロス——バラのつぼみと青い鳥のプリント——の上には皿やグラス。使用済みのものもあるし、カップやナイフ・フォーク類もある。二十世紀のシュールレアリスム絵画のようだ。すべてがしっかりしていて、輪郭は明瞭かつ直線的。ただし、どれもこの場所にあるべきではないものだ。でも、そうかしら、とトビーは思う。ここにあるべきではないと思うほうがおかしいんだわ。人間は死んだけれども、物質の世界では何も死ななかった。その昔、人が多すぎてモノが足りない、なんてこともあった。今は正反対。モノは自らを縛り付けていたつながり——〈私の〉〈あなたの〉〈彼の〉〈彼女の〉——を捨て、勝手にさまよい始めた。二十一世紀初めのドキュメンタリーで見た暴動直後のようだ。子どもたちは位置情報共有アプリで集まり、窓を壊して店を襲い、盗みを働いたという。そして何であれ自分で運べるものは、自分のものにすることができた。

今も同じだ、と思う。ここにある椅子、カップ、グラスは、私たちが自分のものだと言って持ってきたのだから。歴史が終わった今、ここでの私たちはぜいたく三昧だ。少なくとも家財道具に関しては。食器はどうやら骨董品らしい。少なくとも高価なもののようだ。だが、今ここですべて割ったとしても、何の問題も生じない。自分の気持ちがとがめるだけだ。

レベッカが大皿を持って調理小屋から姿を現す。

「あら、トビー!」と彼女は声を上げる。「おかえり! アマンダも見つけたってね! すごいよ、最高じゃないの!」

「でも、あまりいい状態じゃないの」トビーは言う。「ペインボーラーの二人に殺されかけたのよ。それに夕べだって……。ショック状態なんだと思う。そう、〈休閑〉状態」レベッカは昔からの教団の庭師だから〈休閑〉のことも知っている。

「強い娘だから」とレベッカ。「きっと回復するよ」

「たぶんね」とトビー。「変な病気をもらってないことを祈りましょう。内臓に傷がないことも。ペインボーラーが逃げたことは聞いたでしょう? スプレーガンも持っていっちゃって。私、本当にへまをしたのよ」

「いつもうまくいくとは限らないさ」レベッカが言う。「あんたが帰ってきてどれだけうれしいかわかる? 絶対、あの二人のブタ野郎に殺されたと思ってた。レンも一緒にね。本当に心配してたんだよ。だけど、あんたは戻ってきた。ひどいありさまだけどさ」

「ありがとう」トビーが答える。「素敵な食器ね」

「ほらほら、たくさん食べなさい。ブタを使った三品だよ、ベーコン、ハム、ポークチョップ」神の庭師たちが菜食の誓いを破るまで、さほど時間はかからなかったんだ、とトビーは思う。ジェラック団のレベッカでさえ豚肉に抵抗がないらしい。「ゴボウの根にタンポポの葉。イヌのあばら肉は付け合わせだよ。動物性タンパク質を食べ続けたら、今以上に太っちゃう」

「レベッカは太ってないわよ」トビーは言う。だが、二人が庭師たちに加わる前、シークレットバーガーで一緒に肉を扱っていた頃から、レベッカはたしかに体格がよかった。

「ありがとね」とレベッカ。「そうだね、私は太ってない。そのグラスは本物のクリスタルで、気に入っているんだ。昔はものすごく値の張るものだったんだよ。教団のことを覚えてる？　虚栄心は人をだめにするって、アダム一号がいつも言ってただろ。だから素焼きの陶器以外は絶対に使えなかった。でも、そのうち食器のことで悩んだりしなくなると思うよ。みんな、手で食べるようになるのさ」

「純粋に信仰に打ち込む生活においても、シンプルな優雅さは必要です」とトビー。「アダム一号はそうも言っていたわ」

「それがごみ箱選びのことだったりするんだ」レベッカが答える。「麻のひざ掛け用ナプキンが大量にあるんだけど、アイロンがないからしわを伸ばせない。本当にうんざりだよ！」彼女は腰を下ろし、フォークで肉を数切れ自分の皿に取り分ける。

「私もあなたが生きていて、本当によかった」とトビー。「コーヒーはある？」

「あるよ。小枝や根っこの燃えかすなんかが気にならなきゃいいけど。カフェインは入ってない。でも、コーヒーを飲んだ気分になれるからさ。ゆうべ、あの連中を連れて帰ってきたんだろ。あいつら――いったい何て呼んだらいいんだい？」

「彼らは人間なのよ」トビーはこう言って、人間だと思う、と自分にも言い聞かせる。「クレイカーっていうの。マッドアダムの人たちがそう呼んでるわ。彼らのこと知ってるみたい」

「でもさ、私たちとは似ても似つかないよ」レベッカが言う。「全然ちがうよ。クレイカーだって？　あのちびっ子をごらん。砂場をメチャクチャにして、ひどいったらないよ」

「ジミーのそばにいたいんだって」とトビーは言う。「彼らがジミーをここまで運んできたのよ」

「うん、その話は聞いてる。タマラウが教えてくれた。でもさ、戻ったほうがいいよ――どこか知らないけど、もともと住んでいた場所にさ」

「喉を鳴らす必要があるって言うのよ。ジミーのために」

「え？　何だって？　彼に何をするって？」レベッカは短く鼻で笑う。「あのヘンテコな性器で何かするってこと？」

「説明するのはむずかしいわ」トビーはため息をつく。「実際に見ないとわからないのよ」

ハンモック

朝食後、トビーはジミーの様子を見に行く。粘着テープとロープを組み合わせた急ごしらえのハンモックに寝かされ、二本の木の間に吊るされている。脚を覆うのは子ども用の上掛け。絵柄は童謡の『ヘイ・ディドル・ディドル』――バイオリンを弾くネコ、笑う子犬、ニコニコ顔のスプーン、そのスプーンと手をつなぐ顔のついた皿。首に鈴をつけた牛が月の上を飛び、月は牛の乳房をいやらしい目つきで眺める。幻覚を見ている時にぴったりだ、と思う。

クレイカー三人――女二人に男一人――がジミーのハンモックの傍らの椅子に座っている。もとはダイニングセットだったのかもしれない。素材はダークウッド、背もたれはレトロな竪琴の透かし彫りで、座面は黄色と茶色の縞柄のサテン地。クレイカーの三人はこの椅子とまったくのミスマッチだが、秘密の冒険でもしているつもりなのか、すっかりご満悦だ。彼らの身体は金色の糸で織った合成繊維のように輝き、ピンクの巨大なクズ蛾が生きた光輪のように頭のまわりを漂う。

超自然的な美しさだ、とトビーは思う。私たちとは違う。彼らには、私たちが人間以下に見えるだろう。たるんだ肌、老けた顔、歪んだ骨格。痩せすぎ、あるいは太りすぎ。毛深すぎたり、節くれが目だったり。完璧さには犠牲がともなうものだが、その犠牲を払っているのは完璧ではないことを受け入れる私たちのほうだ。

クレイカーはそれぞれ片方の手をジミーの上に置き、喉を鳴らしている。近づくにつれて、その声は大きくなる。

「あら、トビー。こんにちは」背の高いほうの女が挨拶する。どうして名前を知っているの？　ゆうべ、思ったよりも注意深く話を聞いていたんだわ。でも、どう返事をすればいい？　名前はなんというの？　名前を聞いても失礼にはならない？

「こんにちは」と答える。「スノーマン・ザ・ジミーの様子はどう？」

「はい、トビー。元気になってきています」背の低いほうの女がそう言うと、ほかの二人が微笑む。

実際、ジミーはいくらか持ち直したようだ。血色がよくなり、熱も下がり、よく眠っている。彼らのおかげで、髪やあごひげはこざっぱりと整えられている。頭にはくたびれた赤い野球帽、手首には画面が消えてしまった丸い腕時計。レンズが片方しかないサングラスがかろうじて鼻の上に乗っかっている。

「こういうものはないほうが、楽なんじゃないかしら」トビーは帽子とサングラスを指さす。

「なくては困ります」男が言う。「スノーマン・ザ・ジミーのものですよ」

「彼には必要です」背の低いほうの女も言う。「絶対に必要だってクレイクも言っています。ほら、これでクレイクの声が聞けるんです」と時計をつけた彼の腕を持ち上げる。

「それから、これでクレイクを見ます」と男はサングラスを示す。「彼だけに見えるんです」じゃあ、帽子は何のためかと聞きたくなるが、やめておく。

「なぜ彼を外に出したの？」と訊ねる。

「彼はあの暗い場所がいやでした」男が答える。「あの中」と、建物のほうをあごで示す。

「外にいたほうがスノーマン・ザ・ジミーは旅をしやすいの」こう言うのは背の高いほうの女。

「旅をしているの？」と訊くトビー。「眠っている間に？」彼らはジミーが見ている夢を想像して、説明できるということ？

「はい」男が答える。「彼はここに向かって旅をしています」

「走っています。速い時もあるし、ゆっくりの時もある。疲れると歩くこともある。時々、たくさんのピッグワンが彼を追いかけます。彼らは何もわからないから。逃げるために木に登ることもありますよ」背の低いほうの女が説明する。

「ここに着いたら、目が覚めます」男が続ける。

「旅を始めた時は、どこにいたの？」トビーは慎重に訊ねる。話を信じていないことがわからないように。

「〈卵〉にいました」背の高いほうの女が答える。「私たちが最初にいた場所。クレイクと一緒に。オリクスも。二人は空から来たのよ、〈卵〉で彼と会うために。それから、もっと物語を伝えるために。それで、彼はその物語を私たちに聞かせてくれるの」

「物語が生まれた場所です」男が言う。「でも、今の〈卵〉は暗すぎる。クレイクとオリクスにはいいけれど、スノーマン・ザ・ジミーはあそこにはもういられません」三人はトビーにやさしく微笑みかける。話をすべて理解してもらったと思っているようだ。

「スノーマン・ザ・ジミーの傷めた足を見てもよいでしょうか？」トビーはていねいにお願いする。彼らは反対しない。ただし、ジミーに触れている手はそのままで、喉を鳴らすのもやめない。トビーは前の晩にジミーの足に巻き付けた布の下のウジ虫の様子を見る。ウジ虫はどれも忙しく壊死した組織を食べて取り除いている。腫れは引き、出血もずいぶん少なくなった。ウジ虫はどれも蛹になりかけている。明日、腐りかけた肉をどこかで手に入れる必要がある。それを日向に置き、ハエを集めて、ウジ虫を新しく作らなくてはならない。

「スノーマン・ザ・ジミーは近くまで来ています」背の低いほうの女が言う。「まもなくクレイクの物語をしてくれるでしょう。木の上に住んでいた時、いつも話してくれたように。でも、今日はあなたが物語を聞かせてくれなくてはなりません」

「私が？」トビーは驚く。「でも、私はクレイクの物語を知らないのよ！」

「話せるようになります」男が言う。「だいじょうぶ。だってスノーマン・ザ・ジミーはクレイクを助ける人、ヘルパーで、あなたはスノーマン・ザ・ジミーのヘルパー。だから、だいじょうぶです」

「この赤いのをかぶらなくちゃだめですよ」そう告げるのは背の低いほうの女。「〝帽子〟といいます」

「そう、〝帽子〟」と背の高いほうの女が言う。「夜、蛾が出てきます。そうしたらスノーマン・ザ・ジミーの帽子を頭に載せて、腕につけたこの丸くて光るものを聞くんです」

「ええ」もう一方の女が相づちを打つ。「そうすると、クレイクのことばがあなたの口から出てきます。スノーマン・ザ・ジミーならそうします」

「ほら」男が帽子の〝レッドソックス〟という文字を指さす。「クレイクがこれを作りました。だから助けてくれますよ。物語に動物が出てくるなら、オリクスも助けてくれるでしょう」

「暗くなったら魚を持ってきますね。スノーマン・ザ・ジミーはいつも魚を食べるんです。クレイクが魚を食べなさいと言うからです。食べたら、帽子をかぶって、このクレイクを聞くものを使って、クレイクの物語を話します」

「そう。〈卵〉の中でクレイクがどんなふうに私たちを作ったか、どんなふうに悪い人たちのいるカオスをなくしてしまったか。どうやって私たちはスノーマン・ザ・ジミーと一緒に〈卵〉を出て、食べる葉っぱがたくさんあるここまで来たのか。そういう物語」

「まず魚を食べて、それからクレイクの物語を聞かせてください。スノーマン・ザ・ジミーがいつもしていたように」背の低いほうの女が言う。三人は神秘的な緑の瞳でトビーを見つめ、励ますように微笑む。彼女ならやれると信じ切っているようだ。

どうすればいいの？　トビーは自問する。いやだとは言えない。がっかりして、海辺に戻ってしまうかもしれない。あそこじゃペインボーラーにつかまってしまう。そして簡単に餌食になる、特に子どもたちは。そんなこと許せるわけがないじゃない？

「わかりました」と答える。「夜にまた来ます。ジミーの帽子、いえスノーマン・ザ・ジミーの帽子をかぶって、クレイクの物語を話しましょう」

「ええと、あの光るものを聞いてくださいね」男が言う。「それから、魚を食べて」どうやら、儀式になっているらしい。

「はい、全部やります」とトビー。

ああ、なんてこと。魚には火が通っているといいけど。

物語

朝食の皿を片付けていた時、尖ったあごの不気味な顔が木陰から覗いていた、とレベッカが言う。勘違いじゃないかとトビーは思う。だって、ペインボーラーは姿を見せていないし、レベッカにスプレーガンの傷もないし、クレイカーの子どもが叫びながら茂みに引きずり込まれることもなかったのだから。とはいえ、誰もがぴりぴりしている。

トビーはクレイカーの母親たちにもっと土壁ハウスの近くに来るように言う。彼女たちが困惑した表情を見せるので、オリクスの望みだと伝える。

何事もなく一日が過ぎていく。捜索の旅に出た者は誰も戻ってこない。シャクルトンも、ブラック・ライノやカツロも。ゼブも戻らない。トビーは午前中の残りの時間を菜園で土を掘り返したり雑草を取ったりして過ごす。頭を使わない作業は心を落ち着かせ、よい時間つぶしになる。ヒヨコマメは芽を出しているものもある。ホウレンソウの葉は元気に育ち、ニンジンの芽は軽く柔らかな羽毛のようだ。ライフルはすぐそばに立てかけてある。

クロージャーとザンザンシトはモ・ヘアヒツジに草を食べさせるために、群れを囲いから追い立てる。二人ともスプレーガンを持っている。ペインボーラーとの対決になっても彼らのほうが優勢だ――連中にはスプレーガンが一丁きりだが、彼らには二丁ある。ただし、不意を突かれなければの話だ。木のそばでは上に注意を払うのを忘れないといいけれど、と思う。アマンダやレンがつかまった時も、ペインボーラーは木の上から二人に飛びかかったにちがいない。

戦争が悪ふざけにそっくりなのはなぜ？　トビーは自問する。茂みに隠れてみたり、いきなり飛び出してみたり。〝ばあ！〟と驚かせるのも〝ばん！〟と撃つのも似たようなもの。血が流れるかどうかの違いだけ。敗れた者は叫びながら倒れ、口はポカンと開いて、両目はちぐはぐな方向を向き、間抜けな顔をさらす。聖書に登場する古代の王たちは、次々と領土を征服し、民を服従させ、敵方の王を木に高く吊るし、処刑した頭の数が増えるのを楽しんだ――すべてに子どもがはしゃぐような幼稚さがある。

それでクレイクは駆り立てられたのかも、と考える。終わらせたかったのかもしれない。私たちのにやにや笑いや、人間の本質としての悪意を葬り去ろうとしたのかも。新しい私たちを始めるために。

トビーは一人で早めの昼食をとる。通常の昼食時間帯にはライフルを持って見張りを交代しなくてはならないからだ。メニューはコールドポークとゴボウ。それに薬局から取ってきた個包装のオレオクッキー一つ。オレオはめったにないご馳走で、配給は厳密に決まっている。袋から取り出し、白いクリームを舐めてから、二枚のチョコクッキーを食べる。うしろめたいほどの贅沢だ。

午後の雷雨の前に、クレイカー五人がジミーを土壁ハウスに運び入れる。例の『ヘイ・ディドル・ディドル』柄の上掛けも一緒だ。雨の間、トビーは傍らに座って傷の状態を確認し、意識の戻っていないジミーの頭を持ち上げ、どうにかしてキノコ万能薬を飲ませる。手持ちの薬は残り少なくなったが、新しく煎じようにもキノコがどこに生えているのかわからない。

クレイカー一人だけがトビーとともに残り、喉を鳴らす。ほかは全員、外に出る。彼らは家の中が嫌いだ。中に閉じ込められるより、外でずぶ濡れになるほうがいいらしい。雨が止むと、四人のクレイカーがやって来て、ジミーをまた外に運び出す。

雲が切れて太陽が顔を出す。クロージャーとザンザンシトはモ・ヘアヒツジの一群を連れて戻ってくる。何ごともなかった、と彼らは報告するが、よくわからない、というのが本当のところ。モ・ヘアヒツジは何やら怯えていて、群れをまとめておくのが難しかった、カラスたちがうるさく騒いでいた、とか。何か意味があるのだろうか? カラスはいつだって何かしら騒いでいる。

「怯えるって、どんなふうに?」トビーは訊ねる。「騒いでいたって、どんな感じだったの?」だが、二人はそれ以上詳しい説明ができない。

デニムのシャツをはおった猫背のタマラウがキャンバス地の日除け帽をかぶり、お産が近いモ・ヘアヒツジから乳を取ろうとする。だが、乳搾りは簡単ではない。ヒツジは蹴りつけたり、メエメエ鳴いたり。バケツはひっくり返り、ミルクがこぼれる。

クロージャーはクレイカーたちに手押しポンプの使い方を教える。以前はレトロなお飾りだったが、今や貴重な水源だ。でも、何が混ざっているかわかったもんじゃない、とトビーは思う。地下水なんだから、周囲の毒性物質が浸み出ているかもしれない。せめて飲み水には雨水を使うべきだって、強く言ってみよう。もっとも、遠くの火事や、ひょっとしたら原子炉のメルトダウンで汚染物質の微粒子が成層圏に放出されたかもしれないから、雨水だって何が混じっているかわからないけれど。

クレイカーはポンプに喜んでいる。子どもたちはポンプの水を浴びては走り回って大騒ぎ。その後、クロージャーはマッドアダマイトが稼働に成功した太陽エネルギー装置を紹介する。装置はいくつかの電球とつながっている。まず調理小屋、そして建物周囲の庭の照明だ。どうして明かりがつくか説明するが、クレイカーは皆、戸惑うばかり。電球はルミローズや夕暮れ時に出てくる緑ウサギと同じ。だから、あたりまえ。オリクスがそういうふうに作ったから、光を発する。それだけのこと。

夕食は細長い食卓でとる。青い鳥が描かれたエプロンをつけたホワイト・セッジと、紫色のバスタオルをおなかに巻き付け黄色いサテンのリボンで留めたレベッカが鍋から皿に料理を取り分け、席に着く。レンとローティス・ブルーはいちばん端の席に座り、少しでも食べるようアマンダを説得中だ。見張り当番ではないマッドアダマイトたちも仕事の手を休めて三々五々食卓に集まってくる。

「やあ、こんにちは、マメクロクイナ」とアイボリー・ビルが挨拶する。彼はトビーをマッドアダムのコードネームで呼びたがる。貧弱な身体にチューリップが散りばめられたベッドシーツを巻き付け、頭には同じ柄のピローケースで作ったターバンのような被りもの。くちばし《ビル》のように尖った鼻がガサガサ肌の顔から突き出ている。ほんと不思議、とトビーは思う。どうしてマッドアダムのメンバーは皆、自分の身体的特徴を表すコードネームを選んだのかしら?

「どうだい、奴の具合は?」マナティーが訊ねる。つば広の麦わら帽子をかぶり、小太りの大農園主のようだ。「注目のスター患者様はどうしてる?」

「死んじゃいないわ」トビーは答える。「だけど、意識がある状態とも言えない」

「多少なりとも意識があった時は」とアイボリー・ビルが言う。「シックニー(イシチドリ)と呼ばれていましたな。それがマッドアダムでの名前でした。昔々の話になりますが」

「パラダイス・プロジェクトではクレイクの子分だったのよ」タマラウが言う。「意識が戻ったら、いろいろ話してもらわないとね。私が踏んづけて殺しちゃう前に」冗談めかすために鼻を鳴らしてみせる。

「名前がシックニーなら、おつむもとろい《シックニー》ってね」とマナティーが言う。「あいつはこれっぽっちも理解していなかったと思う。単にだまされてたんだよ」

「当然のことながら、われわれは彼のことをあまり評価していなかったのです。率直に言って」とアイボリー・ビル。「彼は自ら進んでプロジェクトに参加した。われわれとは違います」そう言って肉のかたまりにフォークを突き刺す。「ディア・レディ」とホワイト・セッジに呼びかける。「これが何の肉か、教えていただけますか？」

「ええっと……」ホワイト・セッジはイギリス英語で答える。「それは……さあ、わからないわ」

「ぼくらは脳を奴隷にされていた」マナティーはそう言うと、別の肉片をまたフォークで刺す。「クレイクのために進化のシステムを変えようとする囚われの科学インテリ集団だったのさ。完全な人間を作ろうだなんて、どれだけ自惚れた野郎なんだ。たしかに優秀ではあったけど」

「彼一人でやってたことじゃない」こう言うのは、細身のザンザンシト。「大規模な事業だったよ。バイオコープが支援していたし。遺伝子接合には、無制限に資金が流れ込んできた。連中はピザのトッピングを選ぶようにＤＮＡの組み合わせを指定して、望みどおりの子どもを作ろうとしていた」彼のメガネは遠近両用だ。光学製品がなくなったら、石器時代に逆戻りしちゃう、とトビーは思う。

「ともかく、その分野ではクレイクが優れてたってことだ」とマナティー。「誰も考えつかなかった機能をあの連中に組み込んでさ。体内ビルトイン型の虫除けとか。天才だよ」

「『ノー』と言えない女性とか。それに、ホルモンの色づけ。やっぱり、すごいよ」とザンザンシト。

「身体という精密機械をめぐる諸問題を解決しようとする立場からは、興味深く、やりがいのある仕事でしたな」こう言って、アイボリー・ビルはトビーに注意を向ける。「解説しましょう」野菜を小さく、真四角に切りながら、大学院のゼミにいるかのように話す。「ウサギの胃や、ヒヒを土台にした生殖システムの色彩的特性について――」

「連中の身体で青くなる部分のこと」ザンザンシトはトビーに助け船を出す。

「私は尿の化学成分を担当していたんだけど」タマラウが言う。「肉食を抑える成分の試験はたいへんだった――だって、パラダイス・ドームには肉食動物がいなかったから」

「ぼくは発声器官の担当。複雑だったよ」とマナティー。「歌唱にキャンセル機能を組み込むべきだったのではないですか?」とアイボリー・ビル。「あの歌声にはイライラさせられます」

「歌うのはぼくが考えたことじゃないよ」マナティーはむっとして言い返す。「連中をズッキーニにでもしないかぎり、歌わせないことなんてできない」

「ちょっと聞きたいんだけど」トビーが言うと、全員が振り返る。彼女がものを言ったことに驚いているようだ。

「はい、なんでしょう。ディア・レディ」とアイボリー・ビルが答える。

「物語を聞かせてくれって言われてるの」とトビー。「クレイクが彼らを作った物語とか。クレイクを誰だと思っているのかしら? どんなふうに彼らを作ったと思っているの? パラダイス・ドームでは、どんな物語を聞かされていたか知ってる?」

「連中はクレイクを神のように思ってるぜ」クロージャーが説明を試みる。「だけど、見た目がどんなふうかとか、何も知らないんだ」

「どうしてあなたが知っているのですかな?」アイボリー・ビルは訊ねる。「パラダイスにいなかったでしょう」

「連中が俺にそう言ったからさ」と答えるクロージャー。「今じゃ、いい友だちなんだ。一緒に小便もする。信用されてるってことらしい」

「彼らはクレイクに会えないのね。いいことだわ」タマラウが言う。

「そりゃそうよ」スウィフト・フォックスがみんなの輪に入ってくる。「自分たちのイカれた創造主を一目みたら、高層ビルから飛び降りちゃうんじゃない? そんなビルが残っていればの話だけど」

苦々しく言い、これみよがしにあくびをする。腕を頭の後ろにぐっと伸ばし、胸を前に突き出す。麦わら色の髪は頭の上でポニーテイルにし、かぎ針編みの薄いブルーのシュシュで留めてある。まとっているベッドシーツにはヒナギクと蝶の上品な縁飾り。それを赤い幅広のベルトで締めている。天上の雲と肉屋の大包丁みたいな、ぎょっとするコーディネートだ。

「麗しのマイ・レディ、繰り言を言っても詮無いことですよ」アイボリー・ビルはトビーからスウィフト・フォックスに目を移す。手入れしているあごひげが伸びきったら、今以上に鼻持ちならなくなりそうだ、とトビーは思う。「この日をつかめ《カルペ・ディエム》。一瞬一瞬をあるがまま受け入れなさい。バラのつぼみを摘みなさい、摘めるうちに」にやにやと、好色な目つきで赤いベルトのあたりを見る。スウィフト・フォックスは無表情に見つめ返す。

「楽しい話をしてあげるといいよ」マナティーが言う。「細かい部分はぼかして。パラダイスではクレイクのガールフレンドのオリクスがそんなふうにしてたよ。連中は物語を聞くと、落ち着くんだ。ばかったれクレイクがあの世から奇跡を起こしたりしなきゃいいけど。それが心配だ」

「すべてを下痢にして流しちゃう奇跡とかね」とスウィフト・フォックス。「あら失礼、それはもうやらかしたわよね。コーヒーはあるかしら?」

「おお！　残念ながら、コーヒーはすべて失われてしまいました、ディア・レディ」

「レベッカは木の根っこか何かをローストするつもりらしいけど」とマナティー。

「それに本物のクリームもないのよね。コーヒーがあったとしても」スウィフト・フォックスが言う。「ヒツジのべとべとしたミルクしかない。それだけでアイスピックを頭に突き刺したくなるわ」

日が陰り、蛾が出てきた。飛び交うのは、くすんだピンク、くすんだ灰色、そしてくすんだブルー。

クレイカーは全員、ジミーのハンモックの周りに集まっている。トビーはその場所でクレイクの物語と、どうやって〈卵〉を出たかの物語を話すように言われる。

スノーマン・ザ・ジミーも物語を聞きたがっています、と彼らは言う。意識がなくてもだいじょうぶ。聞こえている、と自信たっぷりだ。

彼らはすでに物語を知っている。だが、トビーが語るというのが重要らしい。まず、彼らが持ってきた魚——焼け焦げて、葉っぱに包まれている——を食べてみせる。そして、ジミーのぼろぼろの赤い野球帽をかぶり、文字盤の消えた腕時計をして、耳にあてる。物語は最初から語らなければならない。トビーが創造を司り、雨を降らせ、カオスをなくし、彼らを〈卵〉から出して、海辺まで連れていく。

最後に聞きたがるのは、二人の悪人の物語と森での焚き火といやなにおいの骨——この骨にひどく執着している——が入ったスープの物語だ。それから、彼らがどんなふうにロープをほどき、男たちがどんなふうに森の中に逃げこんだかについても話さなくてはならない。連中がすぐに戻ってきて、さらに悪事をはたらくかもしれないということも。この部分は彼らを悲しませるが、それでも聞くと言って譲らない。

トビーがすべて語り終えると、彼らはもう一度最初から話すよう求める。そして、さらにもう一度。話に詰まると助け船を出し、飛ばしてしまった部分があれば、途中で遮って自分たちで補う。彼らが求めるのは物語が途切れずに語られること。しかも、彼女が知っている以上の情報、思いつく以上の作り話を聞きたがる。トビーはスノーマン・ザ・ジミーの出来損ないの代役だが、彼らはなんとか彼女を上達させようとする。

物語の三巡目、クレイクがカオスをなくす場面にさしかかった時、彼らは一斉に頭の向きを変える。あたりのにおいを嗅ぐ。「ねえ、トビー、男の人たちが来ます」

「男たち?」彼女は問いただす。「逃げた二人の男のこと? どこにいるの?」

「いいえ、血のにおいのするあの人たちではありません」

「別の人たち。二人以上います。挨拶しなくてはなりません」全員が立ち上がる。

トビーは彼らの視線の先を見る。四人いる——四つの影が土壁ハウスの敷地すぐ外のごちゃごちゃした通りからこちらに近づいてくる。頭上にはヘッドライトが点り、四つの黒い影がその明るい光を運んでくる。

トビーの身体から力が抜けていく。ゆっくり、静かに空気が体に流れ込む。心臓が飛び出すなんてことがある? 安堵でめまいがすることなんてあるのかしら?

「ねえ、トビー、泣いているのですか?」

帰還

あれはゼブ。私の望みがかなったんだ。でも、覚えているよりずっとむさ苦しい大男になってる。それに、ずいぶん老けちゃって――最後に会ってからまだ数日しかたっていないのに――腰まで曲がってるし。いったい何があったの？

ブラック・ライノ、シャクルトン、カツロも一緒だ。近づくと、彼らがどれほど疲れているかがわかる。荷解きを始めると、みんなが集まってきた。まずレベッカ、アイボリー・ビル、スウィフト・フォックス、ベルーガ。マナティー、タマラウ、ザンザンシト、ホワイト・セッジもいる。そしてクロージャー、レン、ローティス・ブルー。後ろのほうにアマンダの姿もある。

誰もがしゃべってる。というか、人間は全員しゃべってる。クレイカーは皆、わきにかたまり、目を大きく見開いて見ているだけ。レンは泣きながらゼブを抱きしめる。ごく自然なこと。何と言っても義理の父親なんだから。ずいぶん前に、庭師たちのところでゼブはレンの母親の官能的なルサーンと一緒に暮らしていた。でも、とトビーは思う。ルサーンはゼブのことをまったく理解していなかった。

「ほらほら、わかったから」ゼブはレンをなだめ、「へえ！　アマンダを取り返したのか！」と驚いたように言う。彼はアマンダに手をのばす。彼女は触れられても身を引かない。

「トビーよ」とレン。「銃でやったの」

トビーはひと呼吸おいて前に出る。「やるじゃないか、すご腕スナイパー」とゼブは言うが、彼女は誰も撃っていない。

「ねえ、見つからなかった？」トビーは訊く。「アダム一号や……」

ゼブは顔を曇らせ、「アダム一号は見なかった」と言う。「でも、フィロは見つけた」

一同は身を乗り出す。「フィロって？」スウィフト・フォックスが誰にともなく訊ねる。

「古い庭師だよ」レベッカが答える。「ともかくたくさん吸う人でさ……幻覚を見る〈ビジョンクエスト〉が好きでね。庭師たちが分裂した時にはアダム一号についていったのさ。で、一体どこにいたんだい？」だが、ゼブの表情から、フィロはもう生きていないことがわかる。

「ガレージの上にハゲワシが群がってたから、上ってみたんだ」シャクルトンが話し出す。「昔の健康《ウェルネス》クリニックのそばの」

「私たちの学校があったあたり？」レンが訊ねる。

「死んで間もない感じだった」とブラック・ライノ。つまり、とトビーは考える。行方のわからない庭師のうち、少なくとも何人かはこの疫病の第一波を生き延びたってことね。

「ほかには誰も見つからなかった？」トビーは問いかける。「一人も？　フィロは……病気で？」

「ほかには誰も見なかった。でも、庭師たちはきっとどこかで生きてるぜ。アダムもな。それはそうと、何か食うものあるか？　今ならクマだって食うぞ」どうやら、ゼブはトビーの質問にこの場では答えたくないらしい。

「クマを食べるんですって！」クレイカーは口々に繰り返す。「ええ！　クロージャーが言っていたとおりですね！」「ゼブはクマを食べるんだ！」

ゼブがクレイカーたちに頷くと、彼らはおどおどした様子で見つめ返す。「なるほど、仲間が増えたんだな」

「こちらはゼブ。友だちなのよ」トビーはクレイカーたちに紹介する。

「うわあ、はじめまして、ゼブ。よろしくね」

「そうか、彼だよ。彼なんだ！　クロージャーから聞いてる」「クマを食べるんだ！」「ほんと、会えてうれしい」こう言いつつ、ためらいがちにほほ笑む。「でも〝クマ〟ってなんですか？　ねえ、ゼブ――あなたが食べるクマってなあに？」「魚なの？」「骨はいやなにおいがしますか？」

「ついて来たのよ」トビーは説明する。「海辺からずっと。来るなとは言えなかった。ジミーと一緒にいたがったから。ああ、スノーマンのことよ。みんなジミーのことをそう呼ぶの」

「クレイクとつるんでた奴？」ゼブは訊く。「パラダイス・プロジェクトにいた？」

「話せば長いわ」とトビー。「ともかく何か食べたほうがいい」

少し残っていたシチューをマナティーが取りにいく。クレイカーの一群は安心できる場所まで退いている。肉を使った料理のにおいにあまり近づきたくないのだ。シャクルトンはシチューをガツガツ食べ終えると、レン、アマンダ、クロージャー、ローティス・ブルーのそばに行って腰を下ろす。ブラック・ライノは二皿目も平らげ、シャワーを浴びにいく。カツロはレベッカを手伝って荷物を仕分けると言う。彼らが集めてきたのはソイダイン、粘着テープ数本、フリーズドライのチキーノブが数袋、そしてジョルトバーや袋詰めのオレオクッキーなど。奇蹟だ、とレベッカは言う。ネズミがかじってない新品の袋詰めクッキーなんて、なかなかお目にかかれない。

「庭を見にいくか」ゼブがトビーを誘う。心が重くなる。ほかの人たちには聞かれたくない悪い話があるんだわ。

もうホタルが出ている。ラベンダーとタイムは花をつけ、かぐわしい香りがあたりに漂う。フェンス際でかすかに光りを放つのは自生のルミローズ。その下葉を食べているのはキラキラ光る緑色のウサギたちだ。空中を浮遊する巨大な灰色の蛾は吹き飛ばされた灰のようだ。

「フィロは病気で死んだんじゃない」ゼブが言う。「誰かに喉をかっ切られたんだ」

「そうだったの」

「ペインボーラーも見つけた」ゼブは続ける。「アマンダを連れていった連中だ。例の巨大ブタを一匹解体してやがった。何発か撃ったんだが、逃げられた。それでアダムを探すのをやめて、大急ぎで戻ってきたってわけだ。奴ら、このあたりに出没するかもしれないからな」

「ごめんなさいね」とトビー。

「え？　何が？」

「一昨日の夜、奴らをつかまえて、木に縛り付けたの。でも殺しはしなかった。だって聖ジュリアンの日だったから。そうしたら逃げられちゃった。スプレーガンも持っていかれて」

涙が流れ出す。ああ、最悪だわ。情けない。赤ちゃんネズミみたい。まだ目が見えなくて、ピンクで、くすんくすん鳴き声をあげて。私らしくもない。でも、まさにめそめそ泣いてるのが今の私。

「ほら、だいじょうぶだから」

「ううん」トビーは首を振る。「だいじょうぶなんかじゃない」背を向けてその場を去ろうとする。めそめそ泣くなら一人にならなくちゃ。どうせ、私はひとりぼっちなんだし。これからも、ずっと一人。孤独には慣れてる、と自分に言い聞かせる。こんなの平気にならなくちゃ。

その時、彼女は抱きしめられる。

あまりに長く待ち続けて、待つのもやめてしまっていた。抱かれるのを切望しながら、あり得ないことだと諦めていた。でも、今こうして。なんて簡単なんだろう。かつて、戻るべき家のある人はこんなふうにたやすく家に戻ったにちがいない。敷居をまたいで、慣れ親しんだ空間へ入る。自分のことを知っていて、受け入れて、迎えてくれる場所。そこで語られるのは、ずっと聞きたかった物語。触れあう手の物語や重なり合う唇の物語も。
〝ずっと寂しかった〞そう言ったのは誰?
夜の窓に映る一つの影。瞳の輝き。心の闇に響く鼓動。
〝ああ、やっと。あなたがいてくれる〞

ベアリフト

ゼブが山で迷い、クマを食べた物語

こうしてクレイクはカオスをなくし、皆さんが安全に暮らせる場所を作りました。それから……

クレイクの話は知っています。何度も聞きました。今度はゼブの話を聞かせてください。ねえ、トビー。

ゼブがどうやってクマを食べたか。

そう！　クマを食べたんだよ！　クマ！　〝クマ〟って何ですか？

ゼブの話を聞きたい。クマの話も。ゼブが食べたクマの話。

クレイクは私たちにその話を聞かせたいと思っていますよ。スノーマン・ザ・ジミーが起きていたら、きっと話してくれます。

わかりました。じゃあ、スノーマン・ザ・ジミーのこの光るものに、耳をつけて聞いてみましょう。

ことばが聞こえるはずですね。

一生懸命聞いているけれど、皆さんが歌っていると聞こえません。

はい。では、ゼブとクマの物語をします。最初はゼブしか出てきません。ゼブはひとりぼっちです。

クマは後で出てきます。たぶん、明日あたり。クマが出てくるまで、辛抱してくださいね。

ゼブは道に迷いました。そして、木の下に座りました。木は、広くて平らな空き地にありました。浜辺みたいな感じだけど、砂と海はなくて、冷たい水たまりと苔がたくさんあるだけでした。遠くを、ぐるりと山に囲まれていました。

どうやってそこへ行ったか？　そこへは飛んで……ええと、ごめんなさい、気にしないで。それはまた別の話なの。いいえ、彼は鳥のように飛ぶことはできません。ともかく、今はもう飛べないの。

山ですか？　山というのは、とても大きくて、高く盛り上がった岩のことです。いいえ、それは山ではなくて、ビル。ビルは倒れる時、ガラガラと一気に崩れます。山も崩れるけれど、とてもゆっくりなの。いいえ、山はゼブの上に崩れてきませんでした。

そう、それからゼブは遠くの山々を眺めて、考えました。〈どうやってあの山を越えればいいだろう。かなり大きくて、高いぞ〉って。

山を越える必要があったのは、山の向こうには人がいたから。人のところに行きたかったの。一人がいやだったのね。誰だってひとりぼっちはいやでしょう？

いいえ、皆さんとは違う人たち。服を着た人たちです。寒い場所だったので、たくさん着ていました。ええ、カオスの時。クレイクがすっかり消してしまう前のことです。

そして、ゼブは山と水たまりと苔を見て考えました。〈何を食べようか？〉

それから、こうも考えたの。〈山にはクマがたくさんいるだろう〉って。

クマはすごく大きくて、毛に覆われた動物。大きなツメと鋭い牙があります。ボブキティンよりも大きいの。ウルボッグよりも、ピグーンよりも。このくらい。

うなり声をあげながら話して、とてもお腹の空く動物。そして、いろんなものを引き裂くの。

はい、クマも〈オリクスの子どもたち〉です。なぜオリクスがクマをそんなに大きくて、鋭い牙まである動物にしたのか、わかりません。

そうね、クマたちに親切にしてあげなくてはなりませんね。クマに親切にするには、あまり近づかないのがいちばんなんですよ。

今、近くにクマはいないと思います。

それからゼブは考えました。〈たぶんクマはおれのにおいを嗅ぎつけて、すぐにもやって来るだろう。クマはお腹が空いていて、飢え死にしそうで、おれを食べたくてしょうがないんだ。だからクマと戦わなくちゃならない。だけど、自分にあるのは、ちっちゃいナイフと撃って穴をあける棒だけだ。だが、戦いには勝たなきゃならない。クマを殺して、食べなくちゃならないんだ〉

まもなくクマが物語に出てきますよ。

はい、ゼブは勝ちます。ゼブはいつも戦いに勝つんです。なぜって、いつもそうなるの。

ええ、ゼブはオリクスが悲しむことを知っていました。クマがかわいそうだと思いました。傷つけたくなかった。でも、クマに食べられたくもなかったの。皆さんもクマに食べられるのはいやでしょう？私だっていやだわ。

クマは葉っぱだけを食べているわけにはいきませんからね。ほかのものも食べないと病気になっちゃうんです。

ともかく、ゼブがクマを食べなかったら、死んじゃって、今、私たちのところにはいなかったはず。それも悲しいことですよね、ちがう？

皆さん、泣くのをやめてくれないと、話を続けられません。

ファートレード

物語には、語られた物語のほかに、実際にあった物語があり、物語がなぜ語られたのかという物語もある。さらに、わざと語らなかったこともあり、それも物語の一部だ。

トビーは、クレイカーにゼブとクマの物語を語ったが、チャックという名の死んだ男については語らなかった。彼も道に迷い、水たまり、苔、山、そしてクマに囲まれた場所から抜け出せずにいた。チャックの話をせず、いなかったことにするのはずるいけれど、彼を入れると、話がこんがらがって収拾がつかなくなる。だいたい、チャックがどうやって物語に入り込んだのか、トビーだって知らないのだ。

「あの野郎が死んじまったのは、まずかった」ゼブが言う。「しぼり上げて白状させたかった」

「何を?」

「誰に雇われたのか、何が目的だったのか。それに、おれをどこに連れていくつもりだったのかも」

「〝死んじまった〟というのは、控えめな言い方なのよね。心臓発作じゃなかったんでしょ?」とトビー。

「きつい言い方するなよ。わかってるだろう?」

ゼブは道に迷った。そして、木の下に座った。

いいや、本当に迷子になったわけではなかった。どこにいるか、おおざっぱな見当はついていた。マッケンジー山脈のふもとの荒野のどこか。最初のファストフード店まで何百マイルもある。正確には、木の下というより木の横、木ではなく灌木と言ったほうがいい。それも、葉が茂るタイプではなく、ひょろっと細長い種類。トウヒみたいだが細くて背も低い。幹の細かいところまでじっくり眺めた。枯れた細い下枝、幹に付着した灰色の地衣植物。ひらひらした複雑な形状で、下が透けて見える。娼婦の下着のようだった。

「娼婦の下着の何を知ってるっていうの？」トビーが訊く。

「おまえさんが嫌がる程度には知ってるぞ」ゼブが答える。「要するにだ、そんな細かいことに気を取られるのは――かぶりつきで観察したところで、何の役にも立ちゃしないんだし――ショック状態にあるってことなんだ」

ＡＯＨソプターはまだくすぶっていた。機体や、気球内のガスが爆発する前に逃げ出せたのはラッキーだった。ありがたいことにデジタル・シートベルトは正常に作動して、すぐに外せた。さもなければ、とっくに死んでいた。

チャックはツンドラの上にうつ伏せに倒れていた。頭を不自然な角度に曲げて、フクロウがよくするように真後ろを見つめていた。見ているのは、ゼブではなく、空だ。天使はいない。少なくともその姿はまだない。

ゼブは頭のてっぺんを怪我して、生暖かい血が肌をつたってくるのを感じた。頭皮の切り傷だ。死ぬことはないが、かなり出血する。お前の身体のなかでいちばん薄っぺらいのは頭だ――社会病質者《ソシオパス》の親父が口癖のように言っていた――さらに薄っぺらいのは脳みそだ。それと魂。まあ、めでたくお前にそんなものがあったとしての話だ、疑わしいがな。親父で牧師のレヴは魂の熱心な支援者を称していたが、それだけでなく、自分を魂の支配者だと思っていた。

チャックに魂はあるのだろうか。体臭のようにまだ遺体の近くを漂っているのだろうか。そんなことを考えている自分に気がついた。「チャック、お前はとんだばか野郎だ」と声に出してみる。やつは脳から記憶を取り出すブレインスクレイパーからおれを誘拐するように言われたんじゃないか？　仕事を請け負ったのがおれ自身だったら、間抜けなチャックよりずっと上手くやったはずだ。

チャックが死んだのは気の毒だった。奴だって奴なりにいいところもあっただろう。子犬が好きだとか。でも、この世からばかが一人消えたんだから、よかったんじゃないのか？　光の勢力《フォース》に一点入る、あるいは闇の勢力《フォース》のほうか。誰が倫理の複式簿記をつけるかで決まることだ。

チャックはよくいるばかとは違った。気難しくなく、攻撃的でもなく、ろくでなしモード全開時のゼブとも違った。まるで正反対だった。度外れて親切で、組織のスローガンを進んで受け売りしてまわるタイプ――人類は時代に取り残され、滅亡に向かっているだの、自然界のバランスを立て直せだの。活動に入れ込みすぎていて、荒唐無稽にしか聞こえなかった。まさに荒唐無稽でイカれた毛皮獣保護団体のベアリフトでそう思われていたってことは、相当なものだ。

だが、ベアリフトの全員がイカれたグリーン過激派というわけではなかった。困難に立ち向かうのが好きで参加している者もいた。冒険好きで無鉄砲、束縛を嫌い、全身を覆うようにタトゥーを入れ、昔の映画に出てくるバイカー風にグリースで固めた髪をポニーテイルにする、無茶をやって力を誇示し、厚底すぎて歩きにくい最新ブーツを愛用する。ゼブが作り上げたのもそういうイメージだった。天然ステロイドで筋肉を増強し、やると決めたら意地でもやりとげ、足首に翼があるような早いペースで動き回る。金に執着し、暗い辺境の地を好む。そういう場所なら、他人の口座をハッキングして悪事を働いたとしても、当局が捜査の手を伸ばしてこないだろうから。

毛皮獣保護の理念に傾倒する連中は、ゼブも彼の不良っぽい好みもさげすむように見ていたが、自分たちの独善的な使命を押しつけてくることはなかった。というのも、連中は働き手を何としても確保したかったからだ。つまり、大型ごみ容器何杯分もの悪臭放つ有機ごみを、アエロソプターやオーニソプターやヘリソプターで極北の地まで運んで、哀れなクマたちの餌にする活動を、誰もが素晴らしいと思っていたわけではなかったのだ。

「それって石油不足が深刻になる前のこと？」トビーが訊ねる。「それに、炭素系ごみオイルの事業が始まる前の話よね。じゃなきゃ、貴重な資源をクマに与えたりしないわ」

「ああ、いろんなことの始まる前だ」ゼブが答える。「だが、石油の急騰はもう始まっていた」

ベアリフトには、グレイマーケットで購入した古い型のソプターが四機あった。愛称は〈空飛ぶフグ〉。バイオデザイン採用を謳っていた。ヘリウム・水素ガスを充塡した気球には魚の浮き袋のように分子を吸い込んだり吐き出したりする素材が使われ、生地が伸び縮みして重い機材を空中に持ち上げる仕組みだった。機体を安定させる腹びれ型の垂直安定板、ホバリングのためのソプター・ブレイド、そして低速飛行を容易にするため、鳥のようにはばたく翼も四枚ついていた。ソプターの長所は、低燃費で積載量が大きく、低空低速飛行も可能なこと。欠点は飛行時間がかかりすぎること、それにソフトの不具合が頻繁に発生し、制御不能になった機材を修理できる人間が数人しかいないことだ。デジタルな闇世界が発達したブラジルあたりから、あやしげなＩＴ系技術者を雇い入れるか、さもなければ強制的に連れてくる必要があった。

ブラジルでは、目についた相手をすぐにハッキングする。政治家の診療記録や醜聞、セレブの整形手術の情報ならいい値で売れた――これはささやかなビジネスの部類。コーポレーション間のハッキングなら、でかいビジネスになる。だが、強大なコーポレーションにＩＴ攻撃を仕掛ければ、仕掛けた当人もヤバいことになりかねない。たとえ大きいコーポレーションに極秘で雇われ、守られていたとしても。

「そういうことをやってたんだ」とトビー。「そういうヤバいこと」

「ああ、あの国にいた。生きていくためだ」ゼブは答える。「ベアリフトで息抜き仕事を引き受けたのも、ブラジルからすごく離れてるってのが理由の一つだ」

ベアリフトはインチキ集団だった。少なくとも部分的には。わずかでも脳みそがあれば、気づくまでにさほど長い時間はかからない。通常の詐欺とは違って、善意から出た事業だったが、インチキであることに変わりなかった。自分が何かを救ったつもりになって感動する都会人の善意につけ込んだ事業。何を救うのか？　先祖代々伝わってきた古くて正統なもの、あるいは極北のかわいいクマに形を変えた自分たちの魂のかけら。コンセプトは単純明快だった。ホッキョクグマは飢えている。氷はほとんど溶けて、もうアザラシをつかまえられないから。ならば、われわれの食べ残しをクマたちにあげよう、彼らが適応するまで。「一時期〝適応〟が流行語だったよな。覚えてるか。おまえはまだ子どもで、短いスカートをはいてた頃かもしれないが。男を引っかける方法を学んでいた時分」

「からかうのはやめて」トビーがさえぎる。

「どうして？　からかわれるのは好きだろう？」

「〝適応〟は覚えているわ」トビーが言う。「〝お気の毒〟っていうのと同じこと。助けてあげられない人たちに対して使うのよね」

「ああ、そうだ。ともかく、クマにごみを食わせたって、やつらは適応なんかしない。食い物は空から降ってくるもんだと学習するだけだ。ソプターの音が聞こえるとよだれをたらすようになっちまった。貨物を崇めるクマの新興宗教だ。

そして、最悪のインチキはここからだ。たしかに氷はほとんど溶けて、飢えたホッキョクグマはいた。ところが、その多くは南に流れていってグリズリーと交尾を始めたんだ。やつらは二十万年前に分かれただけで、同じクマ属だからな。それで、茶色のブチがある白いクマとか、白いブチのある茶色いクマ、それに全身が茶色、あるいは白いクマが生まれるようになった。だが、外見から性格は予測不能だ。ピズリー〔オスのホッキョクグマとメスのグリズリーとの交雑種〕はグリズリーと同じで、だいたいいつでも人間を避ける。グローラー〔オスのグリズリーとメスのホッキョクグマとの交雑種〕はほとんど常に人間を襲う。ホッキョクグマみたいにな。どのクマがどんな性格かなんてわかりゃしない。わかってるのは、ソプターをクマの王国のど真ん中に墜落させたくないってことだ」

ゼブのソプターはそのど真ん中に墜落した。

「ばか野郎」チャックにもう一度言った。「だが、お前を雇ったやつはお前に輪をかけた大ばか野郎だ」誰も聞いていたわけではなかった。だがその時突然、ぞっとする考えが頭をよぎった――連中は聞いてるかもしれん。

チャックが来るまで、ベアリフトではすべてがうまくいっていた。ゼブ自身は多少トラブルを抱えてはいた。たしかにそうだったのだが……

「その時までトラブルを抱えたことがなかったんだ」トビーが言う。

「からかってんのか？　親に虐待されて、めちゃくちゃな子ども時代を過ごしたおれを？　おまけに、身体が大きくなるのも早すぎて悩めるガキだったのに？」

「笑ってると思うの？」

「そりゃ笑うだろ」とゼブ。「その頁岩《シェール》みたいな心に入り込むには、水圧破砕装置《フラッキング》がいるよな」

その時トラブルを抱えてはいた。たしかにそうだ。だが、ベアリフト・セントラルでは誰もそのことに気がつかないか、気にしていないようだった。というのも、スタッフのほぼ半数はトラブルを抱えていて、誰もが互いに〈聞かざる・言わざる〉だったからだ。

日常業務は簡単だった。クマの餌になるごみをホワイトホースかイエローナイフで積み込む。時にはタクまで行って、石油掘削のタンカーが持ち帰ったごみ——ボーフォート海の沖合で不法投棄しなかった場合だが——を収集することもあった。掘削船からまだ本物の動物性タンパク質の食べ残しが出た時代の話だ。船員たちは舌が肥えていて、豚肉——加工食品もずいぶん好まれた——や鶏肉、あるいはそれに近いものを食べていた。培養肉も最高品質のものを使い、正体がわからないようソーセージやミートローフなどに加工してあった。

　残飯ごみをソプターに積み込んだら、ビールを一杯飲んで、ベアリフトが決めた投下地点まで飛び、ホバリングして積み荷を落として戻ってくる。ごく単純な作業で、特筆すべきことは何もない。問題は悪天候や機械系統の不具合が生じた場合だ。そんな時は山側を避けてソプターを着陸させ、天候の回復を期待する。あるいは〈修理〉チームの到着をじっと待つ。その後はまた同じ仕事の繰り返しだ。鬱陶しいのはベアリフトが拠点を置く街のバーで、毛皮獣保護のイカれた説教を聞かされることだった。特に、バーで大盤振る舞いされる安酒で酔い潰れたい時にはうんざりしたものだ。

　ほかにすることと言えば、食べて、寝ること。ラッキーな日にはスタッフの女の子といちゃつくこともあった。だが、性格の悪い娘、彼氏のいる娘もいるから、気をつける必要があった。ともかく乱闘には巻き込まれないようにした。自分のイチモツと笑顔は極上で、いつでも誰とでもセックスする権利があると信じている、頭に血の上った大ばか相手に喧嘩をして、バーの床に転がっても何の得にもならない。しかも、連中はナイフを持っているかもしれない。ただし、銃を持っている可能性はほぼゼロだった。コープセコーがすでに銃器類を没収していたからだ。市民の安全というまやかしのお題目を掲げ、結果として銃の使用をまんまと独り占めしたのだ。もしもの場合に備えてグロック社やほかのブランドの銃を石の下に隠す者はいたが、携行する者はほとんどいなかった。銃を持つこと自体、違法だったのだから。もっとも、すべての布告や法律が人里離れた田舎でも守られていたわけではない。北部では、なにごとにつけ合法・非合法の線引きが曖昧だった。だから、何が起こるかわかったものじゃなかった。

　ともかく、若い女は大勢いた。大きい尻の女や、小さい尻の女、そして中くらいの尻の女が「近づくな」という合図を出していたら、素直に従い、手を出さなかった。だが、闇にまぎれて女が寝室に忍び込んできたら、文句を言うやつがいるか？　子どもの頃からワラジムシ程度の道徳心しかないと言われ続けて、その期待を裏切りたくなかったし。何より、女の誘いを拒んだら、そいつのプライドを傷つけることになる。明るい場所では見るに耐えないようなのもいたが、フワフワ尻の娘もいた。ボウリングのボールが二つ、ひも付きバッグに入ったようなおっぱいの娘も。それから……

「それ以上言わなくていい」

「妬くなよ。みんな死んじまった。死んだ女たちに焼きもち焼いたって意味ないだろ」

トビーは何も言わない。一時ゼブの恋人だったルサーンの官能的な死体が二人の間に浮かぶ。ルサーンが見えるわけではないし、その名前が口にされるわけでもないが、トビーにとって、彼女は過去の存在ではない。

「死んでるよりも生きてるほうがいいだろ?」ゼブが言う。

「それはそう。でも、どうかな。そうなってみるまでわからないわ」

ゼブは笑う。「おまえのケツもすごくいい。フワフワじゃないがな。締まってる」

「チャックのこと教えて」トビーは話を戻す。

チャックがベアリフト・セントラルに入ってきた時、立ち入り禁止の部屋に忍び込んでいるのに、入室の権利があるかのようにふるまう、そんな雰囲気だった。コソコソしてるのに自信満々。着ているものも新しすぎると思った。アウトドア・ショップから出てきたばかりのような小ぎれいさ。全身がジッパー、マジックテープ、フラップだらけで、まるで風変わりなビデオゲームだった——男の服を脱がせて、レプラコーン〔アイルランドの妖精〕が出てきたら勝ち。真新しい服の男を絶対に信用してはいけない。

「だけど服が新しいことだってあるんじゃない?」トビーが言う。「最初は新しいでしょ。作られた時は古くないんだから」

「男なら、すぐいい感じに汚くするぜ」とゼブ。「泥の中でちょっと暴れるとか。服もおかしかったが、歯も大きくて、白すぎた。ああいう歯並びを見ると、いつもガラス瓶か何かで叩いてみたくなる。本物の歯かどうか確かめるためにな。にせものだったら砕け散るだろ。おれの親父——牧師のレヴのことだ——の歯があんな感じだったな。歯に漂白剤を使ってた。白い歯と日焼けした肌のせいで、光が当たった気味悪い深海魚か、砂漠で野ざらしになった死んだ馬の頭のようだった。笑うと、それは恐ろしい形相になったもんだ」

「子ども時代のことはもういいんじゃない？」トビーが言う。「悲しくなるでしょ」

「悲しみは敵か？　悲しく辛いことにノーと言えって？　説教は勘弁してくれ、ベイビー」

「私はそうしてるわ。悲しいことには距離をおくの」

「本当か？」

「それよりチャックの話」

「ああ。目が気になってた。チャックの目。ラミネート加工されたような目だった。硬くてピカピカして。透明のカバーで覆われてるみたいだった」

はじめてチャックが食堂に現れ、トレイを持ったまま「ここに座ってもいいか？」と訊いた時、彼はそのラミネート加工の目でゼブの全身をくまなくスキャンした。バーコードを読み取る感じだった。ゼブはちらっと見たが、いいともだめだとも答えなかった。どんな意味にも取れる声を低く出しただけで、なかなか嚙みきれないゴムのようなソーセージとの格闘を続けた。チャックは個人的なこと——出身はどこか、どうしてここに来たのかなど——をすぐに訊ねそうなタイプに見えたが、そういう質問は一切せず、ベアリフトの話から始める策に出た。実に素晴らしい組織だと褒めちぎっても、ゼブから同意の返事も頷きも返ってこないので、自分のことを話し始めた。ここに来たのは、ちょっとした面倒を起こし、事態が収拾するまでの間、身を隠さなきゃならなくなったからだ云々。

「何をしでかしたんだ？　鼻でもほじったのか？」ゼブが訊くと、チャックは死んだ馬の歯を見せて笑った。そして、ベアリフトは外人部隊にいたような連中に向いてるようだと話を振るが、ゼブは外人がどうしたって？と聞き返し、この会話は終わった。

無礼にふるまって、チャックを遠ざける作戦はうまくいかなかった。あの男はいつも控えめで出しゃばることはなかった。だが、なぜか常にその姿があった。バーで翌日の二日酔いに向けてせっせと飲んでいると、突然チャックが現れ、一杯奢ろう、と親しげに言う。トイレで小便をしようとすると、心霊体のように姿を現したチャックが仕切りを二つ隔てて小便をしている。あるいはホワイトホースのいかがわしい場所にこっそり出かけると、驚くなかれ、チャックが向こうの曲がり角にいる。ゼブが留守の時は、ゼブのロッカーを開けて私物をすべてチェックしていたにちがいない。

「やつが何を探ろうが平気だった」ゼブは言う。「おれの汚れた下着を嗅ぎ回ったって何も出てきやしない。本当にヤバい秘密は頭の中にある」

だが、何のためだ？　目的があることはたしかだった。最初はチャックがゲイで、股間に手を伸ばしてくるんじゃないかと思ったが、違った。

それから数週間、チャックとは何度かフライトで一緒になった。フグ機にはいつも二人が乗務して、交代で仮眠をとる。チャックと組むのはできるだけ避けようとした。あいつには、ぞくぞくするような気味悪さを感じ始めていたから。だが、一緒に乗る予定だった男がおばさんの葬式で休んだ日、チャックが代わりに乗ってきた。それがはじめての同乗だった。二度目は別の男が食中毒で欠勤した時。チャックがその二人を金で追い払ったのではないかと疑った。本当らしく見せるために、男のおばさんの首を絞め、ピザに大腸菌を仕込むことくらいやったかもしれない。

空中で、ゼブはチャックがあれこれ聞き始めるのを待った。ゼブの昔の悪事を知り、無名のダークウェブ犯罪集団にゼブを引き渡して、大がかりなハッキングをさせるつもりなのか。それとも大富豪の脅迫をもくろむ一団か。いや、知的財産の窃盗団に金を積まれて、コーポレーションのおたく科学者誘拐のためのデータ追跡のプロを探していたのかもしれない。

おとり捜査の可能性もあった――違法で悪質な儲け話を持ちかけ、ゼブが同意するのを録音すると、司法の巨大ロブスター鋏が突然襲いかかってきて彼を締め上げるという筋書き。あるいは、ゼブに無い袖を振らせようとする、間抜けな勘違いの恐喝か。

しかし、二度の乗務で変わったことは何も起きなかった。不安を取り除き、落ち着かせる措置だったにちがいない。チャックは無害だと伝えるための。あの貧相なチンケさは潜入捜査の演技だったのだろうか？

演技はほとんど成功するところだった。ゼブは自分がパラノイアなのかもしれないと思い始めていた。びくびくして、チャックみたいな気色の悪い小物を警戒するなんて。

その朝――墜落した日の朝――もいつもと同じだった。正体不明の具材をはさんだ丸パンサンドイッチにコーヒーの代用ドリンクを二、三杯。おが屑みたいな味のトースト。ベアリフトには安い食料しかなかった。崇高な目的のためには質素な生活をして、粗末な食事に耐え、よい食料はクマのために。それがベアリフトの基本方針だった。

その後、ごみを積み込む。生分解性のごみ袋をフォークリフトでフグ機の腹に搭載する。ゼブと組む予定だった男は搭乗リストから外されていた――地元の売春宿でタフガイぶりを見せようと、割れたグラスの上で裸足のまま踊って足を怪我したという。強いクスリで成層圏の上まで舞い上がっていたらしい。代わりに、ロッジというこれといって特徴のない男と乗ることになった。だが、フグ機に乗り込むとチャックがいた。マジックテープとジッパーのたくさんついた真新しい服を着込み、馬のような大きく白い歯を見せながら笑顔で迎えた。が、ラミネート加工の目は笑っていない。

「ロッジに電話が入ったのか?」ゼブは訊いた。「ばあさんが死んだって?」

「いや、親父さんだそうだ」とチャック。「気持ちのいい日だな。そうだ、ビールを持ってきたぞ」そう言うと、自分も一本手に取り、気のいいやつを演じた。

ゼブは「おう」と低くうなってビールを受け取り、キャップをひねった。「小便してくる」そう言ってトイレに行き、ビールを全部流した。蓋はちゃんと閉まっていたようだが、そんな細工はいくらでもできる。たいがいのことは細工可能だ。ともかくチャックが触ったものは、一切飲んだり食べたりしたくなかった。

フグ機の離陸はいつも面倒だった。ヘリコプターのプロペラと、ヘリウム・水素ガスの気球で上昇する仕組みだが、翼を羽ばたかせる前に充分な高度に上り、ちょうどいいタイミングでプロペラを止めなくてはならない。そうしないと、機体が傾き、きりもみ降下してしまう。

その日は何も問題がなかった。飛行は順調で、ペリー山脈付近の谷をいくつも越え、時折空中で停止しては大自然の中にクマの好物を投下した。その後、絵はがきでよく見る雪に覆われたマッケンジー山脈に囲まれた荒涼たるバレンズ台地に向かい、数度の投下を行う。それから、第二次世界大戦時の電信柱がところどころに残るオールド・キャノル・トレイルを通過した。

ソプターの動きもよかった。ごみ投下地点ちょうどの場所で羽ばたきが止まり、ホバリング。ハッチがさっと開いてバイオ廃棄物が落ちる。最後の投下地点に近づくと、二頭のクマ——全身がほぼ白いクマとほぼ茶色のクマ——がいつもの餌場に駆け寄ってきた。クマの毛が毛足の長い絨毯のように波打つのが見えた。そこまでクマに近づくのはいつもちょっとしたスリルだった。

ソプターの進行方向を南西に変え、ホワイトホースに向かう。タイマーが鳴り、ゼブの仮眠タイムになったので、チャックに操縦を任せた。横になり、ネックピローをふくらませて目を閉じたが、眠らずにいた。というのも、フライトの間、チャックが妙にぴりぴりしていたからだ。何もないのにそこまでテンションが上がるはずがない。

最初の細長い谷までのルートを三分の二ほど行った時に、チャックが動いた。薄く開けた目の隙間から、細くて光るものを握ったチャックの手が静かに太ももに伸びてくるのが見えた。すぐに起き上がって、やつの喉元を殴った。だが、少し弱かった。チャックはあえぎ声を上げ――いや、あえぎ声とも違う、なんとも言えない音だった――ともかく奇妙な音を出して、持っているものを落とした。そして両手を首に伸ばしてきたので、もう一度強く殴った。もちろんこの間、誰も操縦していない。もみ合っているうちに、どちらかの脚か手かひじが当たったのだろう。四枚あるソプターの翼の二枚がたたまれ、機体は傾いて落下した。

ゼブは気がつくと、木の下に座って幹を見つめていた。すごい。フリル飾りのような端っこが鮮明に見える。地衣植物だ。少し緑がかった薄い灰色。端のほうは黒っぽくて、複雑な形状……

自分に活を入れる。立ち上がれ、さっさと動け。だが、身体が言うことを聞かない。

食料

長い時間——透明な泥の中をやっとの思いで進んでいるかに感じる長い時間——が過ぎた。ゼブは転がって地面に手をつき、細いトウヒみたいな木の横になんとか立ち上がった。そして吐いた。直前まで吐き気などまったく感じていなかったのに、いきなり吐いたのだ。

「動物にはよくあることだ」彼は言う。「ストレスだ。要するに、消化にエネルギーを使わずに済むようにして、負担を軽くするんだ」

「寒かった？」トビーが訊ねる。

歯をがちがちと鳴らし、寒さに震え、チャックのダウン・ベスト——あまり破れていなかった——を自分のベストの上に重ねた。ポケットをあらためると、チャックの携帯電話があったので、ＧＰＳや盗聴機能が使えないように岩に打ちつけた。その直前に電話が鳴った。チャックのふりをして電話に出たかったが、我慢した。電話に出てゼブは死んだと言うべきだったかもしれない。それで何かがわかった可能性もある。数分後、自分の電話も鳴った。鳴り終わるのを待って、その電話も壊した。

チャックは電話以外にも道具をあれこれ身につけていた。ポケットナイフ、クマよけスプレー、虫よけスプレー、最新の折りたたみ式アルミホイル製サバイバルシート等々。目新しいものは何もなかった。不幸中の幸いで、不時着時のクマ襲撃対応用のベアガンがチャックとともに外に放り出されていた。新しい銃禁止令でもベアガンは特例として認められていた。コープセコーのばか役人も、ベアガンが山の必需品だと知っていたわけだ。連中はベアリフトが気に入らなかったが、あえて潰そうともしなかった。そんなことは朝飯前だったはずだが、ベアリフトは連中にとって役に立っていたのだ。希望の雰囲気を醸し出し、コープセコーが本当にやっていること——地球を掘り返し、価値あるものを根こそぎ我がものにする——から人々の注意をそらしてくれていた。ベアリフトのいつもの広告では、たいがい毛皮獣支援の連中が笑顔でベアリフトがどれだけ崇高ですばらしい活動をしているかを語り、クマ殺しに加担したくないなら、活動を支援すべきだと訴える。コープセコーは、それに応えて資金まで提供した。

「信頼できる組織、コープセコーっていうイメージをあの手この手で広めようとしていた頃の話だ」とゼブ。「だが、いったん支配体制を固めたら、そんなことに気を遣う必要はなくなった」

ベアガンを見て、震えが止まった。銃を抱きしめたいくらいだった。少なくとも少しは生き延びるチャンスが出てきた。だが、注射器は見つからなかった。チャックが突き刺そうとしていたやつだ。残念。中身が知りたかった。どうせ睡眠薬の類だろうが……。眠らせて、どこかあやしげな場所まで運んで、雇われブレインスクレイパーにゼブを引き渡す。その連中が露天掘りのようにゼブの脳神経情報を取り出し、今までのハッキング履歴や依頼主たちのデータ一切合切を抽出する。それから脊髄を切断し、萎びて記憶をなくした抜け殻にしてから、遠くの荒れた沼地をさまよわせる。そのうち地元住民にズボンを盗まれ、臓器は移植ビジネスで利用される。そんな計画だったはずだ。

だが、注射器を回収したところで、何ができただろう。自分に試し打ちする？　それともタビネズミで試すか？　「それでも取っておくべきだったろう。非常事態にそなえて」ゼブが言う。

「非常事態？」問い返すトビー。暗闇で微笑みを浮かべる。「すでに非常事態だったんじゃない？」

「いや、本物の非常事態のことだ」とゼブ。「あの場所で誰かに出くわすような。それこそ非常事態だぜ。頭のおかしいやつだと思ってまず間違いない」

「ひもはあった？」トビーが訊ねる。「ポケットに。ひもはいろいろ便利でしょ。それからロープも」

「ひもか。そう言えばあった。釣り糸も一巻き。釣り針と一緒にいつも積んでたやつだ。それから、焚きつけ、小型の双眼鏡、コンパスもあった。ベアリフトでは、そういうボーイスカウトっぽいサバイバルグッズを支給してたんだ。だが、チャックのコンパスは取らなかった。自分のがあったからな。コンパスは二つもいらないだろ」

「チョコバーはあった？　栄養補助食品とか？」

「ああ、えらく不味いジョルトバーがいくつかあった。ほかにフェイク・ナッツとのど飴。取ったのはそんなもんだ。それから」ちょっと息をつく。

「それから？　何？」

「そうだな。言っとくが、気持ち悪い話だぞ。チャックの肉も少しもらった。ポケットナイフで切り取って。ノコギリで切る要領だ。やつの携帯用の防水ジャケットがあったから、それで包んだ。バレンズ台地では食べられるものがほとんどない、とベアリフトの講習で教わってたんだ。食えるものといったら、ウサギ、地リス、キノコくらいだが、狩猟や採集をしている暇はない。だいたい、ウサギばかり食べて死ぬこともあるんだそうだ。ウサギ飢餓っていうらしい。ウサギには脂肪分がないからだ。ほら、なんとかいうダイエットがあるだろう――タンパク質だけ食べるっていう。あれと同じで、自分の筋肉がどんどんなくなっちまう。心臓も痩せ細る」

「チャックのどの部分を切り取ったの？」トビーは訊ね、気分が悪くならない自分に驚く。神経過敏になる余裕があった昔なら、吐き気を催していたかもしれない。

「いちばん脂肪の多い部分」ゼブが答える。「それから、骨がなくて、ともかく切り取れる部分。まあ、普通の人間がそう思う部分だ」

「悪いことしてると思った？」トビーが訊く。「お尻を触るのはやめてちょうだい」

「どうして？」とゼブ。「いや、あんまり気にならなかった。やつも同じことをしただろうから。優しく撫でればいいのか？　こんなふうに」

「私、やせすぎてるから」

「そうだなあ、パッドをつけたらどうだ。今度チョコレートを持ってきてやろう。見つけたらな。太るように」

「花もお願い」とトビー。「女を口説く古典的なマニュアルどおりにやってみて。そんなこと、したことないでしょ」

「驚くなかれ。若い時には花束を贈ったことだってあるぜ。まあ、お粗末な代物だったが」

「それはいいから」トビーは促す。ゼブの花束のことなんか考えたくない。花の種類も、贈った相手のことも知りたくない。「遠くに山があった、のよね。チャックの身体の一部が転がっていて、残りはあなたのポケットの中。何時ごろだったの？」

「たぶん午後三時？　五時？　待てよ、もう八時だったかも。その時間でも明るかったはずだ」とゼブ。「時間の感覚がなくなってた。七月半ばだってことは言ったか？　太陽はほとんど沈まない。地平線の下にちょっと隠れるくらいで、あたりが真っ赤に染まる。そして、ほんの数時間でまた日が昇る。あそこは北極圏じゃないが、高地だからツンドラが広がってた。地を這うブドウみたいな樹齢二百年のヤナギがあったり。短い夏に野生の花が一斉に咲いたりする。いや、その時は花どころじゃなかったが」

人目に触れないようにチャックを隠したほうがいいと思った。それで、チャックにまたズボンをはかせ、ソプターの羽根の下に死体を押し込んだ。ブーツを交換——なにしろ、やつのブーツのほうが上等

だったし、足のサイズもほぼ同じだった――して、足を外に出しておいたから、遠くから見れば誰もが

ゼブだと思っただろう。死んだことにしたほうが安全だろうと考えた。少なくとも、しばらくの間は。

交信が途絶えたら、ベアリフトの司令部は捜索隊を出すはずだ。おそらく〈修理〉チームだ。しかし、修理可能なものが何もなく、誰も地べたに座り込んだり、発炎筒に点火したり、白いハンカチを振ったりしていなかったら、すぐに帰る。そういう決まりだった。死んだ人間のためにガソリンを無駄に使うな。自然のリサイクルにまかせろってこと。クマやオオカミ、クズリ、大ガラスが処理してくれる。

だが、様子を見にくるのはベアリフトの連中とはかぎらない。チャックが脳の情報を盗み取ろうとしたのはベアリフトのためではない。それは確かだ。もしそうだったら、ゼブが支部にいる間にことを済ませたはずだ。誰かに手伝ってもらうこともできただろう。そして今ごろゼブは、かつて炭鉱や油田の町だったゴーストタウンに放置されていたにちがいない。ロボトミーで頭を空っぽにされ、指紋は消され、偽造パスポートまで持たされて。だが待てよ、そんな面倒なことをする必要など、ないんじゃないか。誰がゼブがいないことを気にするというんだ？

チャックを雇ったやつらは別の場所にいた。どこか知らないが、電話してきたのはそこからだ。近いところか？　ノーマンウェルズ？　それともホワイトホース？　いずれにしろ、小飛行場のあるところだ。ゼブは墜落現場からできるだけ早く離れ、身を隠す必要があった。しかし、ほぼ何もないツンドラで、それは生やさしいことではない。

クマのグローラーとピズリーは巨体だが、あいつらなら身を隠せるだろう。なにしろ経験豊富だからな。

おんぼろ小屋

ゼブは歩き始めた。ソプターはなだらかな丘の西側斜面に墜落し、彼はそのまま西に向かった。おおよその地図は頭に入っていたが、それでも紙の地図がないのは残念だった。システムダウンに備えて、飛行中いつも膝の上に広げていた地図のことだ。

ツンドラ地帯を歩くのは難しかった。地面はスポンジのように柔らかく、水を含み、あちらこちらに水たまりが隠れていたり、滑りやすい苔があったりする。タソック草に覆われた小山に足を取られることもあった。古い飛行機の一部――支柱やら翼やら――が泥炭に突き刺さっていた。二十世紀のそそっかしい小型機パイロットが残したものだ。その昔、この辺境で霧か突風に遭って墜落したのだろう。キノコを見つけたが、触らなかった。詳しくはないが、幻覚を誘発する種類があるのは知っていた。小さな翼をつけた緑と紫のテディベアがばら色の笑みを浮かべて大量に飛んできたり、キノコの神様に出会ったりするなんてのは、ごめんだ。もう充分にシュールな一日だった。

ベアガンの装填をチェックして、クマよけスプレーも用意した。クマは驚かすと襲ってくる。スプレーはクマの赤い目が見えるくらいの距離じゃないと効かないから、クマに対応する時間はあまりない。スプレーを吹き付け、すぐに撃つ――ピズリーなら、そういう展開。だが、グローラーは獲物をずっと付けまわし、背後から襲うはずだ。

湿った砂地にクマの左前足の跡を見つけた。少し先には、まだ新しい糞もあった。クマたちはずっと見ていたにちがいない。血のしたたる肉の包みを持っていることもわかっているだろう。きっちり包んであっても、クマはにおいでわかる。ゼブの恐怖心も嗅ぎ取ったはずだ。

チャックの上等なブーツを履いたかいもなく、足はびしょ濡れだった。しかも、思ったほど足に合っていない。靴下の中で青白く、気泡が浮かんだパン生地状になった足を想像する。そんなこと――足のこと、クマやチャックのこと、何もかも――を考えないため、そしてピズリーたちに自分の存在を知らせ、出合い頭に驚いたりしないように歌を歌った。俗に言う幼少の頃から、暗い場所に閉じ込められると口笛を吹いて虚勢を張るのが癖になっていた。暗い部屋、暗闇、そして明るい場所にもある闇。

父さん、サディスト、母さん、キモい
目を閉じて、さあ眠りなさい

だめだ、眠ってはいけない、どんなに疲れていても。歩き続けなくてはならない。強行軍だ。

ばか、ばか、ばか、ばか
おれはほんとのワルかも、ほんとのワル、ワルでサイコかも

斜面の下のほうに、小川のような太い緑の線が見えたので、そこを目指すことにした。途中、小さな丘や苔、何年もかけて冬の霜が地表に押し出した砂利地を越えていく。その日は特に寒くはなく、日が当たると暑いくらいだった。だが、時折発作のように震えが来た。濡れた犬がぶるぶるっとするように。チャックのベストの上から両腕で自分の身体を抱きしめる。

小川——小川と呼ぶには幅があり、水勢もひどく急だったが——にもうすぐ着くという時、ふと思った。〈盗聴器がついてるんじゃないか？　このベスト。超小型の発信器が縫い込まれているとしたら？チャックは生きていて移動中らしいが、なぜか電話に出ないって話になる。連中は迎えを出すはずだ〉チャックのベストを脱ぐと、小川に入り、流れの最も激しいところで水につけた。だが、空気を含んでふくらみ、沈まない。ポケットに石を詰めることもできたが、流れにまかせたほうがよいと考えた。そして、奇妙にふくらんだクラゲのようなベストが遠ざかるのを見ながら思った。〈あまり冴えた考えじゃなかったかもしれない。気が緩んでるな〉

冷たい水を手ですくって口に含む——飲み過ぎちゃだめだ。水腹になっちまう。ビーバー熱になってもおかしくないくらい、汚い水をもう飲んじまったかもしれない。だが、このあたりには、ビーバーなんかいないだろう。オオカミからは何がうつるんだ？　狂犬病は飲み水からはうつらない。水に溶けたヘラジカの糞は？——寄生虫が腸に吸い付いて穴を開ける？　肝吸虫の一種か？

〈なんで水の中に突っ立って、一人でしゃべってるんだ？〉そう自問する。そして〈丸見えじゃないか。谷川に沿って進め〉と自分に命じる。〈茂みの中を歩いて、見えないようにしろ〉計算してみた。チャックが電話に出ないとわかってから連中が行動を起こすまで、どのくらいかかるだろう？　原因不明の失敗が引き起こすパニック、リアル会議にリモート会議、メールのやり取り、責任転嫁や遠回しの非難の応酬。そういうくだらないことすべてを足すと、二時間くらいか？

風の届かない谷川付近には、肩くらいの高さのヤナギがあり、草や灌木の茂みもあった。ハエ、ブユ、蚊がいた。あれはカリブーを猛烈にいらいらさせることもあるらしい。湿原を悠然と歩く、かんじきのような幅広の足をしたカリブーがでたらめに走り出すほどだ。虫よけスプレーはあったが、先のことを考えてむやみに使わなかった。苦労して西に歩き続け、キャノル・ロード跡を目指す——記憶では、じきにたどり着くはずだった。道路の痕跡はほとんどないが、上空を通過した時に建物が見えたのを覚えていた。古いおんぼろ小屋が一つ。あるいは二つ。

目印は傾いた電信柱。丸太でできた昔の代物だ。そばには、絡まった電線、カリブーの頭蓋骨。枝のような角は折り重なっていた。少し離れて石油のドラム缶も二つ。赤いトラックはほとんど無傷に見えたがタイヤがなかった。地元の猟師が外して、四駆で持ち去ったのだろう。狩りのためにこんな遠くまでガソリンを使って出かけるのが許された時代のことだ。ああいったタイヤは、いろんな目的で使われた。トラックは丸みをおびた流線型で、道路が造られた一九四〇年代らしいデザインだ。第二次世界大戦中、政府は沿岸の潜水艦からの砲撃を避けるため、石油を内陸のパイプラインで輸送する計画を立てた。そのために、アメリカ南部から兵士を大勢連れてきて、送油システムの建設工事をさせていた。黒人が多く、彼らは氷点下の気温も五日間ぶっ通しのブリザードも二十四時間日が昇らない日も経験したことがなかった。地獄に送られたと思ったにちがいない。言い伝えでは、三分の一が発狂したという。ブリザードは吹いていなかったが、狂いそうになる感じはわかった。

まめができたらしく、片足がひどく痛んだが、立ち止まってたしかめる余裕はなかった。よじれたリボンのような道を飛び跳ねるようにして進む。このあたりの茂みは少し背が高い。上空にも注意する。そして、ようやくおんぼろ小屋に着いた。横長で低い木造の小屋。ドアはないが、屋根はまだあった。

素早く中に入り、身を隠して待つ。しんとした静けさだった。

古い金属板、木材のかけら、さびたワイヤ。ベッドは部屋の反対側にあったのだろう。肘掛け椅子は壊れてばらばら。昔のラジオらしきもの。中は空っぽだ。四〇年代特有の丸っぽいパンのような形で、つまみが一つだけ残っていた。スプーン。調理コンロの一部。タールのにおい。太陽が屋根の割れ目から、ほこりが舞う中に差し込んでいた。遠い昔の孤独、色あせた嘆き。そのかすかな名残り。

待つのは歩くよりも辛かった。足、心臓、身体のあちこちがズキズキ痛んだ。ぜえぜえと息づかいも荒くなっていた。

自分も盗聴されているかもしれないと考えた。見ていない時に――ひょっとしたら――チャックは小型発信器を後ろポケットに滑り込ませたんじゃないか。もしそうなら、万事休す。今だって、息づかいを聞いているかもしれない。歌うのだって聞いてたはずだ。焦点を定めて小型ミサイル発射。そして跡形もなく消える。それでおしまい。

もうどうしようもない。

その後――ええと、一時間くらい後か?――オルノソプター型ドローンが低空飛行で近づいてくるのが見えた。そうだ、北東の方角、ノーマンウェルズのほうから来た。まっすぐ墜落現場に向かい、何度か通過して撮った映像を基地に送っていた。そして、そこで操縦している誰かが決断を下す。ドローンはチャックの身体が隠されている壊れた翼を狙って爆薬を投下、ドスンという衝撃音が何回かした。それからソプターの残骸も爆破する。連中の声が聞こえるようだった。〝もう生きてない〟〝本当か?〟〝生きてるはずがない〟〝二人とも?〟〝そうだろう。念のため、全部焼いた〟

ゼブは息を殺して様子をうかがっていた。ドローンは水上を漂うベストの後を追いかけず、キャノル・ロードのおんぼろ小屋も無視して、まっすぐ戻っていった。いち早く現場に赴き、事故後の始末をして素早く去る。ベアリフトの〈修理〉チームが姿を現す前にすべて終わらせたかったのだろう。

そして、そのとおりになった。ベアリフトの〈修理〉チームはいつものようにのんびりやって来た。〈さっさとやれ。腹が減ってるんだ〉ゼブはいらいらする。〝うわっ、なんてこった〟〝哀れなやつらだ〟〝助かるチャンスはなかったな〟ソプターの残骸の上でホバリングする間、そんなやりとりがひとしきり交わされたにちがいない。そして、彼らもホワイトホースへと帰っていった。

赤い夕日が沈むと霧が出て、気温が下がった。ぶ厚い金属板の上で、火事にならないように、小さな火を焚いた。煙は外に出ることなく、小屋の天井で消えたので、見つかる恐れはなかった。おかげで身体が少し暖まった。それから料理をして、食べた。


「え？　それでおしまい？」トビーが訊く。「尻切れトンボじゃない？」

「何が？」

「だから、食べたって……つまり……」

「肉を食った話か？　ここで菜食主義の話を持ち出すつもりか？」

「そんな意地悪な言い方しないで」

「お祈りをすればよかったのか？　神様、チャックをこんな間抜け野郎にしてくださって、無私の心で――予期せぬドジを踏んだ結果とはいえ――その身を私に提供させてくださったことに感謝します」

「ふざけてるのね」

「だから、今さら庭師みたいな説教をしないでくれ」

「あら！　自分だって昔の庭師でしょう！　アダム一号の右腕だったじゃないの。教団を支える柱の一人で……」

「あの時はまだそうじゃなかった。だいたい、教団の柱だなんてまっぴらだ。だがともかく、それは別の話だ」

もちろん、ことはそう簡単ではなかった。ゼブは肉を小さく切り、さびた鉄串に刺すと、自らを諭した――〝これは栄養だ。ザ・栄養だぞ！　栄養を取らずにここから生きて帰れると思うか？〟とはいえ、やはり飲み込むのはたいへんだ。幸い、口に入れるものと自分を切り離す訓練はたっぷり積んでいた。最近では、ベアリフトのまずい食事だ。プロテイン含有量の高さで人気のカブトムシ幼虫の乾燥粉末が入ったものも出されていたにちがいない。

実は、この種の訓練は子どもの頃に経験済みだった。レヴの教育的な折檻の一つとして、〝くそ〟のような汚い言葉を使うと、実際にそれを食べさせられていたからだ。においを感じない、味を感じない、何も考えない。どうすれば、そんな三つの「ない」が可能か。見ざる・聞かざる・言わざるの三猿――母親の化粧台の上のミニチュア・ドラム缶に座り、両手で目、耳、口を覆う目と耳と言葉の不自由な三匹の猿。母親が生き方の手本に選んだ猿――になるようなものだ。〝具合が悪いの？　あごに何つけてるの？〟　あいつが言ったんだ。お前は犬だ。自分のゲロを食えって。そして、おれの頭を押さえて……。〝まあ、ゼブロン、作り話はだめよ。お父さんがそんなことをするはずがないじゃないの！　おまえを愛しているんだから！〟

記憶に通じる扉をバタンと閉じ、大きな岩を転がして抑える。今は、どうやって暖まるかのほうがはるかに重要だ。部屋の隅に、しわくちゃのタール紙があった。あまり役に立つとは思えなかったが、とりあえず床に広げてみる。保温防湿材代わりになるんじゃないかと思ったから。靴下が乾いたら、ずいぶん助かる。そこで、消えかけた火のそばに木の枝を三角に組み立て、湿った靴下をかけた。燃え出さないことを祈った。それから、あまり大きくない石をいくつか火の中に入れて温める。冷えた足をダウンベストで包み、最新型の熱反射サバイバルシートを二枚——自分のものとチャックのもの——広げて、その間に身体を滑り込ませた。シートの下には温めた石を置く。身体の芯を温めろ。それが基本の「き」だ。寒さで足が壊死しないように注意しろ。動き続けるのが重要だ。手の指がなくなったら、小さな筋肉を使う作業ができなくなるんだぞ。ブーツの紐を結ぶとか。

まだ薄暗い時間に、小屋の外でブーブーいう鳴き声がしたようだ。いや、何かを引っ掻く音だったか？　小屋には扉がないので、クズリ、オオカミ、クマ、何が入って来てもおかしくない。おそらく煙が動物を遠ざけていたのだろう。眠れたか？　眠ったはずだ。明るくなりかけていた。

自分の歌う声で目を覚ます。

こっちでモソモソ、あっちでモソモソ、下着の中でもモソモソモソモソ
毛むくじゃらのかわいいやつ
どこでも、いつでも、すべてがプッシー

声を枯らして大声で騒ぐ、酔っ払いの集まりみたいだ。元気は出る。瞬時に結ばれる男同士の連帯ってやつだ。「静かにしろ」と自分を叱る。「こんな安っぽい死に方でいいのか？」だが、すぐに言い返す。「どうでもいい。誰が見てるわけでもないんだから」

靴下はまだ乾ききっていなかった。なんてバカだったんだ。チャックは死んだが、足は無傷だったんだから、チャックのあの魚の腹みたいに白く冷たい足から靴下を取っておけばよかった。しかたがない。

靴下を履き、サバイバルシートをたたんでポケットに押し込む——このいまいましいシートは一度取り出すと、絶対にもとの袋に収まらない。こまごまとした工具類をまとめ、後片付けをしてから、注意深く外に目を凝らした。

霧が一面に立ちこめていた。肺気腫の痰まじりの咳のような灰色だ。だが、視界が悪すぎて、偵察機も飛ぶに飛べないだろうから、かえって好都合だった。もっとも、向かう先がよく見えないので、ゼブ自身にとってもそんなによいことではない。だが、黄色いレンガの道を行く心境だったのは間違いない。レンガはなく、行く手にエメラルドシティがあるわけでもなかったが〔ボーム作『オズの魔法使い』では、魔法使いが住むエメラルドシティへ向かう道に黄色いレンガが敷きつめられている〕。

行き先の候補は二つしかなかった。まず、北東のノーマンウェルズ。氷河が運んできた大きな岩の転がる厳しい道のりだ。もう一つは南西のホワイトホース。寒く、霧深い谷を通る。どちらも遠くてはるか彼方にあり、金を賭けるレースだったなら、自分には賭けなかっただろう。だが、ホワイトホースに向かう道はユーコン・テリトリーに入ると、車が通る本物の道路に通じている。つまりヒッチハイクができる。まあ、ひょっとしたらの話だが。

霧の中を出発した。小石混じりの悪路を進む。映画ならば、後ろ姿が白くフェイドアウトして見えなくなり、クレジットのエンドロールが流れ始めるところだ。いや、そんなに急ぐな、急ぐな、まだ生きてるぞ。「今やってることを楽しむんだ」と自分に言い聞かせる。

ゆかいに歩けば、あばずれ連れて
歌もはずむ、イカれた女たちは頭にくるけれど
くそったれ、くそったら、くそったれ、くそったら、わははは……

「まじめに考えてないな」自分を叱りつけ、「いいから、黙ってろ」と自分で答える。「その台詞は聞き飽きた」自分自身と対話しても、あまりいい結果にならない。声に出すのはなおさらだ。幻覚は始まっていなかった。だが、本当にそうなのか?

霧が晴れたのは午前十一時頃のこと。青空が広がり、風が吹き始めた。大ガラスが二羽、空の上から後をつけてきた。急降下してゼブを睨みつけたり、彼の悪口を言い合ったりしながら、何かが彼を食べ始めるのを待っていた。そうなったら一緒に、ちょっとした食事にありつける。大ガラスは獲物に攻撃を仕掛けるのは苦手で、いつも狩猟者にくっついている。ジョルトバーを食べ、その後川岸まで来たが、橋は流されていた。どちらを選ぶ? 濡れたブーツか、裸足で怪我か。濡れたブーツを選んだが、まず靴下を脱ぐ。水は「超」がつく冷たさだった。「たまらん。凍っちまう」思わず口をついて出る。事実、凍りそうだった。

そして、また選ばなくてはならない。すぐに靴下を履いて濡らしてしまうか、素足にブーツのハイキングを楽しんでみるか——足のまめは悪化するに決まっているが。ブーツもじきに役に立たなくなるにちがいない。

「わかるだろ」彼は言う。「ずっとこの調子だった。朝から晩まで。風が吹いても、日が照っても」
「どのくらい歩いたの?」とトビー。
「どうやって測るんだ? あそこじゃ、何マイルかなんて意味がない。ともかく、思ったほど行けなかった。とうに力が尽きていた」

大きな岩の間に身を隠して夜を過ごした。カシャカシャ音のするアルミ素材のサバイバルシートにくるまり、ヤナギや川岸のミニ白樺の枯れ枝で火をおこしたが、それでも寒くてぶるぶる震えていた。

次の夕焼けが空をピンクに染める頃には食料が底をついていた。クマのことで気を揉むのはやめた。むしろクマに会いたかった。がぶりと噛みつきたい。大きくて太ったクマに。小さな脂肪球が雪のように空から舞い降りてくる夢を見た。ぼたん雪じゃなく、粒状の雪。脂肪球が身体中のくぼみやしわに入り込んで、ふっくら盛り上げる。脳は百パーセントコレステロールだから、その数値を上げるためにも脂肪が必要だ。自分の身体の内側を思い浮かべる。肋骨の内側は空っぽの胴体で、その空洞に歯が並ぶ。脂肪球が降り注ぐ空に舌を出したら、チキンスープの味がしただろう。

夕暮れ時、カリブーがいた。こちらを見つめていたから、見つめ返してやった。銃で撃つには遠すぎて、追いかけるには俊足すぎる相手だ。連中は湿原の上を滑るように駆ける。まるでスキーを履いているかのように。

翌日は日が差して、暑いくらいだった。遠くのものが蜃気楼のようにぼやけている。まだ腹が減っているか？　よくわからない。ことばが出かかるが、太陽の下で燃え尽きた。じきにことばを失うだろう。ことばなしでも考えることは可能だろうか？　そうとも言えるし、そうでないとも言える。自分と自分以外のものを隔てることばというガラスパネル。それがなくなると、自分が歩いている空間にあるものすべてと直接向き合うことになる。自分でないものは自分自身の防御をすり抜け、境界線を崩して、浸食を始め、細い根の先を頭の中に伸ばしてくる。髪の毛が逆さに生えるように。そのうち全身が自分でないものに覆われ、苔のかたまりになってしまうだろう。だから歩き続けて、輪郭を保たないと。空気をかき分けて進み、後ろにできる波の形が自分の輪郭。警戒を怠らず、注意をそらすな。でも、何から？　襲いかかってきて、動きを止めようとするものからだ。

次の橋が流された地点で、クマが川岸の茂みから出てきて、固まった。さっきまでいなかったのに。ギョッとして後ろ足で立ち、全身をさらしている。うなり声は？　吠え声は？　悪臭は？　そりゃ、したただろう。だが、思い出せない。クマの目をめがけてスプレーを吹き付け、至近距離から撃ったはずだが、はっきりとした記憶がない。

気がつくと、小さすぎるナイフでクマを解体し、切り分けていた。手首まで血につかったが、宝の山だった。肉、そして毛皮も。少し離れて、二羽の大ガラスが喉をグルグル鳴らしながら、順番を待っていた。人間が肉を喰った後は、鳥たちがついばむ番だ。

「食べ過ぎるな」自分に命じる。肉を噛みながら、空っぽの胃袋にいきなり食べ物を詰め込むのは危険だってことを思い出す。特に、こんなに脂っこくて飽和脂肪酸の多いものは危険だ。「少しずつだ」自分のくぐもった声がする。まるで地中から自分に電話しているようだ。どんな味がした？　どうだっていいだろ？　心臓も食ったし、これでクマのことばを話せるようになっただろうか？


その翌日か二日後、あるいは数日後の彼の姿。目的地に向かっている途中だ。ともかく、どこかに目的地があるとの自信だけは変わらずある。履き物を新しくした。毛皮を内側にしたクマの皮で足を包み、ひもを巻き付ける原始人コミックでよく見るスタイルだ。毛皮のケープと毛皮の帽子もある。ただ、どれも寝具兼用なので、重いうえに悪臭ふんぷん。肉や大きな脂肪の塊も携行している。時間があれば、脂肪を油にして身体に塗りたいところだが、そのまま一口サイズの固形燃料として口から投入する。燃料が体内で燃え、熱が全身の血管を巡るのを感じる。

「心配にさよなら」と歌う。大ガラスは影のようにつきまとい、ずっとついてくる。いつの間にか四羽に増えている。大ガラスを集める笛吹き男か。〝おれの窓辺に青い鳥がいる〟大ガラスに歌ってやる。明るく元気でレトロなダサい曲が母親のお気に入りだった。この歌とか、明るい賛美歌とか。

今度は、ほぼ平らな道をこちらに向かってくるサイクリストが遠くに見えた。マウンテンバイクに乗った冒険野郎。エンドルフィン過剰分泌でおかしくなっているやつらだ。サイクリスト連中はよくホワイトホースを通り、アウトドアショップで装備を充実させてから丘に向かい、オールド・キャノル・トレイルで勇気や忍耐力を試す。例のおんぼろ小屋までバイクを漕ぐのが通常のコース。そして、引き返す。来た時よりも痩せて、筋張り、頭も一段とおかしくなっている。宇宙人に誘拐される話をする者もいれば、しゃべるキツネや、夜のツンドラで聞こえる人間の声――あるいは人間に近い生きものの声、誘うような声――の話をする者もいる。

いや、サイクリストは二人だ。一人がかなり先行している。喧嘩中の恋人同士とみた。普通はくっついて走るはずだ。

マウンテンバイク、あれは使える。荷物入れがあるのもいい。バッグにはいろんなものが入っているだろうし。

川岸の茂みに隠れて、最初のマウンテンバイクが通り過ぎるのを待つ。女だ。ステンレス並みに硬い太ももをぴっちりしたツヤのあるサイクルウェアで包んだ金髪の女神。流線型のヘルメットをつけて風を受け、トレンディな小型の自転車用防風サングラスからのぞく薄い眉をひどくしかめている。でこぼこ道を通り過ぎる時、豊胸手術をした胸のように張りきった尻も揺れる。そして、男が来た。距離を取り、不機嫌そうに口をへの字に曲げて。彼女の機嫌を損ねて、お仕置きされている。その惨めな思い、軽くしてやろう。

「あうーっ」ゼブは叫ぶ。怖がるような声で。

「あうーっ？」トビーは笑う。

「言いたいことはわかるだろう？」とゼブ。

早い話が、茂みから飛び出して男に飛びかかった。クマの毛皮をまとい、うなり声を上げながら。襲われた相手のくぐもった悲鳴、金属のぶつかる音。この不運なカモは殴る必要もない。もう気絶している。後はサドルバッグごと自転車を持ち去ればいい。

振り返ると、女が止まっていた。さっきまで硬く閉じていた口が「おー」――驚きと悲しみの「おー」――と大きく開く様子が目に浮かぶ。今となっては、あの哀れな野郎をさんざん叱りつけたことを後悔しているにちがいない。巨大な太ももの力で素早く引き返し、ひざまずき、介抱し、あやすように身体を揺すり、傷を軽くなでて、涙を流す。やがて男の意識が戻り、ゴーグルを外した女の目を見つめる。このとんまが何をやらかしたにせよ、その時すべてが許される。そして、彼女の携帯電話で助けを呼ぶ。

彼らは何を語る？　想像はできる。

その場を去り、丘を下ってすぐのところに隠れてサドルバッグの中身を確認する。まるで玉手箱だ。ジョルトバーが五つ、チーズの代用品、予備のウィンドブレイカー、ガスボンベ付き小型コンロ、乾いた靴下、替えの厚底ブーツ――小さすぎるので、足指部分を切り取ることにする。携帯電話。そして、いちばんうれしかったのはＩＤ類。いろいろ役に立つはずだ。電話は壊してから岩の下に隠す。それから脇道に入ってツンドラ地帯を進む。ビシャビシャ、グチャグチャ。バイクを漕ぐ。

幸い、泥炭が盛り上がった小山がある。大きく亀裂が入っているのは、すばしこい地リスを追いかけるグローラーが怒って掘り返した跡にちがいない。バイクともども湿った黒土の地面に身を潜め、土の山の間からあたりを見渡す。湿った場所で長いこと待っていると、ようやくソプターが現れる。若いサイクリスト二人が抱き合ったり、震えたり、自分たちの幸運を喜んだりしている上空でホバリング開始。縄ばしごが下ろされ、しばらくすると、恋人たちはそのはしごを上り、ソプターが低速低空飛行で連れ帰る。翼パタパタ、気球パンパン。はてさて、どんな冒険譚を語ろうか。待ちきれない二人だ。

そして彼らは語りまくった。話は全部読んだ。だが、それはホワイトホースに着いてからのこと。その前に、クマの毛皮を脱ぎ捨て、池に沈め、〈運命の女神〉の采配で手に入った清潔な服に着替えて、ヒッチハイクをして、こざっぱりと身繕いをし、髪型を変え、サイクリストのＩＤをハッキングして、まだ覚えていた裏ルートで資金を動かし、自分宛てに送金した。連中の物語を読んだのは、こういうことすべてをやった後だ。

彼らが語ったこと。やはりサスクワッチ〔北米山中に住むと言われる伝説の大男。ビッグフットとも〕は実在し、マッケンジー山脈のバレンズに移動してきたらしい。いや、クマだったはずがない。だってクマはマウンテンバイクに乗れないんだから。身長七フィート〔約二一〇センチ〕、ほぼ人間のような目で、ひどい悪臭を放ち、人間と同じくらい賢そうだった云々。女が携帯で撮った写真まである。茶色のぼやっとしたかたまり。赤い丸で囲んで、写真の中のたくさんの茶色いかたまりのうち、どれが問題の部分かを示してある。

一週間もたたないうちに、ビッグフット信者が世界中から集まって探検隊を組織した。発見現場一帯をくまなく捜索して足跡や髪や糞を見つけるつもりらしい。隊長は言う。まもなく決定的なＤＮＡサンプルも採取できそうだ。そしてその時、これまで彼らをバカにしてきた連中は、邪悪で、古くさく、時代に取り残され、真実を受け入れない自分たちの姿をさらすことになるのだ、と。

もう、まもなく。

ゼブと〝ありがとう〟と〝おやすみなさい〟の物語

魚を持ってきてくれてありがとう。

〝ありがとう〟の意味は……〝ありがとう〟というのは、皆さんが何かよいこと——皆さんがよいと思った何か、かな——を私にしてくれたという意味です。たとえば、私に魚を持ってきてくれたこと。うれしかった。でも、本当にうれしかったのは、皆さんが私を喜ばせたいと思ったことです。それが〝ありがとう〟の意味です。

いいえ、これ以上魚を持ってくる必要はないのよ。もう充分です。

ゼブの話を聞きたくありませんか?

じゃあ、聞いてくださいね。

雪を頂上に載せて、高く、高くそびえる山から戻ったゼブは、クマの毛皮をはいで身につけて、それからクマに〝ありがとう〟と言いました。クマの気持ちに対して。

なぜって、クマはゼブを食べず、かわりに自分を彼に食べさせたから。それに、自分の毛皮をゼブが身につけるよう差し出したからです。

〝気持ち〟というのは、身体が死んでも死なない部分です。

〝死ぬ〟っていうのは……つかまった魚は料理される時に死にます。

ううん、死ぬのは魚だけじゃないのよ。人も死にます。

はい。みんな死にます。

そう、皆さんもね。いつか。まだですけど。まだずっと長い間、死にませんよ。

どうしてかわからないの。クレイクがそう作ったんです。

なぜって……

誰も死なずに、次々と赤ちゃんが生まれ続けたら、この世界はいっぱいになって、場所がなくなってしまいますからね。

いいえ、皆さんは死んでも、火で料理されることはありません。

魚じゃないからよ。

そうね、クマも魚じゃありません。クマはクマの死に方で死にました。魚の死に方ではなく。だからクマは火で料理されなかったの。

ええ、ゼブはオリクスにも〝ありがとう〟と言ったでしょうね。クマだけじゃなく。

だって、オリクスはゼブに自分の〈子どもたち〉の一人を食べさせたんですから。オリクスは、〈子どもたち〉がほかの〈子どもたち〉を食べることがあるのを知っていました。そういうふうに作られているからです。鋭い歯を持つ〈子どもたち〉のことです。だから、ゼブも〈子どもたち〉を食べるだろうとオリクスは思っていました。彼はとてもお腹が空いていましたからね。

ゼブがクレイクに〝ありがとう〟と言ったかどうかはわかりません。今度ゼブに会ったら、直接訊いてみてはどうかしら。ともかく、クレイクはクマの責任者ではありません。オリクスが責任者です。

ゼブはクマの毛皮を着て暖まりました。

ものすごく寒かったからです。ここよりもずっと寒かったのよ。山に囲まれた場所で、山の頂上には雪がありました。

〝雪〟は水が凍って小さいかけらになったものです。スノーフレイクっていうの。〝凍る〟というのは、水が岩のように硬くなること。

いいえ、スノーフレイクはスノーマン・ザ・ジミーとは何の関係もありません。名前の半分にどうしてスノーフレイクに似た言葉が使われているのか、わからないわ。

こうやって両手を額に当てているのは、頭痛がするからです。頭痛というのは、頭が痛いこと。

ありがとう。喉を鳴らしてくれると楽になると思います。でも、たくさん質問するのを止めてくれたら、もっと楽になると思うわ。

ええ、アマンダも頭痛がしていると思います。ともかくどこかが痛いんでしょう。彼女に喉を鳴らしてあげるといいかもしれません。

今晩のゼブの話はもう充分でしょう。ほら、月が出ています。皆さん、ベッドタイムですよ。

皆さんにベッドがないことは知っています。でも、私にはあるの。だから、私のベッドタイムね。おやすみなさい。

〝おやすみなさい〟というのは皆さんがよく眠れるように、そして朝、元気に目覚めて、悪いことが一切起きないよう願っていますっていう意味。

そうねえ、たとえば……どんな悪いことが起きるか、今は考えつかないわ。

おやすみなさい。

傷

傷

いつだって目立たないように心がけてきた。毎晩クレイカーに物語を聞かせた後、ゼブのもとに行く時も人目がなくなるのを待って、こっそり抜け出す。でも、誰もだませてはいない――少なくとも人間は。

当然といえば当然だが、二人の関係を面白おかしく見ている者もいる。特にスウィフト・フォックス、ローティス・ブルー、クロージャー、シャッキー、ザンザンシトら、若い世代。おそらくレンも。アマンダだってそうだろう。熟年二人のロマンスは笑いのネタだ。青春や恋わずらいと皺だらけの顔は馴染まないのだ。お笑いでしかない。ある時を境に、身も心もとろかす官能的なものが干からびて硬くなり、豊穣の海が不毛の砂漠に変わる。間違いなくトビーはその時を過ぎてしまったと誰もが思っている。薬草を煎じ、キノコを集め、ウジ虫を傷口に当て、いぼを取り除く――老婆がやること。それがトビーにお似合いの仕事だ。

ゼブについて若い彼らがどう見ているかと言えば、面白がるというよりむしろ戸惑っている。社会生物学的な観点から期待されるのは、集団のボスにふさわしい振る舞いだ。彼に熱を上げるセクシーな女たちに飛びかかり、トビーと違ってまだ出産可能な彼女らを妊娠させて自分の遺伝子を残すとか――ボスにはそれが許されているのだから。それなのに、貴重な精液を毎度無駄に使うのはなぜなんだ？　彼らはそう思っているにちがいない。スウィフト・フォックスの子宮を使えばよいのに。彼女もそれを望んでいるのは身振りからも明らかだ。思わせぶりにまつ毛をパタパタさせたり、胸を突き出したり、ボリュームのある髪をなびかせたり、脇の下のくぼみを見せつけたり。青い局部をちら見せすることさえやりそう。まるでクレイカー。どうしようもないバカ女。

やめなさい、トビー。自分に言い聞かせる。いつもこうして始まるのだ。集団がどこかに置き去りにされたり、船が難破したり、敵に包囲されたり、外界と隔絶するといつもこうだ。調和を目指す意思にひび割れが生じて、仲間うちの嫉妬や仲違いが始まる。そして、誰もが自らの邪悪な気持ちにとらわれて、つまらないことにむかついたり、些細なことを恨めしく思ったり、怒鳴り合ったり、食器を投げ合ったりしている間に、警戒を怠った扉から、敵や殺し屋や影が忍び込む。

外界から孤立した集団ではこんなふうに鬱屈がたまり、陰口やもめごとが多くなる。神の庭師たちの教団では、まさしくこの問題に対処するため、〈ディープ・マインドフルネス〉の瞑想を行っていた。

トビーはゼブと恋人関係になってからというもの、彼がいなくなる夢を見るようになった。実際、夢を見ている間に彼はいなくなる。トビーの小部屋の硬いシングルベッドは二人には小さすぎるので、毎夜、ゼブはそっと抜け出して、暗闇を手探りしながら自分の狭苦しい部屋に戻っていく。まるで、イギリスのカントリーハウスを舞台にした笑劇の登場人物のように。

だが、夢の中の彼は本当に去ってしまう――どこかわからないが、ともかく遠くへ。トビーは、土壁ハウスのフェンスの外に立ちつくし、遠くを見つめる。クズのつるが伸び放題で、崩れた家のがれきや大破した車の部品があちこちに散らばる道の向こうを。ヒツジの低く鳴く声がする。泣いているのだろうか？ 「彼は戻らないわよ」 ぼんやりした水彩画のような声が言う。「絶対に戻らないわ」

女の声だ。レン？　アマンダ？　それとも自分自身の声？　夢はパステル調のグリーティングカード並みに甘く切ないストーリーだ。目覚めていれば、その展開にさぞやムカつくだろうが、夢に皮肉は存在しない。大泣きして、涙で服が濡れてしまう。日が落ちて深まる闇の中――それとも洞窟の中か？――涙はガスストーブの青緑色の炎のようにチラチラ光る。今度はネコに似た大きな動物が慰めに来る。身体をすり寄せ、風が吹くように喉を鳴らしている。

目覚めると、クレイカーの少年が部屋にいる。寝汗で身体にまとわりつくベッドシーツの端を持ち上げて、優しく脚をさすってくれている。オレンジと何かが混じったにおいがする。柑橘系の芳香剤みたい。クレイカーは皆、こういうにおいがする。特に子どもたちは。

「何をしているの？」できるだけ穏やかに訊ねる。足の爪はすごく汚れているはず。汚いうえにギザギザ。調達希望品リストに爪切りを加えなくちゃ。肌はゴワゴワだし。それにひきかえ、この子の手はなめらかでシミひとつない。内側から輝いているのかしら？　それとも、すべすべの肌が光を反射しているの？

「ああ、トビー、下に足があるんだね」と少年が言う。「ぼくらと同じだ」

「ええ、そうよ」とトビー。

「おっぱいもある？　ねえ、トビー」

「あるわよ」微笑んで答える。

「二つ？　おっぱいは二つあるの？」

「そうよ」とだけ答え、「今のところは」と続けたいのをこらえる。この子はおっぱい一つがいいと思っているの？　三つ？　ひょっとしたら、犬のように四つとか六つとか？　だけど、犬を近くで見たことがあるのかしら？

「教えて、トビー、赤ちゃんは足の間から出てくるの？　青くなった後に」何を聞いているの？　クレイカーじゃない女も子どもを産めるかってこと？　それとも私自身が出産可能かどうかって？　「もっと若かったら、出てきたかもしれない」彼女は答える。「でもね、もう無理なの」とはいえ、年齢だけの問題じゃない。今とまったく違う人生だったら、お金が必要じゃなかったら、まったくの別世界に住んでいたなら——

「ねえ、トビー。病気なの？　痛い？」クレイカーの少年はそう言うと、美しい腕で彼女を抱きしめようとする。その神秘的な緑の瞳に浮かんでいるのは涙？

「だいじょうぶよ」と答える。「もう痛くないわ」ヘーミン地にいた頃、家賃を払うために卵子を売っていたことがある。神の庭師たちに加わる前の話だ。そのせいで感染症にかかり、子どもを産めない身体になってしまった。その悲しみはずっと前に記憶から消したつもりでいた。もし残っているなら、今度こそ消してしまわなくては。私たちの現状——以前は人類の状況と言っていた——を見れば、悲しみみたいな感情は無意味なものとして忘れるべきだ。

「身体の中に傷があるの」と言いかけて、思いとどまる。ねえ、トビー。傷って何？　すぐに質問されて、説明を始めることになる。傷というのは、そうねえ、身体に何かを書くこと。その書いたものが何が起きたかを説明するの。血が流れた場所の皮膚が切れているとか。ねえ、トビー、書くって何ですか？　書くというのはね、紙や——石でもいいのよ——砂浜のような平らな面に印をつけること。印一つ一つに音がついているの。音がいくつか集まってことばになる。そして、ことばがいくつか集まると……。だけど、トビー、どうやって書くことをするの？　キーボードを使います。でも、使わなくてもだいじょうぶ——昔はペンや鉛筆を使っていました。鉛筆というのは……。それから、棒を使ってもいいのよ。ああ、トビー、わからないよ。棒で肌に印をつけるの？　皮膚を切りつけると、それが傷になって、そして、その傷が声になるの？　皮膚は話ができて、いろんなことを話してくれるの？　ねえ、トビー、傷が話すのを聞くことができますか？　話をする傷をどうやって作るか教えてください！

ああ、だめだめ。傷のことなんて持ち出しちゃだめね。自分の身体に傷をつけて、声がするかどうか試すことだって、クレイカーならやりかねない。

「名前はなんというの？」男の子に訊ねる。

「ブラックビアードといいます」少年は厳粛な面持ちで答える。ブラックビアードって黒ひげのこと？　あの残忍な人殺しの海賊？　こんな愛らしい子が？　クレイクが新しい種族の彼らから体毛をすべて除去したせいで、大人になってもひげの生えないこの子が？　クレイカーの多くに奇妙な名前がついている。ゼブによると、クレイクが名付けたらしい——独特のひねくれたユーモアで。でも、もともとクレイカーは奇妙な存在なんだから、奇妙な名前でちょうどいいのかもしれない。

「ブラックビアードというのね。お会いできてうれしいです。よろしくね」と挨拶する。

「ねえ、トビー、自分の糞を食べますか？」ブラックビアードが訊ねる。「ぼくらみたいに。食べた葉をよく消化するために」

糞って何のこと？　食べられるうんち？　そんなこと聞いてないわ！「さあ、ブラックビアード、お母さんのところに戻る時間よ」と促す。「きっと心配しているわ」

「ああ、トビー、だいじょうぶです。ぼくがここにいることは知っているから。トビーは善良で親切だと言ってました」小さいが完璧な歯並びを見せて微笑む。思わずうっとりしてしまう。すべてが魅力に満ちている——エアブラシで加工した化粧品の広告写真のようだ。「クレイクのように善良で、オリクスのように親切なんですよね。ねえ、翼がありますか？」首を伸ばして、背中を見ようとする。

さっきハグしたのも、翼の付け根があるかどうかをこっそり探るためだったのかもしれない。

「いいえ」と答える。「翼はないわ」

「ぼくは、大きくなったらトビーと交尾する」ブラックビアードは雄々しく申し出る。「青く……ええと、少し青いだけでもだいじょうぶですよ。そして、赤ちゃんができる！　骨の洞窟で大きくなるんだ！　身体の中の。そして、トビーは喜ぶ！」

少し青いだけ。私がそれなりに年がいっていることはわかっているんだ。だけど〝年とった〟を表すことばをクレイカーは知らないのね。「ありがとう、ブラックビアード」と答える。「さあ、もう行きなさい。私はこれから朝ごはんを食べます。それからジミーのところへ――そう、スノーマン・ザ・ジミーのところへ行かなくちゃならないの。病気がよくなったかどうかを見るために」身体を起こして、両足をしっかりと床に下ろす。もう帰りなさいという合図だ。

だが、少年にはその合図がわからない。「〝朝ごはん〟って何？　ねえ、トビー」忘れていた。彼らは食事をほとんどとらないのだ。草食動物のように草を食むだけだ。

少年はトビーの双眼鏡に目を向け、ベッドシーツの山を指でつつく。今度は部屋の隅に立てかけてある彼女のライフルを撫でる。普通の人間の子どもと同じ。意味もなく、いろんなものをいじったり、何にでも触ってみたり。「これが朝ごはんですか？」

「触ってはだめ」少し厳しく言う。「朝ごはんじゃありません。それは特別なもので……朝ごはんは朝食べるもののこと――私みたいに皮膚がもう一つある人が食べるのよ」

「魚ですか？」と少年。「その朝ごはんって」

「時々はね。でも、今日は動物の一部を食べます。毛皮のある動物。たぶん脚の部分。中にいやなにおいの骨があるの。そんな骨は見たくないわよね？」これで確実にこの子から解放されるはずだ。

「うん、見たくない」そう答えるが、迷いが見える。顔をしかめながらも、興味をそそられている。誰だって、巨人の気味悪いご馳走をこっそり見てみたいと思うだろう。

「なら、もう行きなさい」と促す。

まだぐずぐずしている。「スノーマン・ザ・ジミーから聞いていています。カオスの時に悪い人たちが〈オリクスの子どもたち〉を食べたって」と少年は言う。「次々に殺して、たくさん食べたって」

「そのとおりよ」とトビー。「それは間違った食べ方で食べたの？　逃げちゃった二人」

「あの悪い人たちも間違った食べ方で食べたの」

「そう、間違っていたのよ」と答える。

「じゃあ、トビーはどうやって食べますか？　〈オリクスの子どもたち〉の脚をどんなふうに食べるの？」大きな目は見開いたままだ。私が鋭い牙をむき出して今にも飛びかかるとでも思っているのかしら。

「正しい食べ方で食べます」正しい食べ方は何かって聞かれませんように。

「キッチンの裏でいやなにおいの骨を見ました。あれが朝ごはん？　悪い人たちもああいう骨を食べたの？」とブラックビアード。「そうよ」トビーは答える。「でも、あの人たちはほかにも悪いことをするの。たくさん。もっとひどいことも。だから、みんな気をつけなくてはなりません。自分たちだけで森に行ってはだめですよ。あの二人を見かけたら、すぐに私に知らせてね。二人みたいに悪そうな人を見た時も。私じゃなくても、クロージャーやレベッカ、それにレン、アイボリー・ビルの誰でもいいから知らせてください」クレイカーの子どもや大人相手にこう繰り返してきたが、彼らが本当に理解したのかどうか、今一つ心許ない。こちらの顔を見つめて頷き、言われたことをゆっくり咀嚼しながら考えているように見えるが、怖がる様子はない。怖がらないことが心配だ。

「スノーマン・ザ・ジミーやアマンダには知らせない」と少年は言う。「言っちゃいけないんだ。だって、二人は病気だから」そこはわかっているのね。考えごとをするかのように間を置く。「でも、ゼブなら悪い人たちをなくしてくれる。そしてすべてが安全になります」

「そうね」とトビー。「すべてが安全になるわね」すでにクレイカーはゼブを崇める信仰を見事なまでに作り上げていた。まもなくどんな病も治せる全能の存在になるだろう。そうなると厄介だ。だって、もちろん彼にそんなことはできないのだから。私の悩みすら解決してくれないのに、とトビーは思う。

だが、ゼブの名前はブラックビアードを落ち着かせたようだ。微笑みが戻り、手を小さく振る。まるで昔々の大統領かパレードの女王だ。あるいは映画スターか。どこであんなしぐさを覚えたのだろう？　そろそろと後ずさりして戸口を出ていく。角を曲がるまで目をそらさない。

怖がらせちゃった？　そう自問する。仲間のところに戻ったら、気持ちの悪いびっくり話を聞かせるのかしら？　本当の子どもたち——いいえ、子どもたちが皆そうするように。

バイオレット・バイオトイレ

建物の外ではすでに一日が始まっている。みんなは朝食を済ませたようだ。食卓に残っているのはスウィフト・フォックスとアイボリー・ビルだけ。いちゃついているのは間違いなさそうだが、本当のところはよくわからない。おそらく彼女は練習のつもり。一方、彼は本気で関係を求めているのだろう。トビーはあたりを見渡すが、ゼブの姿はない。シャワー中なのかもしれない。クロージャーはモ・ヘアヒツジの群れを連れて出て行くところだ。スプレーガンを抱えたザンザンシトが背後を守る。ジミーのハンモックは木陰に張られ、クレイカー三人が見守る。

ローティス・ブルーとレンは土壁ハウス増築工事の作業中。マッドアダマイトたちは投票で一人用寝室を増やすことに決めた。新しい部屋はより広く、本当の家みたいな雰囲気を出す予定だ。土壁ハウスは基礎部分を昔の工法で作ってある。いわば古代の模造品、セメントで恐竜を作ったみたいなものだ。かつて命の木ナチュラル製品販売会もここで開かれていた。当時、神の庭師たちと一緒にリサイクルの手作り石けん、酢、ハチミツ、キノコ、屋上菜園で育てた野菜を売りに来たのを覚えている。当時はまだ、ものを売る人も買う人もいて、売買が成立していた。

ハチを探さなくちゃならない。逃げ出して木に住みついたハチがいるはず。ハチの世話は心が落ち着く。しかも役に立つ仕事だ。

土壁ハウスの増築工事は段階を踏んで進めなければならない。泥、藁、砂をミッキーマウスがたくさん描かれたビニール・プールの中で混ぜる。それがレンとローティス・ブルーのけさの作業。木枠を組み、毎日、壁土の層を重ねていく。午後は雷雨が多く、新しい層を乾燥させるのが困難だが、幸いなことに、全体を覆うビニール・シートを誰かが見つけてきた。

アマンダは二人の近くに座り、両手を膝の上に置いたまま何もしない。本当に何もしない。ゆっくり時間をかけて回復するのだろう。時間をかける料理と同じ。そのほうが、最終的にはよい結果が出るはずだ。ともかく体重は増えたようにみえる。この数日間、雑草を引き抜いたり、カタツムリやナメクジを取り除いたりして、彼女なりの努力はしている。昔のエデンクリフ屋上庭園では、この〈われらが菜食の仲間たち〉を通りに投げ落として、強制移動させていた。ナメクジにだって生きる権利はある――それがモットーだったから。ただし、強制移動させてはまずい場所もある。たとえば、サラダボウルの中とか。彼らが咀嚼の被害に遭いかねないからだ。けれども、あまりに数が増えすぎたので――すべての植物からナメクジやカタツムリが自然発生しているかのようだ――今ではすべて塩水に投げ入れるのが暗黙の了解だ。

虫はのたうち回ったり、泡を出したりするが、アマンダはその作業を少し楽しんでもいるようだ。いずれにしても、土壁ハウスの工事作業に加わるのはまだ荷が重すぎる。以前の彼女は、折り紙付きの強さで、怖いもの知らずだったのに。たくましいヘーミン地ドブネズミで、頭の回転が速く、どんな問題にも対処する才覚があった。対するレンのほうは気弱で引っ込み思案。アマンダがどのような目に遭ったのか――ペインボーラーのやつらに何をされたか――わからないが、よほどのことだったにちがいない。

クレイカーの子ども数人が泥を混ぜ合わせる作業を見ている。すぐに質問が始まるはずだ。なぜ、それをしていますか？　カオスを作っているの？　頭に黒い丸いものがついている、それは何ですか？　〝ミッキーマウス〟って何？　でも、ネズミに似ていませんよ。ネズミを見たことがあります。ネズミに大きな白い手はありません、等々。マッドアダムの敷地で見るものは何であれ、彼らにとって驚きだ。昨日、クロージャーがヒツジの群れを連れて出かけた際、どこかでタバコを一箱拾ってきたが、クレイカーは見逃さなかった。白い棒に火をつけたよ！　口にくわえた！　煙を吸い込んだ！　ねえ、クロージャー！　どうしてそんなことをしたの？　煙は息をするためのものじゃない。魚を料理するためのものだよ、等々。

「クレイクが決めたって言えばいいのよ」トビーの助言にクロージャーは従った。クレイクを持ち出す作戦はいつもうまくいった。

クレイカーの何人か――多くが女。幼い子どももいる――は、土壁ハウスの境界フェンスの外にあるかつての遊び場で、ブランコを覆うクズのつるを食べている。クズは彼らの好物の一つで、当分は絶滅する心配がない。ここにもクレイクの先見性が見てとれる。クズの下から赤いプラスチックのすべり台も姿を現し、子どもたちはそれが生きものであるかのように撫でている。クレイカーがクズを食べるまで、その下にブランコがあることなど一体誰が覚えていただろうか？

トビーはバイオレット・バイオトイレに向かう。用を足すためだけでなく、スウィフト・フォックスがいる間は朝食に行きたくないから。〝尻軽女〟と言いたいが、こらえる。女性が女性に対して使うべき言葉ではない。特に、何か具体的な理由がないのならば。

本当にそうなの？　尻軽女と平気で言ってのける内なる声が言う。ゼブに対する目つきを見たでしょ？　ハエトリグサみたいなまつ毛に、黒目をいやらしく動かす流し目。時代遅れで安っぽい売春用セックスロボットのＣＭみたい――〈抗菌繊維〉〈潤滑液噴出百パーセント〉〈真に迫るうめき声〉〈締まり度を測定して満足保証〉

大きく息をする。庭師たちの瞑想訓練をやろう。怒りがカタツムリの角のように皮膚を破って出てくる様子を思い描く。それから、激しい憤りの小さな芽を萎れさせて、消し去る。スウィフト・フォックスがいるほうに向かってやさしく微笑み、そして思う。あんたがほしいのは、要は手っ取り早いセックスでしょ。彼を誘うのも、自分の力を見せびらかしたいから。これまでの戦利品と並べて壁に飾りなさいよ。彼のこと何もわかってないくせに。あんたに彼の価値はわからない。どれだけ長い間、私が待っていたかも……

でも、トビーが待っていたことなんて、何の意味もないし、誰も気にしない。正当性も所有権も一切ない。何も要求する権利はないってこと。ゼブがスウィフト・フォックスとベッドに転がり込んでも——それがこっそりだったとしても、ゆっくり、じわじわだったとしても——口出しすることは許されない。たぶん彼は二股かけているんでしょ、知らないけど。恋人のトビー——もっとも、二人は恋人どうしというより、相棒や仲間という感じだけど——を甘い微睡《まどろ》みの中に残しながら、ゼブ自身は満足していない。それで、外にこそこそ出て、底なしの欲望を抱えたまま別の部屋に入り、同じ欲望に身もだえするスウィフト・フォックスの横に身体を寄せる。

そんなことを考えるのは耐えられない。だから考えないようにする。考えてはだめなの。絶対にだめなんだと自分に言い聞かせる。

バイオレット・バイオトイレはもとの小公園にあったものだ。男性用、女性用の個室がそれぞれ三つずつ。太陽電池はまだ生きていて、紫外線ＬＥＤランプと通気ファンモーターを動かしている。このバイオトイレが使用できるかぎり、マッドアダマイトのみんなは屋外に穴を掘らずに済む。幸い、街から集めてきたトイレットペーパーは大量にある。疫病発生後に略奪が横行した時期、特に狙われた物資ではなかったから。誰が荷台にトイレットペーパーを山積みしたいと思う？　紙で酔っ払ったりできないのだし。
　バイオトイレ内部の壁はヘーミン地時代の落書きだらけだ。長年にわたって上書きされ、何層にもなっている。社会秩序を維持するため、書き込みをなくそうと努力した時代もあったが、清掃グループが三日がかりで白く塗り直した壁は、自己主張に取り憑かれたアナーキーな若者たちのせいで一時間ともたなかった。

ダーリンへ、アタシはアンタのおんな、アンタはアタシのキング
アイ♡ユー　とにかくアンタが好き
くたばれコープセコー
ロリはお高くとまったバカ女
ピットブル十万匹にレイプされちまいな

トイレの壁に落書きするヤツ
てめえのクソを丸めろよ
知恵の言葉を読むヤツは
食べなきゃだめだぞ、クソボール

電話して／$のベストな使い方／年中無休　うめき声&精液の中で昇天
〈ジャマするな　さもなきゃ　ナイフで刺すよ〉

そして、迷いながら書きかけたことばもある。〝愛してみよう。世界には愛が必要〟

何を食べるか、どこで用を足すか、どこに住むか、誰を、そして何を殺すか。これが生きる上での最低ライン？　トビーは自問する。結局、行き着いたのがこの最低ラインのところなわけ？　というか、そこに戻ってきた？

誰を愛してるの？　そして、誰に愛されてるの？　誰に愛されていないの？　ついでに言うなら、誰に心底嫌われているの？

まばたき

ジミーは木の下でまだ眠っている。トビーは脈を確かめる——落ち着いている。ウジ虫を交換する——足の傷は化膿がおさまった。そして、少量のケシを混ぜたキノコ万能薬を口に流し込む。

ハンモックの周りには楕円状に椅子が並べられ、ジミーは饗宴の中央に置かれた供え物のようだ。巨大なサケか、皿に盛られたイノシシか。クレイカー三人が代わる代わる喉を鳴らす。男二人に女一人で、肌はそれぞれ金色、漆黒、そして象牙色。数時間ごとに三人組も交代する。一度にそのくらいしか連続して喉を鳴らせないのだろうか？　充電式電池のようなもの？　もちろん彼らにも草を食べたり、水を飲んだりする時間は必要だ。喉を鳴らすのにも周波数みたいなものがあるのだろうか？

わからないわ、そんなこと。ジミーの鼻をつまんで口を開けさせながら、そう思う。クレイカーの脳の配線をいじって科学的に調べるなんてことも、今となってはもう不可能だ。彼らにとってはそのほうが幸せだろう。以前なら、パラダイス・プロジェクトと競い合うどこかのコーポレーションに誘拐されて、身体構造を解明するために、注射され、電気刺激を流され、探針で調べられ、さらにバラバラに切り刻まれる危険だってあった。彼らの動力源は何か、どういう仕組みで喉を鳴らし、舌打ちするのか。病気になるとすれば、何が原因か。最終的には、DNAサンプルのプレートになって冷凍庫で保存されていたかもしれない。

ジミーは万能薬を飲み込み、吐息をもらす。左手がぴくりと動く。「今日の様子はどう？」クレイカーの三人に訊ねる。「少しは目を覚ました？」

「いいえ、トビー」金色の肌の男が答える。「旅をしていますよ」明るい赤毛で、手足が細長い。肌の色は別にして、子どもの本に出てきそうだ。アイルランド民話の本。

「でも、止まったんです」こう言うのは漆黒の男。「木に登りました」

「本当の木じゃないけれど」象牙色の女が言う。「彼が住んでいた木ではありません」

「木の上で眠ってしまいました」と漆黒の男。

「ええと、眠りの中で眠っているということ?」トビーが訊ねる。まさか。そんなこと、あり得ない。

「夢の中の木の上?」

「はい、トビー、そうですよ」象牙色の女が答える。全員がその輝く緑色の瞳で彼女を見つめる。トビーが紐を振り回しているのに、それに飽きてしまったネコのようだ。

「たぶん長い時間眠るでしょう」金色の男が言う。「木の上から動かないんです。目を覚まして、ここまで来なければ、本当に目が覚めることはありません」

「でも、よくなってきているのよ!」とトビー。

「彼は恐れています」象牙色の女が落ち着いた声で言う。「この世界を恐れています。悪い人たちを、それからピッグワンも。だから目覚めたくないんです」

「彼と話ができるの?」トビーは訊ねる。「目を覚ましたほうがいいと伝えてくれる?」試してみて損はないはず。ジミーがどこにいるにせよ、普通には聞き取れない手段で交信しているのかもしれない。波長や振動みたいなもので。

だが、彼らはもはやトビーを見ていない。今、見つめているのはレンとローティス・ブルーだ。二人はアマンダを背後に隠すようにしてやって来る。

三人は空いている椅子に座る。アマンダはおそるおそるの感じだ。レンとローティス・ブルーは作業のせいで泥まみれだが、アマンダは汚れていない。毎朝、二人はアマンダにシャワーを浴びさせ、身につけるシーツを交換し、彼女の髪を編む。

「ちょっと作業を休憩しようと思って」レンが言う。「それに、ジミー――ええと、スノーマン・ザ・ジミーの様子も見たかったし」

象牙色の女は満面の笑みを彼女たちに向ける。男二人は満面の笑みとまではいかない。クレイカーの男は土壁ハウスの若い女のそばに行くと緊張する。騒々しい集団交尾は許されないと教わってからというもの、自分たちに何が期待されているのかわからなくなったのだ。二人は喉を鳴らすのを象牙色の女に任せて、ひそひそ声で話し始める。

彼女は青い？　一人は青いよね。あの時二人が青かったから、ぼくらの青と合わせようとしたけど、喜ばなかった。ぼくらとは違うんだ。二人は喜ばず、とても悲しんだ。クレイクが作ったの？　どうしてあんなふうに、喜ばないように作ったんだろう？　オリクスなら手当てできるよね。ぼくらと違っていても、オリクスは手当てできる？　スノーマン・ザ・ジミーが目覚めたら、それも聞いてみよう。

壁のハエになりたい、トビーは思う。そして、人間や半分人間の彼らについて、クレイクの考え方をジミーが弁護するのをこっそり聞いてみたい。

「ジミー――ええと、スノーマン・ザ・ジミーは大丈夫そう？」ローティス・ブルーが訊く。

「たぶんね」トビーが答える。「問題は彼の……」〝免疫力〟という言葉は使いたくない。クレイカーの耳に入りそうだから。（〝免疫力〟って何ですか？　身体の中で、あなたを助けて、強くしてくれるものよ。免疫力はどこにありますか？　クレイクがくれたの？　クレイクが免疫力を送ってくれたの？等々）「夢が問題なのよ」よかった、クレイカーたちは反応しない。「でも、間もなく目を覚ますと思うわ」

「もっと食べさせなくちゃだめよ」とローティス・ブルー。「こんなに痩せちゃって！　食べなきゃ持たないわ」

「食べなくてもずいぶん長いこと生きられるよ」レンが言う。「庭師たちのところで断食してたじゃない？　何日間も。何週間のこともあった」身をかがめ、腕をのばしてジミーの髪をなでつける。「シャンプーしてあげたい」と言う。「ぼさぼさだわ」

「今、何か言ったみたい」とローティス・ブルー。

「もぐもぐ言ってるだけ。スポンジで拭いてあげよう」とレン。「スポンジバスってやつよ」上体をさらに近づける。「なんか、しなびちゃった感じ。ジミー、かわいそうに。死なないで」

「水分は与えているのよ」トビーは説明する。「それからハチミツも」なんで主任看護師みたいな口調になるの？　「身体も洗ってるわ」弁解するように言う。「毎日ね」

「ともかく熱っぽくはないわ」とローティス・ブルー。「熱は下がってるんじゃない？　ちがう？」レンはジミーの額に触れて「わからない」と言う。「ジミー、聞こえる？」みんなが見つめる。が、ジミーはピクリともしない。「暖かそうだよね。アマンダ、どう思う？」彼女を関わらせようとしてるんだ。何かに関心を向けさせたいのだ。レンはいつも思いやりのある子だった。

ほら、あのローティスなんとかの人が青いなら、交尾したほうがいいのかな？　いや、だめなんだよ。女の人のために歌っちゃいけないんだ。花を摘んでもだめ。ペニスを揺らすのもだめだよ。みんな怖がって叫ぶんだ。花をあげてもぼくらを選んでくれない。ペニスを揺らすのも嫌いだって。あの人たちは喜ばないんだよ。どうして叫ぶのかわからない。でも、叫ぶのは怖い時だけじゃないよ。時々……

「横になる」アマンダはそう言って立ち上がり、ふらふらと土壁ハウスに戻る。

「彼女が本当に心配」とレン。「けさも吐いたんだよ。朝食もとってない。危険な〈休閑期〉だと思う」

「食あたりかも」とローティス・ブルー。「何か悪いものを食べたとか。皿を洗う方法をマジで何とかしなきゃだめね。水がよくないんじゃ……」

「見て」とレン。「まばたきしたよ」

「あなたの話を聞いているんです」象牙色の女が言う。「あなたの声を聞いています。そして今、歩いています。喜んでいます。あなたと一緒にいたいんですよ」

「私と？」レンが驚く。「本当？」

「はい。ほら、見てください。微笑んでいます」事実、微笑みが浮かんでいる。微笑みらしきもの。赤ちゃんのおならスマイルみたいなものにすぎないのかもしれない。象牙色の女はジミーの口に止まっていた蚊を手で払う。そして、言う。「もうすぐ目を覚ましますよ」

ゼブの闇

ゼブの闇

夕暮れ時。トビーは物語の時間をさぼることにした。クレイカーに物語を語るとへとへとになる。へんちくりんな赤い帽子をかぶり、調理されているとは言い難い魚を食べさせられる儀式のためだけではない。話をでっち上げるのがたいへんなのだ。嘘をつくのは嫌い。わざと嘘をつくのではないし、嘘というほどの話でもない。ただ、暗く複雑な現実に触れないようにする。トーストを焼きながら、パンに焼き色がつかないようにしている感じ。

「明日、来るから」と言う。「今晩はゼブのために大切なことをしなくてはならないの」

「ねえ、トビー、しなくてはならない大切なことって何ですか？　お手伝いしたいです」〝大切〟の意味については訊かれずに済んだ。危ないと美味しいの中間あたりだと解釈したらしい。

「ありがとう」お礼を言う。「でも、私だけができることなの」

「あの悪い人たちのこと？」訊ねるのは少年のブラックビアード。

「いいえ」トビーは答える。「あの人たちを何日も見ていませんね。遠くに行ったのかもしれない。だけど、まだ気をつけなくてはだめですよ。悪い人たちを見たら、誰かに知らせてくださいね」

モ・ヘアヒツジが一匹、行方不明だ。赤毛を三つ編みにしたのがいない、とクロージャーがこっそり教えてくれた。草を食んでいる間に迷子になっただけかも。あるいは、ライオバムに襲われたか。

それとも、もっと悪いことが起きたのか、と考える。襲ったのは人間かもしれない。

暑苦しい一日だった。午後に雷雨があったが、湿度はまだ高い。この天候じゃ、性欲も湿ったマットレスの下じきになったように、湿ってしまうはず。普通ならそうだろう——でも〝普通〟って何？　彼女もゼブも、だるくて無気力で、疲れ切っていても不思議はない。だが実際には、いつもより早く仲間のもとを抜け出した。濡れるほど互いを求め、毛穴の一つ一つが欲情し、毛細血管まで欲望で満たされ、身体を絡ませて悶える。水たまりでのたうち回るイモリのように。

深まる夕暮れ。紫がかった闇が地面から湧き上がる。コウモリがひらひら飛んでいく。革製の蝶のようだ。夜の花が開き、濃厚な香りが立ちこめる。二人は夕涼みをしようと菜園に座るが、風はない。ゆるく絡ませた二人の指に、弱い電流がまだ通っているのを感じる。玉虫色の小さな蛾が顔の近くでチラチラと光りを放つ。私たちはどんなにおいがするのだろう？　キノコのにおい？　押しつぶされた花びら？　それとも夕露？

「助けてくれない？」トビーが言う。「もっと情報が必要なのよ。クレイカーのためにね。あなたのことを際限なく知りたがるの」

「どんなこと？」

「あなたは彼らのヒーローなの。だから、これまでの人生すべてを知りたいって。奇蹟の誕生秘話とか、自然を超越した偉業とか。好きな料理も。王さまみたいな存在なのよ」

「なんでおれが？」とゼブ。「クレイクはそういうものを全部なくしたと思っていた。連中は興味を持たないはずだぞ」

「でも、興味津々。取り憑かれてると言ってもいい。ロックスター並みよ」

「まっぴらだ、そんなこと。適当に話を作れるだろ?」

「反対尋問する弁護士みたいにしつこいの。せめて基本情報がほしいわ。話の素材になるもの」ゼブのことを詳しく知ろうとするのはクレイカーのため? それとも自分自身のため? 両方だ。だが本当は、ほとんど自分のためだ。

「何でも聞いてくれ。隠し事はない」

「はぐらかさないで」

ゼブは溜息をつく。「過去をすべて思い出すなんて、ごめんだ。もう過ぎたことで、思い出したくもない。おれの人生なんて、どうでもいいだろ? 誰も気にしやしない」

「私は気にしてる」とトビー。あなただってそう。まだ、こだわってるじゃない。「ほら、話してみて」

「しつこいやつだ」

「今夜は一晩中でもだいじょうぶ。それで、生まれたのは……」

「わかった、わかった」もう一つ溜息をつく。「ＯＫ。まず言っておくが、おれたちの母親は二人ともひどかったんだ」

「ひどいってどんなふうに?」聞き返すが、表情はもうほとんど見えない。頬骨の下、影、きらりと光る瞳。

ゼブ誕生の物語

スノーマンの赤い帽子をかぶりました。魚も食べました。光るものも聞きました。では、ゼブ誕生の物語を始めましょう。

皆さん、歌わなくてもいいのよ。

ゼブはクレイクが作ったのではありません。スノーマンとは違います。それから、オリクスに作られたのでもありません。ウサギとは違います。皆さんと同じように生まれたんです。皆さんのように骨の洞窟で大きくなって、そして、骨のトンネルを通って出てきました。これも皆さんと同じですね。

というのも、服の皮膚の下は私たちも皆さんと同じなのよ。ほとんど同じ。

いいえ、私たちは青くなりません。でも、時々青のにおいがするかもしれない。でも、骨の洞窟は同じです。

今、青いペニスの話はしなくてもよいでしょう。

はい、皆さんのもののほうが大きいですね。ご指摘ありがとうございます。

はい、おっぱいがあります。女の人にはあります。

そう、二つ。

はい、身体の前のほうにありますね。

いいえ、今、皆さんにおっぱいは見せませんよ。

なぜって、この物語はおっぱいと関係ありませんから。ゼブの話ですからね。

ずいぶん昔のこと、カオスがあった頃――クレイクが消してしまう前のことです――ゼブはお母さんの骨の洞窟に住んでいました。そして、洞窟ではオリクスが彼の世話をしました。オリクスは骨の洞窟にいるものすべての世話をしていましたからね。それから骨のトンネルを通ってこの世界に出てきたんです。その時は赤ちゃんでしたが、その後、大きく育ちました。

それから、アダムという名前のお兄さんがいました。でも、アダムのお母さんはゼブのお母さんと同じではなかったの。

というのは、アダムがまだとても小さい時にアダムのお母さんはアダムのお父さんから逃げたからです。

〝逃げる〟というのは、急いでどこか別の場所に行くこと。でも、急いでいても、走らなかったかもしれません。歩いて、じゃなかったら車で……アダムはその後、お母さんに二度と会いませんでした。そうですね。きっと悲しかったと思います。

アダムのお母さんは大勢の男の人と交尾したかったんです。ゼブのお父さんとだけじゃなくて。ともかく、ゼブのお父さんはアダムにそう説明していました。

はい、交尾を望むのはよいこと。皆さんと一緒に暮らせたら、うれしかったでしょうね。一度に男の人四人と交尾することだってできたと思うわ。皆さんのように。だから、とてもうれしかったはず！

でも、ゼブのお父さんはそう思いませんでした。

お母さんと〝結婚〟ということをしていたからです。結婚すると、女の人は一人の男の人だけを相手にして、男の人も一人の女の人だけという決まりでした。時には一人以上のこともあったけど、それはいけないことだったの。

カオスでしたからね。カオスの時は、そんなことがありました。だから、皆さんにはわからないんですよ。

〝結婚〟はもうなくなりました。クレイクは結婚をばかばかしいと思ったので、なくしてしまったんです。

〝ばかばかしい〟というのは、クレイクが好きじゃなかったということ。クレイクがばかばかしいと思っていたものはたくさんありました。

はい、善良で親切なクレイクです。皆さんが歌うと、話を続けられませんよ。

なぜって、何を話すか忘れてしまうからです。

ありがとう。

アダムのお父さんは新しい女の人を見つけて、もう一度結婚しました。そして、ゼブが生まれたの。

それで、小さなアダムは寂しくなくなりました。だって弟ができたんですから。アダムとゼブは助け合いました。でも、ゼブのお父さんは時々二人を痛めつけました。

どうしてかわからないわ。痛いのは子どものためになると考えていたのね。

いいえ、アマンダを痛めつけた二人の男ほど悪くはありませんでした。でも、親切な人でもなかった。

あの頃、なぜ親切じゃない人がいたのか、わかりません。これもカオスの時に起きたことですね。

ええと、ゼブのお母さんはよく昼寝をして、あとは自分の好きなことをしていました。小さい子どもにはあまり興味がなかったのね。そして、こう言いました。「あんたたちは死ぬほど厄介」

〝死ぬほど厄介〟の説明はむずかしいわ。ゼブとアダムのすることが好きじゃなかったという意味です。

いいえ、ゼブはお母さんを殺しませんでした。彼女は〝死ぬほど厄介〟と言っただけなの。しょっちゅう、そう言っていました。

なぜ、本当じゃないことを言ったのかって？　それは……そういう話し方をする人だったんです。本当か本当じゃないか、そういう問題じゃないの。その中間なのよ。自分が感じていることを口に出すの。そう、話し方の問題だったの。〝話し方〟というのは……

そうですね。ゼブのお母さんも親切な人ではありませんでした。時々、ゼブのお父さんがゼブをクローゼットに閉じ込めるのを手伝うこともありました。

〝閉じ込める〟の意味は……〝クローゼット〟というのは……ええと、とても狭い部屋で、中は暗くて、ゼブは外に出られませんでした。というか、お父さんたちはゼブが出られないと思っていたの。でも、間もなくゼブは閉まった扉の開け方を覚えました。

いいえ、ゼブのお母さんは歌えませんでした。皆さんのお母さんとは違います。皆さんのお父さんとも違います。皆さんとも違うのよ。

でも、ゼブは歌えました。クローゼットに閉じ込められると、中でやることの一つだったのよ。はい、歌うことが。

石油《ペトロリアム》教会の子どもたち

ゼブの母親、トゥルーディはぶりっ子の優等生タイプ。アダムの母親、フェネラは誰とでもベッドインするあばずれ。ともかく、トゥルーディとレヴからはそう聞かされていた。ゼブはこの二人からとんでもない役立たずだと責められ、そして、彼らはいつも正しいのだから、ごく自然に、自分はもらわれてきたのだと思った。彼らの清らかなＤＮＡを受け継いでいるとは到底考えられなかったから。

ゼブはよく空想した。フェネラに置いていかれた、と。ろくでなしの彼女こそ自分の生みの母親だ。大急ぎで家を出る彼女、ゼブを連れていっては逃げられない――そこで、彼を段ボール箱に入れて、玄関先に置く。その後トゥルーディとかいう女が箱ごと引き取るが、彼を邪険に扱う。そのうえ、血もつながっていないくせに、母親だと嘘をつく。フェネラ――どこにいるのかわからないが――はわが子を見捨てたことを悔やみ、落ち着いたらすぐ迎えに戻るつもりだった。そうしたら、二人でどこか遠く、はるか遠くに逃げて、レヴが眉をひそめそうなことをすべてやるのだ。ありありと想像できた、二人で公園のベンチに座ってリコリスのねじり菓子を食べたり、人目を気にせず鼻をほじったりするのが――

しかし、それはまだ幼い頃に考えていたこと。遺伝のことが少しわかってくると、きっとトゥルーディは何かの修理屋――強盗もやれば、こそ泥もやるような男――と秘かに関係を持ったのだと思うようになる。庭師かもしれない。そう言えば、ゼブと同じ黒髪のメキシコ系テキサス人の違法就労者をたくさん引っ張り込んでは、充分な報酬を払わずこき使っていた。手押し車で土を運び、茂みを掘り返し、ロックガーデンに岩を運び入れる、そういう庭仕事だ。ゼブの知るかぎり、庭だけが彼女に何かを育て、世話を焼きたいという気にさせるものだった。庭にはいつも彼女の姿があり、小さな草取りフォークで雑草を抜いたり、熱した酢でアリを巣ごと退治したりしていた。

「もちろん、おれはレヴの犯罪者体質を受け継いだのかもしれない。やつには間違いなくそういう染色体があった」ゼブは言う。「しかも、自分の不品行を飾り立てて立派な行為に見せるんだ。だが、おれは飾らない。素のままだ。あいつはこそこそして、ずる賢い男だったが、おれはいつも真っ向勝負だ」

「そんなに自分を責めないで」とトビー。

「わかっちゃないな、ベイビー」ゼブは言う。「自慢してるんだ」


レヴには自分のカルトがあった。当時はカルトこそが大金を稼ぐ方法だった。デリバティブのような違法すれすれの金融取引をする才覚がなくても、芝居がかった話し方ができて、いばり散らすのが平気で、口がうまくて聴衆を煽る説教ができれば、カルトで儲けられた。人の聞きたがることを話し、宗教の看板を掲げ、寄付の名目で信者から金を搾り取り、自分の情報発信拠点を作り、自動音声通話による勧誘や見栄えのいいオンラインキャンペーンを行う。政治家とは脅したりすかしたりして付き合い、税金逃れをする。あいつを少しは認めてやらないといけない。プレッツェルみたいにねじくれた性格で、アルミ箔の光輪をつけたおべっか使い、変態セックスが趣味で、醜いカエルが巨大なネズミを踏みつけて威張りくさっているようなくそったれだが、ばかじゃなかった。

その成功を見ればわかる。ゼブが生まれた時には、レヴのメガチャーチはすでに完成していた。大量のガラス材、オーク製に見せかけた信者席、人造みかげ石でできた教会が、ゆるやかに波打つ平原に建つ。ペトロリアム——石油——の教会。主流派により近い石油洗礼派《ペトロバプティスト》の系列だ。一時期、この宗派が幅を利かせていた。石油が希少になり、物価が高騰し、ヘーミン地に絶望が蔓延し始めた頃の話だ。大勢のコーポレーション幹部が教会に招かれては演説していた。連中は有毒ガスと毒素に満ちたこの世界を祝福する全能の神に感謝し、そしてガソリンが天で生み出されるかのように空を見上げるんだ。地獄みたいに信心深い顔で。

「地獄みたいに信心深い」ゼブは繰り返す。「この言い回し、昔から気に入ってるんだ。愚見を言うと、地獄と信心深さは同じコインの裏表だ」

「愚見?」トビーが聞き返す。「いつからそんなことばを使うようになったの?」

「おまえに会ってから」とゼブ。「おまえの尻——創造の奇蹟だ——があまりにきれいだったんで、自分がいかに粗悪品かって謙虚な気持ちになった。あんまり言わせるなよ。今に床を舐め始めちまうぜ。もういいだろ、小っ恥ずかしいから」

「わかったわ。愚見を認めてあげる」トビーは答える。「続けて」

「鎖骨にキスしてもいいか?」

「ちょっと待って」とトビー。「話のクライマックスが終わってから」彼女はいちゃつくのに慣れていないが、楽しんでいた。

「おれのクライマックス? 卑猥なこと言ってるのか?」

「それはまた今度。ともかく話を続けて」

「OK、わかった」

レヴは金をかき集めるために、自分なりの神学を作り上げた。もちろん、もとになるのは聖書だ——『マタイによる福音書』十六章十八節「あなたはペテロである。この岩の上に私は教会を建てよう」

「すごい天才じゃなくてもわかる話だ——レヴはよく言ってた。ラテン語でペ、テ、ロは岩のことなんだから、「ペテロ」の本当の意味は岩から湧き出る油《ペトロリアム》、石油だ。「ですから、親愛なる信者の皆さん、この一節は聖ペテロについて述べているだけではありません。まさしく預言であり、〈石油の時代〉を洞察したことばです。そして皆さん、私たちはその正しさを目の当たりにしています！　考えてもみてください！　今、石油以上に貴重なものがあるでしょうか？」　腐った男だったが、まあ大したもんだ」

「本当にそんな説教をしたの？」　トビーが訊く。ここで笑うべきかどうか。ゼブの表情からは判断がつかない。

「〈ペトロリアム〉の後半部分、〈オリアム〉を忘れちゃだめだぞ。ペテロの部分より重要だったくらいなんだから。レヴは〈オリアム〉について何時間でも熱弁を振るったもんだ。「信者の皆さん、オリアムがラテン語で油を意味することはご存じですね。そして、油は聖書全篇を通じて神聖なものです。間違いありません！　神父や預言者や王を聖別する時、一体何を使いますか？　油です！　神による特別な選びの徴《しるし》、神聖な油なのです！　私たちとともにある油について、これ以上の説明が必要でしょうか？信者たちが神の御業《みわざ》を受け継ぎ、さらに偉大なものとするよう、神は特別のご配慮で油を地中に埋めてくださいました。私たちが〈支配〉する星、地球には神の〈オリアム〉を採掘する装置がたくさんあり、それを使って神はご自身の〈オリアム〉を私たちにふんだんに分け与えてくださるのです！　聖書はこう教えていませんか？　明かりを枡の下に隠さないように、と。明かりを絶やさず灯し続けるのに、油以上のものがあるでしょうか？　そうです！　皆さん、神の〈油〉です！　〈聖なるオリアム〉を枡の下に隠してはいけない――岩の下に放置してはいけないのです。なぜなら、神の〈御《み》ことば〉に背くことになってしまいますからね！　さあ、声高らかに歌ってください。そして〈オリアム〉が祝福され、力強く湧き出るようにしましょう！」」

「そんなふうに言っていたの？」　トビーが訊ねる。

「そうだ。このほら話は頭から尻まで、そっくり真似できるぞ。何しろ、いやというほど聞かされたからな。おれもアダムも」

「上手ね」とトビー。

「アダムのほうがうまかった。レヴの教会では——夕餉の食卓でも——赦しを求めて祈るなんてことはなかった。雨のために祈ることすらしなかった。少しはそんな祈りをしてもよかっただろうに。おれたちが祈ったのは石油のためだ。ああ、それから天然ガスのため——レヴは選ばれし者たちへの聖なる贈り物リストに天然ガスを加えてたからな。食前の祈りをする時、毎回レヴは食卓に食べ物をもたらすのは石油だと言っていた。なぜって、畑を耕すトラクターを動かし、店に食品を配達するトラックを走らせ、われらが敬虔なる母親、トゥルーディが買い出しに行く車も走らせ、さらに料理に必要な電力をもたらすのは石油なんだから。まるで石油を飲んだり食べたりしてるような言い草だった——まあ、ある意味で本当のことだったが——だから、恭しくひざまずきなさい！ってな。

説教がこのあたりに差しかかると、アダムとおれはテーブルの下で足の蹴りっこを始めた。相手が悲鳴を上げたり、身体を強ばらせたりするよう、強く蹴りながら、自分は涼しい顔をする。音をたてたほうがぶん殴られるか、小便を飲まされるからな。もっとひどい罰もあった。でもアダムは絶対に声を上げなかった。その点は尊敬していた」

「ねえ、ほんとに飲むわけじゃないでしょ？」トビーが訊く。「小便って？」

「神に誓ってほんとの話」と手を胸にあて、「おっと、おれの神はどこだ？」

「二人は仲良しだと思ってた」トビーが言う。「あなたとアダム」

「仲はよかったぞ。テーブルの下の蹴り合いは男の付き合いってもんだ」

「その時、いくつだったの？」

「二人とも足の蹴りっこには大きくなりすぎていた」ゼブが答える。「特にアダム。わずかな年の差だったが、あいつはずいぶん大人びていて、神の庭師たちなら早熟の賢者とでも呼んだだろう。兄は賢く、弟は愚か、いつもそんな雰囲気だった」

アダムはやせっぽちのチビだった。だから、ゼブが五歳を過ぎてからは、年は上でも、体力ではまったくかなわなくなった。アダムはなにごとにもきちんとしていて、熟考を重ね、考えに考え抜くタイプ。対するゼブは衝動的。何も考えず、感情のおもむくままに行動する。そのせいでトラブルに巻き込まれることも、ピンチを切り抜けることも、同じくらいあった。

だが、二人が組むと、かなりの力を発揮した。まさに頭が結合した双子。ゼブは悪人で、悪事が得意。アダムは善人で、善行が苦手。いや、善行を悪事の隠れ蓑にしていたと言うべきか。アダムとゼブロン。一組のブックエンドのように、アルファベットを挟む名前。AとZで始まる名前のわざとらしい組み合わせはレヴの思いつきだ。彼は何でもテーマパーク風にするのが好きだった。

アダムはいつもお手本として引き合いに出された。なんでゼブは兄さんのように行儀よくできないの？　背筋を伸ばして、ぐねぐねしないの、きちんと食べなさい、手はフォークじゃありません、シャツで顔を拭かないで、お父さんの言いつけを守って、返事は「はい」「いいえ」と礼儀正しく言いなさい、等々。トゥルーディはほとんど懇願するように言ったものだ。とにかく平穏を望んでいた。ゼブの反抗やふくれっ面がもたらすもの――ミミズ腫れ、傷、あざ――はきらいだった。レヴと違って、それほどのサディストではなかったのだ。とはいえ、徹底的に自己中、自分が世界の中心だった。贅沢を好み、レヴを尽きせぬ資金の泉として利用していた。

アダムはなんて素晴らしいお手本なのかしら。いつもそう言っていた。アダムの素直さには本当に感心するわ、だって……。そこで話をそらす。トゥルーディとレヴはアダムの母親、フェネラについては詳しく話さないようにしていた。二人がフェネラの人格や恥ずべき行為を話題にしてはアダムを責め立て、母親から受け継いだ遺伝子をこき下ろしたと思うかもしれないが、そんなことは一切なかった。あいつは見事なまでに純真だったから。というか、大きな青い瞳と痩せた聖人のような顔立ちで、純真さを巧みに演じていたから。

ゼブはフェネラの古い写真を数枚、手に入れた――よく閉じ込められたクローゼットの収納ボックスに、写真を保存したＵＳＢメモリがあったのだ。クローゼットに小型ランプを隠しておいたおかげで、暗闇でも見つけられた。ＵＳＢをこっそり持ち出し、レヴのＰＣで中を確認した。まだ読み取り可能で、フェネラの写真が三十枚ほど保存されていた。アダムと一緒のもの、数は少ないがレヴと一緒に写っているものもあったが、どれにも満足な笑顔がなかった。ＵＳＢはうっかり見落とされたにちがいない。家にはフェネラの写真など一枚もなかったのだから。身持ちの悪い女には見えなかった。アダムのような細面で、誠実そうなつぶらな瞳も彼と同じだった。

ゼブは一目で心を奪われた。彼女と話をすることができて、今ここで何が起きているかを伝えることさえできたなら、きっと味方になってくれる。このカルトだなんだを一緒に軽蔑してくれるにちがいない。実際、彼女だって軽蔑していたから逃げたんだろう？　家出するタイプには見えないが、強い女にも見えなかった。

時にアダムを妬ましく思った。あいつにはフェネラみたいな母親がいたのに、自分の母親はトゥルーディだ。そうなると、いつも確実に折檻を逃れるアダムへの恨みが高じて、二人きりになるといろんないたずらをした。ベッドには糞を、シンクにはネズミの死骸をしのばせ、シャワーのお湯と冷水の蛇口を逆にする――その頃には、配管工事もある程度できるようになっていた――あるいは、ベッドシーツを折りたたんで足が伸ばせないようにしておく、等々。男子がよくやる嫌がらせだ。当時、教区民からの寄進がどんどん入るのに加え、石油株式でもレヴは大金を稼いでいた。おかげで一家は大邸宅暮らしで、トゥルーディとレヴの部屋はアダムとゼブの部屋とは反対側の端にあった。だから、アダムが悲鳴を上げても彼らには聞こえなかったはず。とはいえ、やつが悲鳴を上げることはなく、「私はあなたを許す」と言いたげな眼差しを向けるだけだった。そのほうが悲鳴よりも十倍くらい腹が立った。

フェネラをだしにアダムをからかうこともあった。きっとおっぱいもどこも、全身タトゥーだらけなんだぜ、と言ってみたり、コカイン中毒なんだとか、バイカー一人じゃなく、大勢のバイカーと逃げ出して全員とやったんだろうとか、さらにラスベガスの路上でいかれたジャンキーや梅毒のヒモ相手に身体を売っているんだろう、とも。なぜそんなに不快でいやらしいことを言ったのだろう？　ゼブにとってフェネラは盟友で、心を支える魔法の妖精、かけがえのない女神だったのに。わからない。

奇妙なのは、アダムが言い返さなかったことだ。不気味な微笑みを浮かべるだけだった。ゼブの知らない何かを知っているかのように。

アダムはゼブの子どもっぽいいたずらを誰にも言いつけなかった。どんな時でも秘密主義を通す、そういう嫌味なガキだった。それでも、二人はだいたいいつも一緒に行動していた。学校――石油コーポレーションの一社が出資したキャップロック高校という私立男子校――では、父親のせいで〈聖ペトリアムの子どもたち〉として有名になったが、ゼブがある程度大きくなると、表立ってからかう者はいなくなった。アダム一人だったら、格好の標的だったにちがいない。あいつは痩せぎすで、なまっちろい子どもだったから。だが、誰であれ、アダムをいじめそうな素振りを少しでも見せると、ゼブが出てきてボコボコに叩きのめした。もっとも、実際にボコボコにしたのは二回だけ。アダムの後ろにはゼブがいるという噂はすぐに広まったから。

スキリッツィの技

レヴとトゥルーディが二人がかりで洗脳しようとするので、アダムとゼブはそれから逃れるために協力した。体罰以外に、何から逃れようとしていたのだろう？　正義の道、〈聖ペトロリアムの道〉、レヴとトゥルーディが強いる道。そういうもの一切だ。

アダムの場合、無邪気な顔で嘘をついてやり過ごせばよかった――ゼブ以外の誰もが、アダムはまだ産み落とされていない卵のように純粋無垢だと信じ込んでいた。一方のゼブは天性のこそ泥。罰としてクローゼットに閉じ込められた時間を有効活用し、ヘアピンで鍵をあける方法を覚え、ほどなくして家中どこでも自由に出入りできるようになった。ゼブを冬物のコートと古ぼけた家電製品の間にしっかり押し込めたと両親が安心している間に、彼らの引き出しやメールを探った。ピッキングは趣味になり、学校や放課後の公立図書館のデジタル機器で練習を重ねたおかげで、ほどなくしてハッキングが天職になる。彼の空想世界では、いかなる暗号も彼を閉め出せず、いかなるドアも彼を閉じ込められなかった。年を重ね、熟練するにつれ、空想は現実になっていった。

はじめのうちは、のぞき部屋系ポルノのサイトや、アシッドロック、フリークショー音楽の違法ダウンロードに夢中になった。どれも当然、教会が禁止していたもの。教会のお薦めといえば、シャツを第一ボタンまで留めることや、純潔を誓願すること。音楽だって〈宇宙から来たお化け蛭《ヒル》〉みたいな気味の悪い最低のものだ。ゼブはルミネセント・コープス（光を放つ身体）、パンクレアティック・カンサーズ（すい臓がん）、バイポーラー・アルバイノ・フックワームズ（双極性アルビノ鉤虫）などのバンドをイヤフォンで聴きながら、若い女の身体を目新しく刺激的に見せるサイトをサーフィンしていた。たいして害のない行為だ。映像は誰かが以前撮ったもので、それを見るのは過去へのタイムトラベルみたいなもの。彼自身が何かを〝しでかした〟のではない。

しかしその後、充分力をつけたと確信すると、目標を高くして実力を試すことにした。

石油教会はハイテクを駆使し、洗練された多くのソーシャルメディアや寄付専用サイトを使い、四六時中信者から金を搾り取っていた。サイトのセキュリティは万全で、資金管理も安心のはずだった。実際、サイトに保存された銀行口座情報を盗むには、複雑な二段階のコード認証をクリアする必要があった。そうやって外部からの侵入は防いでいたが、内部の犯行に対してはまったくの無防備。おかげでゼブは十六歳そこそこで、見事に盗みを成功させた。

レヴの弱点は自分には弱点がないと信じ込んでいること。だから、不用心だった。おまけに数字と文字の組み合わせを作るのが苦手で、パスワードを紙に書き留めて隠していた。しかも、子ども相手のイースター卵探しゲームよりも簡単な、あまりにもわかりやすい隠し場所だった。カフスボタン用の小箱？　よそ行きの靴のつま先？　時代遅れの間抜けだな。ゼブは溜息をつき、紙きれを取り出しては走り書きの内容を覚え、もとの小箱や靴に戻した。

ゼブは王国への鍵を手にすると、寄付金の一部――全額ではなく、〇・〇九パーセントという誤差の範囲内。彼もバカではなかった――を自分で開設した複数の口座に振り分け、寄付者に対しては媚びへつらうような謝辞と罪悪感を引き起こす叱咤激励を混ぜ合わせたいつものメッセージが教会から間違いなく届くよう手配した。さらに、〈神の聖なる油の敵〉に向けたヘイト・スローガンもいくつか書き添えた――「ソーラーパネルは悪魔の仕業」「エコはフリーコ、変人奇人」「闇で凍える――それが悪魔の望み」「連続殺人鬼、またの名を地球温暖化の信者」等々。

金の隠し場所のために、セキュリティの甘いサイトに攻撃をしかけてデータを盗み、それらを組み合わせて身分証明を作った。攻撃対象に選んだのは、3Dアバター・ゲームサイトや、〈魚を育てよう《アドプタ・フィッシュ》〉のような動物の保護と飼育を呼びかける甘ったるいチャリティサイト、あるいは郊外ショッピングモール内のフィール・iTが使えるポルノ店など(「触覚フィードバックで、肌が触れあう本物の刺激を体験できます！　叫び声やうめき声の演技とはさようなら。これは本物！　警告：この電子機器を濡らさないこと。端末を口腔内その他の粘膜部分に当てないこと。重度のやけどの危険あり」)。

ある時、いつもの冷やかしネットサーフィンをしていて、レヴ本人が触覚フィードバック対応の自慰行為サイトをしばしば利用しているのを発見したが、あまり驚かなかった。利用はいつも自宅――ショッピングモールの店で誰かに見られる危険は冒せなかったのだろう――で、フィードバック・コントローラはゴルフバッグに隠してあった。好みはむち打ち、ボトル挿入、乳首を焼く行為などができるサイト。レヴは歴史上の有名な打ち首を追体験できるサイトの大ファンでもあった。衣装や小道具のせいか、この手のサイト利用料は比較的高額だ――「スコットランドの女王、メアリー。感じてください、頭部を真っ赤に染めるほとばしりを」「アン・ブリン。王家の尻軽女！　自分の兄貴とやった女。次はあなたと。終わったら、淫らに汚れた首を切り落としてください」「キャサリン・ハワード。石のように冷たい心の女狐。あなたの力強い一太刀で、文字通り石のように冷たくしてしまおう」「レディ・ジェイン・グレイ。エリート処女に横柄な態度のつけを払わせろ。オプションで目隠しも」こういうサイトでは、斧で女の首を切り落とす感触が両手に伝わるしかけだった(「楽しい！　歴史を体験！　いろいろ学べる！」)。

特別追加料金で、服を脱がせてから打ち首にして、さらに強い刺激を得ることも可能だった。ゼブも何度か自分で試して――レヴのアカウントを使えるよう操作しておいた――着衣と裸の処刑を比較した。

裸の女がひざまずき、今まさに首が切り落とされる——なんで、こんなものに夢中になるんだ？　自分は鈍いのか、それともサイコパスか何かなのか？　いや違う。アダムによれば、サイコパスは脳の一部が欠けてるんだそうだ。あいつは脳のことをよく勉強していた。サイコパスは共感ができず、叫び声や涙は不快なものにしか感じない。だから、サイトの行為を最低だ、あるいは変態だと感じることはできないはずだ。ゼブはそうではなかった。

　ハッキングしてプログラムのコードを書き変えて、斧が振り下ろされる時の感覚を手ではなく首に感じる設定にしようかと考えた。自分の首が切り落とされる時、どんなふうに感じるのだろう？　痛みを感じるのか？　それとも衝撃だけで何も感じないのか？　斬首される女への共感が生まれるだろうか？だが、共感が強すぎるのも危険だ。心臓が止まってしまうかもしれない。

　裸でひざまずき、間もなく頭を失うことになるあの女たちは本物だったのだろうか？　おそらく本物ではないだろう。オンラインのリアリティは、実際に痛みを感じる日常のリアリティとは違う。それに現実の女を殺害する映像を配信することなど許されなかったはず。当然、違法行為なのだし。だが、特殊効果や３Ｄ映像は真に迫っていて、画面の血しぶきを避けようと思わず身をかわしてしまうほどだった。

　アダムはこういったサイトの魅力を理解しなかった。ゼブはレヴの秘密を知ると、こらえきれずにアダムに伝えた。レヴの秘密の楽しみは、今やゼブの生活の一部にもなっていた。

「下劣だな」それがアダムの感想だった。

「そうさ！　それがいいんだ！　お前、何なんだ？　ゲイか？」ゼブが言っても、アダムは微笑むだけだった。

　満たされることのないレヴの変態趣味は欲求のはけ口を求めていたにちがいない。ゼブはすでに図体も態度も大きくなりすぎて、サディズムの対象とするには無理があった。殴り返してくるかもしれない。レヴは根っからの臆病者だったから、ゼブに対してむち打ちをしたり、小便を飲ませたり、閉じ込めたりする行為はもはや諦めるしかなかった。かと言って、トゥルーディはレヴの歪んだ性欲の相手には到底なり得ない。彼女は金づるのレヴに従ってはいたが、革のボンデージだの、乳首ピアスだの、むち打ちだの、自分の排泄物を食べるだの、そんなことは絶対にやらない女だったから。ともかく情報は力だ。ゼブは、触覚フィードバックのウェブサイトを見つけた幸運に感謝し、レヴのサイト利用回数を記録した。この情報はサンタクロースの赤いビロード袋に入った贈り物だ。将来、使えるかもしれない。もっとも、レヴはそのうち自分のペニスから感電死――加熱しすぎのソーセージが破裂するように自爆――するかもしれなかった。そんな愉快な騒ぎがあったら、ぜひのぞき見したい。そうなるようにコントローラの配線を直そうかとも思ったが、電圧の調整に自信がなかったのでやめておいた。大やけどをするだけだったら、ひどく厄介な問題になったはずだ。誰の仕業かレヴにはすぐにわかっただろうから。

この頃までに、ゼブは魔法の指先を持つようになっていた。モーツァルトがピアノを弾くが如く、自由自在にソースコードを書く。楔形文字のように難解なプログラムを小鳥がさえずるように操作し、ワルツを軽やかに舞うようにファイアウォールを通り抜ける。昔のサーカスでトラが毛を焦がすことなく炎の輪を飛び抜けたように。石油教会の経理部門――公式帳簿、裏帳簿の両方――にも素早く侵入できた。数年のあいだに、〇・〇九パーセントの着服分は貯まり続け、ゼブも背が伸びて毛深くなった。キャップロック高校のジムで身体も鍛えた。成績は、釣り鐘型統計曲線の真ん中あたりにいるよう気をつけ、特にＩＴ関連の科目では、超絶技巧のハッキング能力がばれないように注意した。

六か月後に卒業したらどうするか？　ゼブには考えがあったが、監督者たる両親にも考えはあった。

レヴは、コネを使って北部砂漠地帯の油田で誰もがうらやむ職に就かせるとゼブに告げていた。巨大な機械を運転し、石油成分をたっぷり含む瀝青《れきせい》の砂利をかき集める仕事だ。そうやって一人前の男になるだろう、とレヴは言ったが、〝一人前の男〟の意味ははっきりしないままだった(子どもを痛めつける男が一人前なのか? 宗教を騙る詐欺師は? オンラインで女の首を切り落とす男はどうだ?)。ただし報酬はいい。だから、しばらく仕事をしてから、次に進む道を決めるのも一案だった。

この計画には三つの意味があった。①レヴはゼブを遠く離れた地に追いやりたかった。ゼブのことを恐れ始めていたからだ――そして、その恐れは的外れではなかった。②うまくいけば、ゼブが肺がんになったり、三つめの目ができたり、アルマジロのようなウロコに覆われることだってあり得た。というのも、北部は大気汚染がひどく、一週間ほどで人体に変異が生じていたから。

そして、③アダムと違ってゼブは優秀ではなかった。アダムのほうは、教会の詐欺ビジネスを継ぐことを期待され、言われるがままスピンドルトップ大学に進学し、石油神学、説教術、石油生物学を専攻していた。ゼブの理解では、石油生物学ではまず生物学を学び、そのうえで生物学の誤りを証明しなければならない。そのためにはある種の才知が必要だが、ゼブにそんな資質はないと思われていた。彼の知的水準はガレー船の奴隷レベルというのがレヴの評価だった。

「素晴らしい考えだわ」トゥルーディは言った。「お父さんが骨を折ってくださったことに感謝なさい。誰にでもこれほど立派なお父さんがいるわけじゃないのよ」

にっこりしろ、ゼブは自分に命じ、「わかってるよ」と答えた。ギリシャ語で〝スマイル〟は、〝肉切りナイフ〟だ。歴史上の女たちの首を切り落とす合間に、ウェブで見つけた情報だ。

アダムが大学進学で家を出ると寂しかった。お互い同じ気持ちだろうと思っていた。なぜって、二人がこれまで経験してきたあり得ないほど深い闇について、ほかの誰と話ができるというのか？　神が〈聖なる油〉をお示しになった聖ルチッチ・ルカに捧げるレヴの祈りを、ほかの誰が一言一句違わずものまねして、一緒に大笑いできるだろうか？

二人は離れている間、ショートメールや電話など、電子機器を使って連絡を取り合うのは避けた。前立腺がん患者の尿漏れのように、インターネットでは情報が漏れ出すものだし、レヴは――アダムについてはともかく――ゼブのことをあれこれ嗅ぎまわっていたはずだから。だがアダムが休暇で帰省すると、すぐに昔の二人に戻った。ゼブはうれしさのあまり、アダムの靴に両生類を入れたり、カフスの箱に節足動物をしのばせたり、イガイガした植物をブリーフの内側にくっつけておいたりした。もっとも、二人とも悪ふざけを楽しむ年齢は過ぎていて、もっぱら懐かしさのためにやっている感じだった。

二人はテニスコートに行き、試合をするふりをしながらネット越しに言葉を交わし、情報交換した。ゼブが知りたがったのはアダムがもう女と寝たかどうか。だが、質問はうまくはぐらかされる。アダムの関心はゼブが教会からどのくらい金をかすめて秘密口座に移したかについて。彼らは充分な資金が貯まり次第、レヴの取り巻き集団から逃げ出そうと決めていた。

アダムの卒業前最後の休暇だった。レヴのオフィスで、ゼブは医療用手袋をつけ、鼻歌まじりでＰＣ前に座っていた。一方、アダムは窓際に立ち、レヴの超高燃費・超大型の車か、トゥルーディの小型ＳＵＶが戻ってこないか、見張っていた。

「スキリッツィ並みのテクニックだね」アダムはいつもの落ち着いた口調で言う。賞賛か、それとも単なる観察か？

「スキリッツィって？」とゼブ。「おい、何だよ！　気色悪いバカ親父がまた使い込みしてるぞ。しかも、これまでよりずっと多い！　見ろよ！」

「汚い言葉遣いはやめてくれないか」アダムは穏やかな声で諫める。

「まあ、いいじゃねえか」陽気に答えるゼブ。「あいつ、金をグランドケイマンの口座に隠してやがる！」

「スキリッツィは二十世紀の有名な金庫破り。正義の味方だった〔スキリッツィは金庫を開ける技術を活かし、防犯啓蒙活動に貢献〕」ゼブと違って、歴史好きのアダムは解説する。

「爆薬を使ったりせず、素手で開けたんだ。伝説の人物だよ」

「くそ親父は高跳びするつもりだぜ。今日はここ、明日はあちら、熱帯のビーチでマティーニ三昧。金のためなら、何でも舐める頭空っぽの女を調達する。哀れなのは、不意打ちを食らって、うろたえる信者たちだ」

「少なくとも、グランドケイマンには行かないよ」とアダム。「あそこは水位が上昇して沈みかけている。銀行はカナリア諸島に移ったんだ。山が多くて水没の心配はないから。グランドケイマンは企業名に残っているだけ。伝統を守ってるつもりなんだろうな」

「やつは忠実なる古女房《トラスティ・ファスティ》のトゥルーディも一緒に連れていくつもりなのか？」ゼブは訊く。それにしても、アダムの銀行に関する知識には驚いた。というか、アダムの知識にはしょっちゅう驚かされる。アダムが何をどこまで知っているのか、見当がつかなかった。

「トゥルーディは連れていかないよ」とアダム。「要求する金の額が大きくなりすぎたからね。レヴが何か企んでいるんじゃないかと疑ってもいる」

「なんでお前がそんなこと知ってるんだ？」

「知識と経験に基づいた推測さ。態度を見ていればわかるよ。朝食の時、こっそりレヴを睨んでいた。

いつ休暇を取れるんだってしつこく聞いていたし。家のリフォームも我慢している。壁紙やペンキの見本帳がこれ見よがしに置いてあるだろう？　教区のために天使のような妻役を演じるのにうんざりなんだ。家計を黒字にするのに貢献したとも思っているだろうし。だから、もっと好きにやりたいのさ」

「フェネラみたいだな」とゼブ。「彼女も自由を欲しがってたんだよな。まあ、早くに出ていっちまったが」

「フェネラは出ていったんじゃないよ」アダムは静かに言葉を継ぐ。「ロックガーデンに埋まっている」

レヴの健康回転椅子ごと、ゼブは振り返る。「何だって？」

「帰ってきた」とアダム。「二人同時だ。二台一緒のそろい踏みだよ。ほら、電源を切って」

「さっき何て言ったんだ?」テニスコートで人に聞かれる心配がなくなると、ゼブは訊ねた。二人ともテニスがさほど上手くも好きでもなかったが、練習するふりをした。並んでコートに立ち、サービスを繰り返すが、ボールはネットに引っかかるほうが多い。部屋は盗聴されていた――ゼブは何年も前に気づき、電気スタンドに向かってあれこれでたらめを言い、レヴのPC経由で自分も聞いて楽しめるように細工した。だが、何も気がついていないふりをするほうが無難だったから、盗聴器はそのままにしておいた。

「ロックガーデン」アダムは答える。「フェネラが埋められている」

「たしかなのか?」

「埋めるのを見ていたんだ。窓から。誰もぼくには気づかなかった」

「それって……夢じゃなかったのか? まだお前はくそったれの胎児だっただろ!」アダムは冷たい目を向ける。悪態を認めないだけでなく、悪態を耳にすることにも慣れないようだった。「要するに、まだ本当に小さかった頃の話だろ?」ゼブは言い直す。「子どもは話を作るもんだし」珍しく動揺して、まともに考えられなくなっていた。

アダムの話が本当なら――だが、こんな作り話をする必要がどこにある?――ゼブのセルフイメージは根底から変わってしまう。フェネラは彼の過去、そして未来を形づくる存在だった。それが突然、骸骨になってしまった。この間ずっと死んでいたという。もう誰も助けてくれない。どこかで誰かが秘かに待っていることもない。はなから誰もいなかったのだ。やさしい家族もいなかった。いつの日か、〈出口〉を見つけて見えない鍵を開け、レヴの金網張りの鶏小屋から出ていく日がきたら、居場所を探し当てて会いに行こうと思っていたのに。所詮、おれはひとりぼっちで、傷めた翼のまま単独飛行をするのか。傷を負った頭部で結合する兄貴がいるだけ。だが、したり顔でいつ何時おれに向かって説教を始めるかわかったもんじゃない。そういうやつだ。だから結局、おれは空虚な空間をひとり漂うことになる。昔のつまらない宇宙映画で、寒くて暗い空間に放り出された宇宙飛行士のように。彼はネットめがけてボールを強打した。

「四歳になる頃だった」〝私が言うのだから、事実だ〟と響くアダムの声はレヴにそっくりで怖いほどだった。「その頃のことは鮮明に覚えている」

「一度も言わなかったじゃないか」ゼブは腹を立てていた。アダムに信用されてなかったんだ。ひどいじゃないか。チームだったはずなのに。

「知っていたら、きみは漏らしたかもしれない」アダムは説明する。「そうしたら、彼らがどうしたか、わからないよ」アダムはトスを上げ、ネットの向こうに軽く打ち込む。「ロックガーデンに埋められたかもしれない。もちろんぼくも一緒に」

「ちょっと待てよ。彼ら？　くそったれのトゥルーディも関わっていたのか？」

「言っただろう。その口汚さは余計だよ」

「悪い。このくそいまいましい口からつい出てきちまうんだ」今、アダムに話し方の指導をさせる気はなかった。「それで、あの善良なるトゥルーディも？」

「何か得することがあったんだろうね」とアダム。〝どんなに挑発しても、高みにいる私は意に介しません〟という高慢ちきな声だった。「レヴを脅迫する材料がほしかったのか。フェネラを厄介払いしたかったのかもしれない。邪魔だったんだろう。すでに身ごもっていたと思うんだ。石油教会は離婚を認めないからね。婚姻の儀式で聖なる油を使った場合だけれど。知ってるよね？」

なら、フェネラの死はおれのせいじゃないか。無神経にも、トゥルーディを妊娠させちまったんだから。畜生。「で、どうやったんだ、連中は？」と説明を促す。「二人でやったのか？　お茶にヒ素を入れたのか？　それとも……」首をはねた？　まさか。想像を恥じて打ち消す。そこまではやらなかっただろう。

「わからない。まだ四歳だったし。埋めるところを見ただけなんだ」

「じゃあ、身持ちの悪い淫売で、自分の子どもさえ見捨てたっていう話は結局……」

「教会の信徒が信じたかったことさ。みんな、そう信じた。ひどい母親というのは彼ら好みの物語だからね」

「コープセコーを呼んだほうがいいんじゃないか。ショベルを持ってこいって」

「危険すぎる。コープセコーには石油洗礼派《ペトロバプティスト》信者の隊員が多いし、教会の役員を務める石油コーポレーションの重役も大勢いる。お互い、利益のために協力しあう関係なんだよ。反体制派を潰すことで合意している。だから、レヴのちょっとした妻殺しくらい、もみ消してしまうだろう。自分たちの株価に影響を与えるような案件ではないし、殺人事件がスキャンダルになれば、信用が落ちるのは明らかだから。おそらく、ぼくら二人を情緒不安定だと決めつけて閉じ込め、強い薬で眠らせる。さもなければ、さっき言ったように、ロックガーデンに新しい穴を掘るだろう」

「けど、おれたちはやつのガキなんだぜ！」ゼブ本人にも、これは二歳児の叫びに聞こえた。

「そんなことで思いとどまると思う？」アダムは訊く。「血は金よりも薄い、とも言うよ。彼に都合のよい神の声も聞こえるはずだ――大義のためには息子を犠牲にせよって。旧約聖書のイサクを思い出してごらん。息子のぼくらは喉を切り裂かれ、火で焼かれるだろう。なぜかって、神が羊を遣わさないからさ」

ここまで陰鬱なアダムを見たことはなかった。「それで」二人ともほとんど動いてなかったが、ゼブは息が上がっていた。「なんで今ごろ、こんな話をするんだよ？」

「きみの言うとおり、横領が本当にうまくいっているなら、充分に資金はたまったはずだから」とアダム。「いつ教会が気づくか、わからない。だから、うまくいっている今が止め時だよ。タールを溜めた穴の中に沈められる前にね」そして、こう続ける。「連中は事故だったと言うさ。もちろん」

感動した。アダムは自分のことを考えてくれていたんだ。そして、いつもはるか先を読んでいた。

二人は次の日を待った。レヴは教会の役員会、トゥルーディは自ら主宰する〈女性信者の祈りの輪〉の集まりで不在になる予定だった。二人はソーラータクシーで超高速列車の駅まで行ったが、車内では聞き耳を立てる運転手にわざと偽の情報を聞かせた。運転手はほぼ全員、コープセコー公認あるいは非公認の密告者だったからだ。スピンドルトップに戻るアダムとその見送りに行くゼブという設定にした。怪しいことは何もない。

駅のネットカフェで、ゼブはグランドケイマンにあるレヴの隠し資産口座を空っぽにし、その間アダムは何気ない風を装って、誰かに見張られていないかチェックしていた。資金の送金が完了するとすぐ、腐れ睾丸親父にメッセージを送った。サイバー捜査の連中が追ってくる恐れがあったから、追跡に手間取るよう、多くの接続ポイントを経由して送信する。メンズ用デオドラントのＣＭ動画――ピクセル動画のワームホールは事前に試してあった――に侵入後、脱毛してツヤツヤの逞しい色男のへそをクリックし、この状況にふさわしいホーム＆ガーデンのサイトに飛び、小さなショベルを選ぶ。メッセージはそこから送った。

最初のメッセージは「岩の下に何が埋まっているか知っている。おれたちを追いかけるな」という内容。二番目のメッセージはレヴが石油教会の慈善基金を着服し続けた記録と「逃げるな。さもないと公表する。おとなしく次の指示を待て」という警告。これであのカビの生えたくそじじいも、恐喝が二人の目的で、まだ続きがあると思うはずだ。そして、迎え撃とうと画策するだろう。

「それで充分だよ」アダムは言ったが、第三のメッセージ――レヴのフィール・iT触覚サイトの利用明細――も送らずにはいられなかった。やつはお気に入りのレディ・ジェイン・グレイの首を、少なくとも十五回ははねていたはずだ。


「見られたらいいのにな」電車に乗ると、ゼブは言った。「メールを読んだ時のやつの顔。ケイマンの口座が空っぽだと気づく時の顔は、もっと見たい」

「他人の不幸をあざ笑うのは人格的な欠陥だよ」

「知るか、そんなこと」

移動する間、過ぎ去る風景を車窓からずっと眺めていた。今し方逃げてきた地区と同じようにフェンスで守られた居住地区、大豆畑、水圧破砕《フラッキング》装置、風力発電基地、積み重なった巨大なトラックタイヤ、砂利の山、山積みになった廃棄処分の陶器製便器。ごみの山とごみをあさる人々。ヘーミン地のスラム、ありとあらゆるごみで作ったボロ小屋。小屋の屋根、ごみの山、タイヤの山の上に立つ子どもたち。色とりどりのビニール袋で作った旗を振ったり、粗末な凧を上げたり、こちらに向かって中指を突き立てたり。時折カメラ付きドローンが頭上を飛んでいった。建前は交通の監視だが、不審者の出入りを記録するのが目的だ。指名手配の身なら、ありがたくない装置だった。この程度のことは、ウェブ情報で知っていた。
だが、レヴはまだ探し始めていないだろう。役員たちとの昼食の最中で、今ごろは代用肉の前菜や養殖もののティラピアをかき込んでいるはずだ。

ハケティ・ハック、鉄道トラック
ママは庭、庭にいるから振り向くな

ゼブは鼻歌を歌った。フェネラが苦しまずに死んだことを願う。レヴの悪趣味な性癖とは無縁な形で。傍らではアダムが眠っていた。目覚めている時より一層色白で痩せて見え、理想主義的な彫像――思慮分別、誠実、信念といった価値をこれみよがしに示す――のようだった。
ゼブは興奮しすぎて眠れなかった。いつもに似合わず、神経過敏にもなっていた。おれたちは一線を越えた。有刺鉄線のでかいフェンスを越えたんだ。鬼を襲って資産を奪った。怒り狂うはずだ。だから警戒を続ける。

誰がフェネラを殺したか?
悪魔のように悪いやつ。
頭をビシッと殴りつけ
さらにバシッと打ちつける
すべてが闇の中となり
完璧、死んじまったのさ。

何かが頬をつたっていた。袖口でぬぐった。めそめそ泣くな、自分に言い聞かせる。やつを満足させるものか。

サンフランシスコに着いたゼブとアダムはそこで別れることにした。「彼がじっと待つなんてことはない」とアダム。「各方面に顔が利くし、緊急事態だと告げて石油系コーポレーションのネットワークを使うはずだ。二人一緒だと目立ちすぎるよ」

たしかに、二人は違い過ぎた。闇と光、逞しさとひ弱さ。ここまで異質な組み合わせは記憶に残るものだ。それに、レヴは一人ずつではなく、兄弟まとめた情報を流すだろう。

マットとジェフ〔アメリカ初の新聞連載漫画の主人公。外見も性格も対照的〕、と彼は口ずさんだ。ミュートとセフト〔消音と窃盗〕。キュートとデフト〔愛らしさと器用さ〕。

「その音楽もどきはやめてくれないか」とアダム。「注意を引いてしまうよ。大体、音程が少し外れてる」一本とられた。いや二本か。

ヘーミン地グレイマーケットには、個人情報変更キットを時間単位でレンタルできるショップがあり、ゼブはそこで二人分のＩＤを作った――厚紙製で、精査されたらバレるだろうし、長くは使えない代物だが、それでも次の目的地までは持つ。アダムは北へゼブは南へ、それぞれ正体を隠しての旅を続けることにした。

アダムとは、ネット上に共有フォルダを作ることで合意した。フォルダの場所は、人気のイタリア観光案内サイトにあった名画、ボッティチェリの『ビーナス誕生』の西風に吹き飛ばされているバラの花のうち、一番上の一輪。最初、ビーナスの左の乳首を選んだが、アダムは感づかれやすいと言って却下。さらに、こう続けた。連絡を取り合うのも危険だから、少なくとも六か月間は控えよう。レヴは執念深いからね。今は怯えてもいるだろう。

その執念深さと怯えは、何を引き起こすのだろうか。自分だったら、どうする？　生意気なくそガキ二人——息子とはいえ、そもそも愛情を抱いたことなどない——が自分のやましい秘密を奪って逃げたとしたら。激しい怒り。裏切られた思い。アダムにあれだけのことをしてやったのに。ゼブにだって。体罰はあいつの精神的な成長のためだった。相変わらず自分に都合のよい偉そうなゲロを吐き出し続けているにちがいない。

レヴはデジタルオンライン行方不明者緊急捜索専門家（ＤＯＲＣＳ）を雇うはずだ。報酬は高額だが、成果は出すとの評判だった。その手法は、検索アルゴリズムを作り、ウェブ上でそれらしきプロファイルを探すというもの。見つからないためには、できるだけ長い期間、デジタルの世界から離れている必要があった。ネットサーフィンはだめ。ショッピングもだめ。ＳＮＳも、軽口や皮肉もだめ。ポルノもだめだ。

「素の自分を出して行動してはだめだよ」アダムの別れ際の助言だった。

ヘーミン地の奥深く

シスコでゼブは髪を切った。ひげを伸ばし始め、怪しげなダークグレイ・マーケットでかなりイケてるコンタクトレンズも買った。これは瞳の色を変えるだけでなく、目を乱視状態にする効果もあり、擬似虹彩まで付いている。ただし、簡単なスキャンなら通るかもしれないが、精密な生体認証システムは危険すぎた。同じく購入した〈運命のいたずら～フェイクな指〉という指紋改造器は、プロなら絶対に使わないお粗末な代物。だから、超高速列車を続けて利用するのは避けた。乗客のほとんどは法の正当性や秩序の必要性をまだ信じていたから、当局からの頻繁な要請に従って、何か疑わしいと思ったら通報するかもしれない。

そこで、高速道路を使うことにした。目指すは南。ヒッチハイクでサンノゼまで行く。できるだけ大人っぽく見せ、車をトラッカピラという大型トラック集団のたまり場で探した。ゼブを乗せる条件としてオーラルセックスでの支払いをちらつかせる運転手もいたが、がたいがよかったから、無理強いされる心配はなかった。

道路沿いのバーをねじろにして、クイックセックスで稼ぐプロも危険な存在だった。だが、セックスと言っても、彼にはオンラインでの触覚フィードバック体験しかなく、リアルに身体を重ねる心構えはまだできていなかった。それに短時間であれ、他人との接触は警戒していた。客の情報で一稼ぎする連中がどれほどいるか、わかったもんじゃない。事実、娼婦には不似合いなほど身なりがよく、空腹にもみえない女たちがいた。

クイックセックスは病気をうつされる危険もあった。入院して動けなくなる事態は絶対に避けたかった——これはIDが認証システムを通過できた場合。医療系コーポレーション警備担当の悪党どもから暴行を受けるのも絶対にいやだった——これはIDが通過できなかった場合で、充分ありそうな展開だった。厳しい拷問に屈して正体を明かせば、すぐにレヴに連絡が行き、処分の命令が下るだろう。あるいは、プラスチック製の手錠姿で彼のもとに送り返されて、ひとりよがりな説教と体罰で迎えられる。〝私に敬意を払うことを教えよう。お前は私の支配下にある。神はお前を嫌悪しておられる。道徳的にお前は無価値だ。ひざまずき、悔い改めよ。バケツの中身を飲め。床に伏せろ。木材をよこせ。もっと強く打ちつけてほしいか。うめき声を上げろ〟等々。いつもの宗教的サディスムとへビメタと変態趣味の祈禱。レヴにとっては寝る前のお楽しみだ。

神経系がすべて壊され、身体が力なく痙攣しはじめ、レヴが用済みだと判断すれば、ロックガーデンに移されるだろう。だがその前に、焼きごてや電気ショックの拷問を受けて、アダムにネット経由で連絡する方法を白状したうえで、彼をおびき寄せるわなや偽のメッセージを仕掛けるよう強いられるはずだ。レヴの横領や性的な悪事を公表すべきではない、急いで会いたい、その時説明する、云々。レヴとその協力者が喜んで行う拷問に自分が持ちこたえられるとはまったく思わなかった。

そう、これがムスコが腐って病院に行った場合の話。病院に行かなかった場合は、それはそれでやっかいなことになりそうだった。おちんちん膿瘍、ペニス萎縮症、あるいは陰茎壊死。性病専門のおぞましいインターネット・サイトには、緑黄色のおどろおどろしい画像があふれていた。だから、大型トラック《トラッカピラ》のたまり場で誘ってくる女たちを避ける理由はいくらでもあった。赤い人工皮革のホットパンツから伸びた足がいかにプリプリでピチピチだったとしても、フェイクのトカゲ革の厚底ヒールがどんなに高くても、どれほど派手に竜とドクロのタトゥーが全身に刻まれていたとしても、メロンサイズの豊胸インプラントが黒いサテンのホルターネックからどんなにはみ出しかけて——まるで膨らんだパン生地のように——いても、だ。パン生地が膨らむのを実際に見たわけじゃないが。〈昔、お母さんたちは〉シリーズのビデオでは見たことがある。実を言うと、これを見るといつも泣きそうになったもんだ。死んだフェネラは生地からパンを焼いたのだろうか？　トゥルーディはそんなことはまったくしなかった。

だから、口紅が滲み、クスリで目が飛んでる美女たちがヒップをぷるぷるさせながら「ねえ、彼氏〜、クイックセックスしない？　ドーナッツ・スタンドの裏でどう？」と誘ってきても、〝行く〟とは言わなかった。〝死んだら天国でな〟とも言わず、〝おまえ、頭だいじょうぶ？〟とも言わなかった。要するに、何も言わなかった。

病気も不安だったが、ヘーミン地の暗くて怪しげな裏道や抜け道をどう歩けばよいかわからない不安もあった。赤の他人とうろついたりしたら、どこかの裏小路、薄汚いモテル、いかがわしい売春宿のトイレに迷い込んだあげくに、担架に担がれて、あるいは遺体袋に入って運び出されるのが関の山。そんなのはごめんだ。遺体袋どころか、空き地に投げ捨てられ、ネズミやハゲワシに後始末されるかもしれない。かつては公共サービスだった警備部門は次々民営化されており、ゼブのような流れ者を埋葬する余裕も、小銭目当てで彼を刺すようなごろつきを検挙——〝検挙〟という硬い表現が好まれた——する余裕もなくなっていた。

背の高さも、伸びかけの無精ひげも身を守るうえでほとんど役に立たなかった。結局のところ、世間知らずの若造で、いいカモ。連中はそれを一目で見抜き、すぐさま狙って来る。ヘーミン地は子ども時代の学校の遊び場とはまったく違った。学校では、体格がものを言った。「でかければでかいほど、倒れた時のダメージが大きいんだぜ」その昔、向こうっ気の強いチビ——一人ならず複数の——から言われた。「そうだな」と返す。「だが、小さければ小さいほど、倒れやすいんだぜ」素早くバシッ。殴りつけなくとも、チビどもは倒れた。

だが、ヘーミン地の奥では、言葉のやりとりなどないだろう。軽口や皮肉でガラガラヘビのように警告することなく、いきなり刺す、切りつける。旧式の違法拳銃から弾が飛んでくるかもしれない。ネットの噂では、特に残忍なのがリントヘッド・ギャング。それから、黒レッドフィッシュ団にアジア連合《フュージョン》。メキシコ系テキサス人の連中には麻薬戦争で使った戦術がある——山積みの生首、古い映画館のひさしにつり下げられた足のない死体。そして、大型トラック《トラッカピラ》が通る高速道路の南方面を仕切るメキシコ系テキサス人がかなりいることもわかった。南は彼らの縄張りに近い。

こうした心配——正直に言えば、びくびく怖がっていただけだが——はあったが、潜伏するには、街の最も危ない場所にいるのがベストだとわかっていた。金を無駄に使えばチンピラを引き寄せることも知っていた。だから、サンノゼに着いた後は目立たないように気をつけて、バーには近寄らず、ごみをあさるネズミよろしく、何でも拾い集める最底辺のヘーミン連中にまぎれて暮らした。

しばらくの間、シークレットバーガーでまがいものの肉を扱う仕事をしていた。一日十時間労働で最低賃金以下。シークレットバーガーのTシャツを着て、間抜けな帽子を被るのが規則だったが、従業員の身元にこだわらない店だった。街のギャングから従業員を守る態勢が整っており、当局の監視にしろ民間の調査にしろ、店が買収済みだったから、誰に悩まされる心配もなかった。女の従業員たちは気の毒だった。男より給料が少ないうえ、ぴたっとしたTシャツの制服を着せられ、さらに、客や上司のセクハラをかわさなくてはならなかった。おっぱい用の硬質プラスチック・カバーを支給されるべきだった。

女の同僚たちに同情する一方で、とうとう生身の女との初セックスを体験した。相手はシークレットバーガーのミートバニーの一人、ワイネットという娘。明るい茶髪で、飢えたような表情をしていて、大きな目の下にはクマがあった。性格が魅力的――いや、持って回った言い方だな。魅力的だったのは彼女の小さな性器だ。こんなこと言ってすまない。だが、男性ホルモンあふれる思春期の男子には自然のことだし、当時は恋をしていると思ってたんだ。だから、気にするな――で、おまけに彼女は個室に住んでいた。

シークレットバーガーのミートガールの多くは自分の部屋がなく、エレベータのない安アパートを大勢でシェアしていた。そうでなければ、差押え物件や半壊した家を不法占拠し、さらには子どもや薬物中毒の親族や金ぴか趣味のヒモのために売春のバイトをしていた。けれども、ワイネットは慎重な性格で、質素に暮らし、無駄遣いしなかったおかげで、部屋を借りられた。部屋は角にある商店の上。エネルギードリンクとペンキ落としを混ぜたような味の安酒を売る店だ。当時はこだわりがなかったから、いつもひと瓶買って、部屋でセックスする前にワイネットに勧めた。酒でリラックスすると言っていたから。

「同じくらいよかった?」トビーが訊く。

「よかったって、何が? 何と同じくらい?」

「ワイネットとのセックス。レディ・ジェイン・グレイの首を切るのと同じくらいよかった?」

「まったく違うだろ。くらべるなんて無理だ」

「でも、くらべてみたら?」

「そうだな。レディ・ジェイン・グレイは何度でもやれた。現実のほうはそうはいかない。言っとくが、両方ともいい時がある。だが、がっかりする時だってある。どっちもな」

目覚めるスノーマン

花柄のベッドシーツ

部屋の窓から日が差し込んできて、目を覚ます。鳥のさえずり、クレイカーの子どもたちの声、モ・ヘアヒツジの鳴き声。不吉なしるしは何もない。

大きく伸びをして、今日が何の日か思い出そうとする。聖シアノフィタの祝祭の日？　〃おお、神よ、感謝します。シアノフィタ〔藻類《ラン》〕をお創りになったことを。多くの人が見向きもしないこの下等植物、青緑色の〈藻類〉のおかげで、何百万年も昔――あなたにとっては、つい今し方のことでしょうが――に大気が酸素で満たされることになりました。酸素なくしては、呼吸ができません。私たちだけでなく、この地上のあらゆる〈動物〉の呼吸が止まります。出会うごとに、〈動物〉は実に多様で、美しく、新しい。彼らには神の〈恵み〉を感じます……〟

でも、本当は聖ジェイン・グドールの日かもしれない。〃おお、神よ、感謝します。聖ジェイン・グドールの生涯を祝福してくださったことを。〈神の密林に住む動物の友〉で、恐れ知らずの彼女は危険な状況や刺咬性の〈昆虫〉をものともせず、〈種〉の違いを越えて、人間に極めて近いチンパンジーに寄り添い、彼らを愛し、苦労をともにし、そのおかげで私たちは、ほかの四本の指と向き合わせにできる手の親指、足の親指の価値を理解しました。そして、私たちの深い……〟

私たちの深い何だっけ？　トビーは次に来る言葉を必死に探す。物忘れするようになってきた。こういうことは書き留めておくべきね。日誌をつけなくちゃ。アヌーユー・スパでひとりぼっちの時にやっていたように。それだけでなく、消えてしまった神の庭師たちのしきたりや言い習わしを書き残すとか、もっといろいろやれるはず。未来のため、後世の人々のために。政治家が選挙で票を増やそうとして、よくそう言ってたっけ。もし、その未来に誰かがまだ生きていたら。そしてもし、生き残った人たちが文字を読めるなら。どちらも、大きな〝もし〟だわ。それに、たとえ読む行為が続いていたとしても、違法とみなされ、解散に追い込まれた正体不明の環境保護派のカルト集団に未来の人たちが興味を持つだろうか？

期待どおりの未来が来ると信じるふりをしていれば、その未来は現実になる——そんなことを庭師たちは言っていた。紙がないけれど、ゼブに頼めば今度の物資調達の時に持ってきてくれるだろう。湿っていない、ネズミが巣作りのために齧っていない、アリも食べていない紙を見つけてくれたらいいな。そうだ、鉛筆も必要だから、リストに加えなくちゃ。ペンかクレヨンでもいい。そして、記録を始めるんだ。

だけど、未来のことを考えるのはむずかしい。だって、今は現在に夢中だから。現在にはゼブがいる。でも、未来にはいないかもしれない。

今夜が待ち遠しい。始まったばかりの朝や昼間を飛ばして、まっさかさまに夜の中へと落ちていきたい。プールに飛び込むように。水面には月が映る。液体になった月光の中で泳ぎたい。

だが、夜だけに生きるのは危険だ。昼が意味を失ってしまうから。警戒心が薄れ、細かいことを見落とし、状況がわからなくなる。部屋の真ん中でサンダルの片方を持ち、どうやってここへ来たのかを思い出そうとしたり、木の下で葉が擦れ合うのを眺め、やおら自分に活を入れたり。それが最近の姿。〝動いて。ほら、すぐやりなさい。ぐずぐずしないで。やらなくちゃ……〟でも、やらなきゃならないことって一体何？

こんな状態は彼女だけではないし、夜の生活のせいだけでもない。みんなの気が抜けた様子には気がついていた。ぼーっと立ち尽くしたり、誰もしゃべっていないのに耳をすませたり。はたと我に返るが、努力して現実に戻ったのが傍目にもわかる。庭仕事、フェンス、ソーラーシステム、土壁ハウスの拡張の工事で忙しくしている……。しかし、いっそ流されてしまいたい──クレイカーのように。彼らには祝祭もなければ、予定も締め切りもない。長期的な目標もない。


このふわふわ漂う感じはよく覚えている。数か月間、アヌーユー・スパに隠れていた時の感じだ。最初は人類を皆殺しにしそうなウイルス感染症が収まるのを待っていた。そして、その後──泣き叫ぶ声や、助けを求めてドアをどんどん叩く音が止み、芝生に倒れ込む死体もなくなった後のこと──は、ただひたすら待ち続けた。誰かが生きている気配を、そして、意味のある時間が再び刻まれるのを。

日々の習慣をひたすら守った。食料や水分を充分に摂る、ちょっとした仕事で忙しくする、日誌をつける。孤独な時に聞こえる声、頭の中を支配しようとする声を拒み続けた。外に出たい、森に迷い込みたい、もう何が起きてもいいから。いや、むしろ自分を終わらせたいという誘惑の声を。

トランスか夢遊状態のようだった。〝負けを認めて、諦めなさい。宇宙と一つになりなさい。そのほうがいい〟何かが、誰かが耳元で囁き、暗闇に誘い込もうとしていた。〝入って。こちらへいらっしゃい。もう終わりにしましょう。楽になりますよ。満たされる。痛くもない〟

そういう囁きが聞こえ始めている人がいるのだろうか。荒野の隠者たちはそんな声を聞いた。地下牢に閉じ込められた囚人も。だが、今は誰にも聞こえていないだろう。ここはアヌーユー・スパとは違う。独房でもない。みんながいて、誰もひとりぼっちではないのだから。それでも毎朝、人数を数えて、マッドアダマイトとかつての神の庭師たちが全員いるかどうかを確認する。夜のうちに外に出て、枝葉が茂り、鳥のさえずり、風の歌声、そして静寂に満ちた迷宮に迷い込んだ人がいないことを確かめたいのだ。

入口横の壁を叩く音がする。「そこにいる？　ねえ、トビー」様子を見に来た幼いブラックビアードだ。きっと彼も同じような恐れを感じていて、彼女に消えてほしくないのだろう。

「はい」と返事をする。「ここにいるわ。そこで待っていて」大急ぎで今日のベッドシーツを選んで身支度する。いつもより少し洒落っ気のある、幾何学模様じゃない柄がいい。たくさん花があって、華やいだもの。満開のバラの花とか、絡み合うつる草とか。つまらない見栄を張っている？　ちがう、これは新たな人生のお祝い。そう、自分の人生のお祝いなの。言い訳だけど。滑稽にみえるかしら？　若作りの年増みたい？　鏡がないから何とも言えない。大切なのは、背筋を伸ばして胸を張り、自信を持って堂々と歩くこと。髪を耳にかけ、ひねって一つにまとめる。そう、ひらひら揺れる巻き毛はいらない。控えめにするのがいちばん。

「スノーマン・ザ・ジミーのところに連れていきます」彼女の準備が整うと、ブラックビアードは勿体ぶった調子で言う。「あの人を助けてください。ウジ虫を使って」この言葉を覚えたことが自慢らしく、もう一度言う。「ウジ虫！」輝くような笑顔を見せる。「ウジ虫は善良です。オリクスが作った。ぼくらを傷つけない」上目遣いにこちらの表情を見て、自分の理解が正しいことを確認し、今一度微笑む。「そして、スノーマン・ザ・ジミーはもうすぐ病気じゃなくなる」そう言うとトビーの手を取り、引っ張る。手順を心得ている。彼女に影のようにまとわりつく小さな分身。すべてを学んで吸収している。

トビーは自問する。私に子どもがいたら、この子みたいだったかしら？　ううん、こういう子じゃなかったと思う。泣き言は言わないの。

ジミーはまだ眠っているが、血色がよくなり、熱も下がった。ハチミツ水をキノコの万能薬と一緒にスプーンで口に流し込む。足の怪我もどんどんよくなっている。あと少しでウジ虫はいらなくなるだろう。

「スノーマン・ザ・ジミーは歩いています」クレイカーが報告する。けさの付き添い当番は四人、男三人に女一人だ。「とても速く歩いています。頭の中で。もうすぐここに着きますよ」

「今日？」四人に訊ねる。

「今日か明日」彼らは答える。「もうすぐです」全員ににこりと微笑む。「ああ、トビー、心配しないで。大丈夫ですよ」女が言う。「スノーマン・ザ・ジミーは安全です。クレイクが私たちのところに送り返してくれますからね」

「それから、オリクスも」いちばん背の高い男が言う。たしかエイブラハム・リンカーン。真剣に名前を覚えなくちゃ。「そう、オリクスも彼を送り返してくれます」

「オリクスが〈子どもたち〉に彼を傷つけないように、と言ったんです」女が言う。彼女はジョゼフィーヌ皇后だっけ？

「おしっこに勢いがなくても食べちゃだめなんです。最初、〈子どもたち〉はなぜ彼を食べてはいけないのか、わかりませんでした」

「ぼくらのおしっこには勢いがあります。男のおしっこのことです。〈オリクスの子どもたち〉はそういうおしっこがすぐにわかります」

「鋭い歯の〈子どもたち〉は勢いのないおしっこの〈子どもたち〉を食べます」

「牙のある〈子どもたち〉も勢いのないおしっこの〈子どもたち〉を時々食べます」

「クマのように大きくて、鋭い爪のある〈子どもたち〉も。ぼくらはクマを見たことがありません。ゼブはクマを食べたから、クマが何なのか知っています」

「だけど、オリクスは〈子どもたち〉にだめだと言いました」

「スノーマン・ザ・ジミーを食べてはだめだと言ったんだ」

「クレイクがスノーマン・ザ・ジミーを送ってくれたんですからね。ぼくらの世話をするために。オリクスも彼を送ってくれました」

「そう、オリクスも」ほかのクレイカー三人が同意を示す。一人が歌い始める。

けさの食卓は賑やかだ。

アイボリー・ビル、マナティー、タマラウ、ザンザンシトはもう朝食を終え、後生的遺伝学《エピジェネティクス》の議論に夢中だ。クレイカーの行動はどこまでが遺伝的で、どこからが文化的なのか？　そもそも遺伝子の発現とは別に、彼らに文化と呼べるようなものがあるのか？　というか、連中はむしろアリに近い生きもの？　でも、歌うってのは何なんだ？　たしかに。一種のコミュニケーション手段にちがいない。だが、あれは鳥のさえずりのように縄張りを示す行為か？　それともアートと見なすべきか？　いや、絶対にアートではない、とアイボリー・ビルが言う。クレイクは歌う行動を説明できなかったし、好きでもなかったのよ――タマラウは語る――でも、開発チームは歌う機能を取り除くことができなかったの。取り除くと、発情期がなく、短命で、感情もない個体になっちゃうから。

交尾周期は遺伝的なものだよね、明らかに。そして、複数の相手との性行為におよぶ――ザンザンシトが話に加わる――発情期の女性に見られる腹部と性器の色の変化も遺伝的なもので、それは男性も同じことだ。シカやヒツジのオスだったら、さかりがついたと言うべきですな――アイボリー・ビルが口をはさむ――クレイカーの場合、この現象は環境に影響されるのでしょうかね？　パラダイス・ドームで実験する機会がまったくなかったのは残念至極。この点については誰もが同意する。

変種を作って研究することだってできたはずだ、とマナティーが言う。でも、クレイクは絶対的だったから――とタマラウ――自信満々で意見を変えず、他人の提案には一切聞く耳を持たなかった。質の劣る遺伝子断片が導入されて、自分の素晴らしい実験がだめになるのが許せなかったんだよ——こう言うのはザンザンシト——だって、クレイカーは桁外れの金づるになるはずだったから。まあ、彼の話ではね、とタマラウが応じる。

「彼にはさんざんでたらめを聞かされた」とザンザンシト。

「そうですな。でも、結果を出したじゃないですか」アイボリー・ビルが言う。

「その結果にどんな価値があるんだか」とマナティー。「あのくそったれ」

「どのようにやったかより、なぜやったかが問題です」アイボリー・ビルは空を見上げる。クレイクがそこにいて、度肝を抜くような返事を送ってくれるかのように。「なぜ、あんなことをした？ 人間を一人残らず殺すほど強力なウイルス入りのブリスプラス・ピル？ 人類を絶滅させようとしたのはなぜなんだ？」

「ものすごく混乱してたのかも」とマナティー。

「クレイクの肩を持つわけじゃないけれど、彼は混乱しているのは自分じゃなくて、自分以外のすべてだって、考えてたんじゃないかしら」タマラウが言う。「ほら、生物圏が消滅するとか、気温が急上昇するとか」

「クレイカーがその解決だというなら、われわれ人間からクレイカーを守る必要があるのはわかっていたはず——彼らを殺さないまでも、攻撃する可能性はあるのですから」とアイボリー・ビル。

「ああいう誇大妄想のバカが考えそうなことだ」こう言うのはマナティー。

「クレイカーを原初の人間の姿だと考えていたのでしょう、たぶん」アイボリー・ビルは続ける。

「一方、〝ホモ・サピエンス・サピエンス〟は飽くことを知らぬ強欲な〈征服者〉だと。まあ、ある意味……」

「でもさ、ベートーベンが出てきたじゃないか」マナティーは反論する。「それに世界的な大宗教や、その他もろもろ。どう考えても、あの連中には無理」

ホワイト・セッジが傍らで彼らを注意深く見つめているが、話は耳に入っていない様子だ。あの誘惑の声が誰かに聞こえているとしたら――とトビーは考える――おそらく彼女だろう。きれいな人。マッドアダマイトの中でいちばん美人なんじゃないかしら。昨日、ホワイト・セッジは朝のヨガと瞑想グループを始めようと提案したが、誰も乗らなかった。白ユリが描かれたグレイのベッドシーツを身につけ、黒髪は後ろでシニョンにまとめている。

アマンダはテーブルの反対側の端にいる。顔色が悪く、元気がない。ローティス・ブルーとレンが隣であれこれ世話を焼き、なんとか食べさせようとしている。

レベッカは、皆がコーヒーと呼ぶことに決めたものを飲んでいる。トビーが席に着くと、向き直る。「またハムだよ」とトビーに言う。「それから、クズのパンケーキ。ああ、よかったら、チョコ・ニュートリーノもあるよ」

「チョコ・ニュートリーノ？」トビーが訊ねる。「どこで見つけたの？」チョコ・ニュートリーノは、世界的にカカオの収穫量が激減した後、子どもが喜ぶ美味しい朝食用シリアルとして作られたものだ。焼いた大豆が入っているらしい。

「ゼブとライノたちがどこかから持ってきたんだ」レベッカが答える。「シャッキーも一緒に出かけて。新鮮とは言えないけど、賞味期限なんて考えたらきりがないからね。とにかく早く食べたほうがいいと思って」

「そうなの？」とトビー。ボウルに入ったチョコ・ニュートリーノは細かな小石のようだ。茶色くて、地球外の物質みたい――火星の砂粒とか。昔はこんなものを始終食べていたっけ。いつでもあるものだと思っていた。

「〈最後のひと口《ラストチャンス》〉カフェって感じ」とレベッカ。「懐かしいよね。そう、私も前はひどい味だと思っていたけど、モ・ヘアミルクをかけると、そんなに悪くない。ビタミン・ミネラル強化だっていうし。箱にそう書いてあるよ。つまり、しばらくは泥を食べなくてもいいってこと」

「泥？」トビーが聞きかえす。

「ほら、微量元素のためにさ」とレベッカ。時々、彼女の言っていることが冗談か本気か、わからなくなる。

トビーはハムとクズのパンケーキだけにしておく。「ほかの人たちは？」と、感情を出さずに訊ねる。レベッカは一人ずつ確認する。クロージャーはもう食べ終わって、モ・ヘアヒツジに草を食べさせに行った。ベルーガとシャクルトンも一緒。護衛のためにね、スプレーガンは二人で一丁だけだけど。ブラック・ライノとカツロは夕べ見張り番だったから、朝寝してるんだろう。

「スウィフト・フォックスは？」

「ゆっくりしてるのさ。眠ってるんだろう。夕べ、茂みでのたうち回るのが聞こえたよ。彼氏の一人か二人と一緒にね」レベッカのにやにや顔は〝あんたみたい〟と言っている。

ゼブはまだ出てこない。トビーはこっそりあたりを見回す。彼もまだ眠っているのかしら？

苦いコーヒーを飲み終える頃、スウィフト・フォックスが食卓に加わる。今日の彼女は透ける素材でできた薄い色のミニワンピースにショートパンツ姿。やわらかい、つば広の帽子はパステル調のグリーンとピンク。髪を左右に分けて、ハローキティのクリップで留めている。まるで女子中学生だ。昔なら、そんな格好は絶対にできなかっただろう、とトビーは思う。だって、彼女は高い技能を持つ遺伝子操作の技術者で、ばかにされたり、地位を失ったりするのを恐れていたはず。身分をアピールする大人っぽい服装をしていたにちがいない。だけど、地位も身分も意味を失った今、何をアピールしようというのだろう？

めくじらを立てるんじゃないの、トビーは自分に言い聞かせる。彼女は大きな危険を冒したんだから。マッドアダムに情報を流すスパイだったスウィフト・フォックスはその後、マッドアダマイトのほかの科学者同様、クレイクに拉致されて、彼に仕える優秀な研究者の一人になった。クレイクはマッドアダマイトのほとんど全員を誘拐したのだった。

しかし、ゼブは違った。彼は見事なまでに自分の痕跡を消し、クレイクはどうしても所在を突き止めることができなかった。

「ハーイ！」スウィフト・フォックスはそう言うと、両腕を大きく上に伸ばし、持ち上がった乳房をアイボリー・ビルのほうに突き出す。「ああ、ベッドにすぐ戻りたい気分！　皆さんよく眠れた？　ならいいけど。私は全然だめ！　虫対策の必要があるわね」

「スプレーがあるよ」レベッカが言う。「シトラス系のがまだ残ってる」

「すぐに効かなくなっちゃうのよ」とスウィフト・フォックス。「そうするとね、刺されて目が覚めて、話し声や何やかやが聞こえてくるの。ほんとに壁が薄くて、客が身分を隠して泊まるモテルみたい」再びアイボリー・ビルに笑顔を向けるが、マナティーのことは無視する。彼は口を固く結んで彼女を見つめている。非難のまなざしか、それとも欲望が極限まで高まっているのか？　トビーにはわからない。違いがはっきりしない男もいる。

「夜は音声を制限すべきよね」スウィフト・フォックスはトビーを横目でちらりと見る。〝聞こえたわよ〟とその目は告げる。〝みじめったらしい中年セックスを楽しむんなら、せめて口に栓をしなさいよ〟トビーは顔が赤らむのを感じる。

「これはこれは、ディア・レディ」とアイボリー・ビルが話しかける。「時として熱くなるわれわれの夜の議論で目覚めたのでなければよいのですが。マナティーとタマラウと私は――」

「ううん、あなたたちじゃないのよ。議論の声じゃないの」スウィフト・フォックスが言う。「あら、それはチョコ・ニュートリーノ？　一度、ボウル一杯分を全部吐いちゃったことがあるわ。まだ二日酔いが可能だった頃の話だけど」

アマンダが立ち上がり、手で口を覆って走り去る。レンが後を追う。

「あの娘、具合が悪いみたいね」とスウィフト・フォックス。「脊髄を破壊されたかどうかしたみたい。いつもあんなに薄のろだったかしら？」

「彼女がたいへんな目にあったことは知ってるでしょ？」顔をしかめるレベッカ。

「ええ、もちろん。でも、いいかげん立ち直らなくちゃね。仕事をしたほうがいいわよ。私たちみたいに」

トビーはかっと怒りが湧くのを感じる。スウィフト・フォックスは雑用を進んで引き受けたことなどないし、ペインボーラーの近くに行ったこともない。それにひきかえ、奴らの売春用セックスロボット代わりにされて、犬のように繋がれ、頭も身体も壊されたアマンダ。彼女のほうが十倍尊敬に値する。毒づきながら、本当はさっきの意地悪な当てこすりを恨んでいるのだとわかっている。もちろん、透けのミニドレスやかわいいショートパンツだって腹立たしい。おまけに、おっぱいという武器に、女の子っぽいお下げ髪まである。シワが目立ち始めた顔には似合わないと言ってやりたい。日焼けは肌ダメージが大きいわよ、とか。

スウィフト・フォックスがまた微笑む。だが、その笑顔はトビーに対してではなく、彼女の後ろに向けたものだ。歯をニッと見せ、えくぼ攻撃も始まる。「あらら」と一段甘い声も出す。振り向くと、ライノとカツロがいる。

そして、ゼブ。そう、もちろん。

「おはよう」ゼブがぶっきらぼうな口調で全員に向かって言う。スウィフト・フォックスを特別扱いしない。トビーに対しても特別扱いはなし。そうよ、夜は夜、昼は昼、だから。「何か必要なものはあるか?」と彼は訊ねる。「この近辺を二〜三時間でざっと調べてこようと思ってるんだ。店も何軒かあるからな」本当の目的は言わない。その必要がないから。ペインボーラーの痕跡を探しにいくことはみな知っている。つまりはパトロールに出るのだ。

「ベーキングソーダ(重曹)」とレベッカ。「ベーキングパウダーでもいいわ。ともかく、両方ともなくなったらお手上げだからさ。もし、スーパーみたいな店があったら……」

「ベーキングソーダがワイオミングの重炭酸ソーダ石からできていることは知っていましたか?」とアイボリー・ビル。「少なくとも、昔はそうでした」

「あら、アイボリー・ビル」にっこりして好意を示すスウィフト・フォックス。「あなたがいたら、ウィキペディアなんていらないわね」アイボリー・ビルは控えめに微笑む。褒められたと思っている。

「イースト」ザンザンシトが言う。「つまり天然酵母。小麦粉がまだあるなら、それでサワー種のパン生地ができるはずだ」

「たぶんね」とレベッカ。

「私も一緒に行く」スウィフト・フォックスがゼブに言う。「ドラッグストアに行きたいの」

一瞬の沈黙。全員が彼女を見る。

「リストをくれればいいよ」そう応じるブラック・ライノは彼女のむき出しの脚を不快そうににらん

でいる。「欲しいものは持ってくるから」

「女の子が使うものなの」と彼女。「どこにあるか、わからないでしょ」そう言って、レンとローティス・ブルーのほうに視線を向ける。二人はポンプのそばでアマンダが吐いた後の汚れをぬぐっているところだ。「女子全員のために集めてくるわ」

またも一瞬の沈黙。生理用品のことだ、とトビーは思う。たしかにもっともだ。倉庫の備蓄が少なくなっている。シーツを裂いて作る代用品なんていやだし、苔を使うのもいや。でも、間もなくそんな状況になるだろう。

「まずいだろ」ゼブが言う。「例の二人がどこにいるかわからないんだぞ。しかも、あいつらにはスプレーガンがある。三回生き残ったペインボーラーには、人間的な感情は何も残ってない。そんな連中につかまりたくないだろ？　礼儀なんてお構いなしだからな。アマンダがどうされたか、わかってるはずだ。腎臓を抜かれる前に逃げ出せてラッキーだった」

「そのとおり。この快適な住み家を出るのは実にまずいと思いますよ。私が行きましょう」アイボリー・ビルが紳士然として提案する。「私を信頼して、希望品リストを託してくだされば、それから――」

「でも、一緒にいてくれるんでしょ」スウィフト・フォックスがゼブに言う。「護衛として」そして、まつげを伏せる。「だから、絶対に安全！」

ゼブはレベッカに声をかける。「コーヒーはあるか？　ほら、何とかいう、例の不味いやつ」

「大丈夫。服は着替えるから」とスウィフト・フォックス。きりりとした口調に変わっている。「遅れずについていけるわ。お荷物にはならない。それにほら、スプレーガンだって扱えるし」ややゆっくりな調子で言うと、少しうつむく。そして、また活発な話しぶりに戻って言う。「そうだ、お弁当を持っていきましょうよ！　どこかでピクニックしましょう！」

「じゃあ、ちゃんと準備しろよ」とゼブ。「おれたちは朝飯を食ったらすぐに出発だからな」

ライノが何かを言いかける。カツロは空を見上げて言う。「雨は降りそうもないね」

レベッカはトビーのほうを見て、呆れた顔をしてみせる。トビーは表情を変えないよう、気をつける。

スウィフト・フォックスは横目で彼女を見る。

スウィフト・フォックス――名前がキツネなら、中身もずる賢いキツネだわ。スプレーガンを扱えるって？　おやまあ、すごいこと。

目覚めるスノーマン

「ねえ、トビー、見に来て！　今すぐ来て！」幼いブラックビアードが彼女の着ているベッドシーツを強く引っ張る。

「どうしたの？」苛立ちを隠して訊ねる。今はここで、ゼブにお別れを言いたいの。そんなに遠くに行くわけじゃないし、長く留守にするわけでもない。おそらく、数時間くらいのことだけど。彼に印をつけておきたいということかも。スウィフト・フォックスの前で。キスをしてぎゅっと抱きしめるの。〝私のよ。手を出さないで〟

それで片が付くなんて思っちゃいない。恥をかくだけかもしれない。

「あのね、トビー、スノーマン・ザ・ジミーが目を覚ますよ！　もうすぐ目を覚ますんだよ！」ブラックビアードが言う。不安と興奮の入り交じった声。昔、パレードや花火――つかの間の奇跡のようなできごと――の時に子どもが出していた声だ。がっかりさせたくないから、ついていくことにする。ちらっと振り返ると、食卓ではゼブとライノとカツロが朝食中。食べ物をフォークで口に運んでいる。スウィフト・フォックスはそそくさとどこかに消える。あの間抜けな帽子や美脚を見せびらかすショートパンツを脱ぎ捨てて、下半身を隠す迷彩服に着替えるためだ。

トビー。しっかりしなさい。もう高校生じゃないんだから、と自分を叱りつける。だけどある意味、ここは高校みたいなものだわ。

ジミーのハンモックの周りには人だかりができている。クレイカーはほぼ全員——大人も子どもも——集まっている。皆うれしそうで、見たことがないほど興奮している。数人が歌い始めている。

「彼は私たちと一緒にいます！　スノーマン・ザ・ジミーは私たちとまた一緒にいるんですよ！」

「戻ったんだ！」

「クレイクのことばを持ってきてくれる！」

トビーはハンモックに近づく。クレイカーの女二人がジミーの上体を起こして支える。目を開けてはいるが、ぼうっとしているようだ。

「声をかけてあげて。さあ、トビー」背の高いエイブラハム・リンカーンが促す。全員が注目し、耳をそばだてる。「彼はクレイクと一緒にいました。私たちにことばを持ってきてくれます。物語も持ってきてくれます」

「ジミー」彼女は語りかける。「スノーマン」彼の腕に手を載せる。「ほら、私。トビーよ。焚き火のところにいたのよ、海辺の近くで。覚えてる？　アマンダが一緒だった。二人の男も」

ジミーは彼女を見上げる。瞳は驚くほど澄んでいて、白目は抜けるように白く、瞳孔は少し開いている。まばたきをするが、トビーのことがわからないようだ。「最悪」とつぶやく。

「そのことばは何ですか？　ねえ、トビー」エイブラハム・リンカーンが訊く。「クレイクのことばですか？」

「彼は疲れているのよ」トビーは答える。「いいえ、クレイクのことばではありません」

「なんだよ、まったく」とジミー。「オリクスはどこ？　ここにいたのに。火の中にいたんだ」

「あなたは病気だったのよ」トビーは言う。

「ぼく、誰かを殺した？　あいつらの一人を……まるで悪夢だった」

「いいえ。誰も殺してないわ」

「クレイクを殺したはずだ。あいつはオリクスをつかまえてた。ナイフを手にして、切りつけて……何てことだ、ひどい。ピンクの蝶がたくさんいて、その上にばあっと血が飛び散った。それから、ええと、それから──あいつを撃った」

トビーは不安を覚える。どういうこと？　何より、クレイカーはこんな話をどう思うかしら？　何もわからなければよいけれど。たぶん彼らにはちんぷんかんぷんだろう。だって、クレイクは空に住んでいるのだから、死んでいるなんてあり得ない。「悪い夢を見ていたのよ」と優しく言う。

「いや、夢じゃなかった。あれは夢じゃない。ああ、ちくしょう、ファック」ジミーは横になり、目を閉じる。「ああ、ファック」

「〝ファック〟というのは誰ですか？」エイブラハム・リンカーンが訊く。「どうしてファックという人と話しているのですか？　ここにその名前の人はいませんよ」

何を言っているのか、一瞬わからなかった。ジミーが「ファック」ではなく、「ああ、ファック」と言ったので──「ああ、トビー」と呼びかける時のように──誰かに話しかけていると思ったのだ。

「ファック」をどう説明すればいいだろう？　交尾を表すことばが悪いこと──嫌悪、侮辱、失敗──を意味するなんて、絶対に信じないだろう。知るかぎり、彼らにとって交尾は純粋な喜びなのだから。

「皆さんには見えません」トビーは必死で説明する。「ジミー、そう、スノーマン・ザ・ジミーだけが見ることができます。彼は──」

「ファックはクレイクの友だちですか？」エイブラハム・リンカーンが訊ねる。

「そうです」とトビー。「スノーマン・ザ・ジミーとも友だちなのよ」

「ファックという人は彼を助けてあげているの？」女の一人が訊く。

「ええ」トビーは答える。「何かがうまくいかない時、スノーマン・ザ・ジミーは彼に助けを求めます」これはある意味で本当だ。

「ファックは空にいるんだ！」ブラックビアードが勝ち誇ったように言う。「クレイクと一緒に！」

「ファックの物語が聞けるとよいのですが」エイブラハム・リンカーンが遠慮がちに言う。「彼がスノーマン・ザ・ジミーを助けた物語も」

ジミーは再び目を開けると、目を凝らして何かを見ようとする。彼にかけられた『ヘイ・ディドル・ディドル』の絵が描かれた上掛けを見つめ、バイオリンを弾くネコや、笑う月を撫でる。「何だこれ？牛かよ。わけわかんない」手を上げて、光を遮る。

「皆さん、もう少し下がったほうがいいと思います」トビーはそう言うと、ジミーのほうに身をかがめ、彼の言葉がクレイカーに聞こえないようにする。

「どじったんだよな。そうでしょ？」幸い、ささやくような小声だ。「オリクスは？　すぐそこにいたんだ」

「眠らなくちゃだめよ」

「くそいまいましいピグーンに食べられそうになったし」

「もう安全よ」昏睡状態から醒めて幻覚を見るのは珍しいことじゃない。でも〝幻覚〟をクレイカーにどう伝えればいいの？　そこにないものが見えることです。でも、そこにないなら、ねえ、トビー、どうして見えるの？

「何に食べられそうになったの？」トビーは辛抱強く訊ねる。

「ピグーンさ」とジミー。「あの巨大なブタ。奴らだったと思う。ごめん。頭の中がスパゲティみたいに、めちゃくちゃ混乱してる。誰だったんだ？　ぼくが撃ちそこねた二人」

「今は何も心配しなくていいのよ。お腹は空いている?」食べるのは、少しずつにしなきゃね。絶食後はそうするのがいちばん。バナナがあるといいんだけれど。

「クレイクのばかやろう。あいつに勝手をさせちまったせいで、こんなひどい目に遭った。超どじった。くそっ」

「だいじょうぶよ」トビーがなだめる。「よくやったわ」

「ちがう、絶対に」否定するジミー。「何か飲むものある?」

クレイカーは恭しく控えていたが、前のほうに出てくる。「ねえ、トビー。喉を鳴らさなくてはなりません」エイブラハム・リンカーンが申し出る。「体力をつけてもらうために。頭の中で何かが絡まっているんですね」

「そうね。何かが絡まっているのよ」

「夢を見ていたからです。それに、ここまで歩いてきたから」エイブラハム・リンカーンが説明する。

「喉を鳴らしましょう」

「そうしたら、クレイクのことばを語ってくれるでしょう」こう言うのは漆黒の女。

「ファックのことばも」象牙色の女も言う。

「ファックのために歌います」

「オリクスのためにも」

「そして、クレイクのために。善良で親切な……」

「水を持ってきてあげる」トビーが言う。「ハチミツも」

「酒はある?」とジミー。「くそっ。マジ最悪な気分」

レン、ローティス・ブルー、アマンダはポンプ近くの低い石壁の上に座っている。

「ジミーはどう?」レンが訊ねる。

「目を覚ましたわ」トビーは答える。「でも、まだぼんやりしている。長いこと意識がなかったんだから当然だけど」

「何て言ってた?」レンがさらに訊く。「私に会いたいって?」

「お見舞いに行っても大丈夫かしら?」こう訊ねるのはローティス・ブルー。

「頭の中がスパゲティ状態だって」とトビー。

「いつだってスパゲティだったわよ」ローティス・ブルーは笑う。

「彼を知ってたの?」トビーが質す。ずいぶん昔、ジミーとレンが付き合っていたのは知っている。あ、それから、アマンダとも。だけど、ローティス・ブルーも?

「そうそう」とレン。「私たち三人ともあいつと知り合いだってわかったんだ」

「ヘルスワイザー高校で実験パートナーだったの」ローティス・ブルーが打ち明ける。「生物の遺伝子接合入門クラスで。私が家族と超高速列車で西部に移る前の話だけど」

「当時の名前はワクラ・プライス。ジミーから聞いてたよ」とレン。「あんたのことがめちゃくちゃ好きだったって!　でも、ひどい目に遭わされたってことも。セックスを断ったんでしょ?」

「あの人は大ぼらふきで、どうしようもないバカだった」ローティス・ブルーは言う。ジミーはやんちゃで憎めない子ども、そんな口ぶりだ。

「その後で、私をひどく傷つけたのよ」レンが語る。「私をふった後、アマンダに何を言ったか知らないけどさ。私があいつをひどい目に遭わせたって言ってたんじゃない?」

「彼の問題は誰とも深い関係を続けられないことよ」ローティス・ブルーが言う。「そういう男をたくさん知ってる」

「あいつはスパゲティが好きだったよ」アマンダが話す。ペインボーラーを捕えた夜以来、これほどたくさんしゃべるのを聞くのははじめてだ。

「高校じゃ、フィッシュフィンガーが好物だった」とレン。

「本物の魚二十パーセント。覚えてる?」ローティス・ブルーが反応する。「実際、何が入ってたか、わからないよね」そう言って二人で笑う。

「でも、そんなに不味くなかった」とレン。

「ベトベトの培養肉も入ってて」ローティス・ブルーが言う。「何にも知らなかった。でも、まあ、食べちゃったんだけど」

「今だって食べたいくらい」レンが言う。「それと、トウィンキーも」溜息をつく。「レトロだけど今っぽいっていうスナック菓子だったよね!」

「ソファの詰め物を食べてるみたいだったけど」とローティス・ブルー。

「あっち行ってくる」アマンダは立ち上がると、まとっているベッドシーツを整え、髪を後ろに払う。「ちょっと声かけて、必要なものがないか聞いてこよう。たいへんな目に遭ったんだから」

ああ、ようやく、とトビーは思う。やっと、かつてのアマンダらしさが出てきた。神の庭師たちと一緒だった頃の彼女。根性があると言われてたっけ。あのパワーと才覚が少し戻ってきた。人の先頭に立ち、どんな制約も意に介さず突き進むアマンダ。図体の大きな男の子たちも彼女には一目おいていた。

「一緒に行くわ」とローティス・ブルー。

「みんなで〝びっくりした?〟って言おう」レンが提案して、二人はクスクス笑う。

傷ついたと言ってもそんなものなのね、とトビーは思う。レンの心が壊れている様子はない。少なくともジミーとの関係については。「もう少し待ったほうがいいと思う」トビーは言う。ジミーが目を開けた時、運命の三女神のように、元カノが三人そろってのぞき込んでいたら、どうなるだろう？　女たちは変わらぬ愛や謝罪を要求し、わずかな生き血を搾り取ろうとするだろうか？　下手をすると、子守りごっこをして彼を赤んぼう扱いし、ベタベタに甘やかすかも？　もっとも、それが彼の好みかもしれないけど。

だが、杞憂だった。行ってみると、ジミーはまだ目を閉じていた。喉を鳴らす音を子守歌代わりに、眠りの中に戻っていた。

物資調達班の一行は、道路——正確にはかつて道路だった場所——沿いに歩き出す。先頭はゼブ、次にブラック・ライノ、そしてスウィフト・フォックス。カツロが最後尾につく。ゆっくり、慎重に、がれきの中を行く。襲撃を警戒し、周囲をよく確認しながら、万全の態勢で前進する。トビーは追いかけたい思いに駆られる。取り残された子どものように——〝待って！　待ってよ！　一緒に連れてって！ライフルもあるわ！〟——でも、そんなことをしても意味がない。

ゼブは何かほしいものがあるか、訊いてくれなかった。訊かれていたら、何と答えただろう？　鏡？花束？　せめて紙と鉛筆を頼めばよかった。でも、言いそびれてしまった。

もう姿は見えない。

今日という日が過ぎていく。日が昇って空を移動し、影が短くなり、食事が出され、食べられ、ことばが語られる。食卓のものはまとめられ、片付けられて洗われる。見張りが交代で立つ。土壁ハウスの壁が少し高くなる。敷地を取り囲むフェンスのワイヤが増え、庭園の雑草が取り除かれ、洗濯物が吊るされる。影がまた長く伸び、午後の雲が出てくる。ジミーは屋内に戻され、雨が降り、強烈な雷鳴がとどろく。その後、空は晴れ上がり、小鳥たちはまた競うように歌い出し、西のほうの雲が赤く色づいてくる。

ゼブの姿はない。

モ・ヘアヒツジと世話係のクロージャー、ベルーガ、シャクルトンが戻ってきた。ホルモン分泌の活発な男が三人、土壁ハウス寄せ集め集団にまた合流する。クロージャーはレンの周りをうろちょろし、シャクルトンはアマンダのほうにじりじり近づく。ザンザンシトとベルーガはローティス・ブルーを見つめる。繰り広げられる恋の駆け引き。人間の若者だけじゃなく、レタスの上のカタツムリや、ケールをだめにする緑色のマメコガネもやっていることだ。ささやく声、肩をすくめるしぐさ、一歩前に進み、一歩後ろに引く。

トビーは修道院にいるかのように、やるべき仕事を着実に、粛々とこなし、時間が過ぎるのを待つ。まだゼブの姿はない。

何かあったのだろうか？　浮かぶ光景を頭から消す。ともかく、消そうとする。動物、その牙と爪。野菜、倒れそうな木。鉱物、セメント、鋼鉄、ガラスの破片。あるいは人間。

彼がいなくなったらどうしよう。想像の中で、大きな渦が口を開け、すべてを引き込みそうになるが、彼女はその口を閉じる。自分のことはいい。でも、ほかの人たちは？　残された人間はどうなってしまうのか。ゼブには貴重で有益な技能と、かけがえないのない知識がある。

ここにいるのはごく少人数で、お互いを必要としている。時々、この野営がちょっとした休暇のように感じられることもあるが、それは違う。日常から逃げているのではない。今はここが日常の場だ。

クレイカーに、今晩の物語はないと告げる。なぜって、ゼブが物語を、トビーの頭の中にあるゼブの物語を出ていってしまったから。その物語にはよくわからない部分があって、彼らに聞かせる前に、整理しなくてはならないから。魚があればトビーの助けになるか、と彼らは聞くが、今はいらない、と答える。そして、一人になるために庭園に行く。

負けたのよ。自分に言い聞かせる。ゼブを取られちゃった。今ごろ、スウィフト・フォックスが自分のものにしているにちがいない。両腕、両足、それに身体中の開口部を総動員してがっちりつかまえているはずだ。彼はトビーを捨てたのだ。からっぽの紙袋をぽいと捨てるみたいに。だから何？　何の約束もしていないじゃない。

風が止み、地面から湿った熱が立ち昇る。あらゆる影が混じり合って一つになる。蚊が哀れな音を立てる。月が出ている。もう満月は過ぎた。蛾の飛び交う時間がまたやって来る。

揺れる明かりが近づく気配はなく、話し声もしない。何も、誰も、来ない。

ジミーの個室で彼の寝息を聞きながら、深夜の見張りをする。ろうそくが一本灯っている。その明かりの下、彼にかけられた上掛けの童謡の絵柄が微かに動き、ふくらむ。にやけた牛、笑う犬。皿はスプーンと一緒に走り去る。

ドラッグストアのロマンス

朝、トビーは食卓のグループに近寄らない。後生的遺伝学《エピジェネティクス》の講義を聴く気分ではなかったし、ゼブの心変わりを彼女がどう受けとめているかと、好奇の目にさらされるのも、憶測されるのもいやだ。彼はスウィフト・フォックスに来るなとはっきり言うこともできたはず。でも、言わなかった。メッセージは明らかだった。

調理小屋に行き、コールドポークと昨日の残り物のゴボウをよそって食べる。ボウルを逆さにかぶせておいたゴボウはすでに萎びている。レベッカは食べ物を捨てない主義だ。

食卓に座って周辺をチェックする。庭の奥のほうではモ・ヘアヒツジがたむろして、クロージャーが小径の草を食べさせに行ってくれるのを所在なげに待っている。彼が出てきた。ベッドシーツをまとい、長い杖を携えた姿は聖書の世界から出てきたようだ。

ブランコの近くでは、レンとローティス・ブルーがジミーに付き添い、六本の脚で歩調をあわせてぎこちなく行ったり来たり、歩く練習をしている。筋肉は落ちているが、体力の回復にはさほど時間はかからないだろう。かなり衰弱しているけれど、まだ若いのだから。アマンダもそばにいて、ブランコに腰かけている。クレイカーも何人かいる。戸惑いを見せながらも、恐れる様子はなく、自生するクズのつるをかじりながらジミーたちを見つめている。

一見牧歌的だが、この光景にはそぐわない要素もある。たとえば、迷子になった、あるいは逃げたモ・ヘアヒツジが行方不明のままなこと。それから、すべてに無関心で、ひたすら地面を見つめるアマンダ。クロージャーは肩をこわばらせ、レンに背を向けて、彼女がジミーを甘やかすのに嫉妬している。トビー自身もこの光景にそぐわないが、誰が見ても落ち着いていると思うはず。そう見えるのがいちばん。長年にわたる庭師たちとの訓練のおかげで、表情を消して、やさしく微笑むことを覚えた。

それにしてもゼブはどこ？　なぜ、まだ戻ってこないの？　アダム一号を見つけたのかしら？　アダムが怪我をしていたら、彼を担ぐなり抱えるなりして運んでこなくちゃならない。すると、進むスピードは落ちる。廃墟の街で何が起きているの？　ここからでは何もわからない。せめて携帯電話が使えるとよいのだけれど、基地局は機能停止。電源がまだ使えたとしても、ここには修理できそうな者が一人もいない。手回し充電ラジオが一つあるが、故障したままだ。

みんなで煙の信号を一から勉強しなきゃ、と思う。煙が一回なら、彼は私を愛している、二回なら、愛してない。三回なら、怒りがくすぶっているってこと。

気持ちが落ち着くのを期待して、庭仕事で一日を過ごす。せめて世話をするハチの巣箱があればよいのに。そうしたら、毎日のできごとをハチに語ることもできる。かつて神の庭師たちの屋上庭園で、老いたピラーが亡くなる前に、二人でやっていたように。ハチに助言を求めたり、ハチ型ドローンのように飛んでいって、探索した結果を報告してもらったりするのだ。

〝今日、私たちは聖ヤン・スワンメルダムの栄誉を讃えます。彼はハチの巣にいるのが〈王〉ではなく、〈女王〉すなわち〈女王バチ〉であり、働く〈ハチ〉は皆、姉妹であることを発見しました。荒野で無私無欲の修道生活を送った、東方の〈ハチ〉の守護者、聖ゾシマ――私たちも独自のやり方で彼と同じように暮らしています――の栄誉も、〈ハチ〉のコミュニケーションについて、その方法や手順をつぶさに観察した聖C・R・リバンズの栄誉も讃えます。そして、〈ハチ〉をお創りになった創造主に感謝しましょう。

〈ハチミツ〉や〈花粉〉という贈り物や、私たちの〈果実〉と〈木の実〉と花を咲かせる〈野菜〉を豊穣に導く彼らの貴重な働きにも感謝しましょう。ああ、それから、その昔テニスンが詠ったように、無数の〈ハチ〉が羽音のささやきで緊張状態にある私たちを慰め、癒やしてくれることにも……〟

ハチの世話をする前に、ほんの少しローヤルゼリーを肌にすり込むよう、ピラーに教わった。そうすれば、ハチはこちらを脅威と思わず、腕や顔を歩きまわる。その小さな脚はまつげのようにやさしく、通り過ぎる雲のように軽く肌に触れる。ハチは伝令。ピラーはよくそう言っていた。彼らは見える世界と見えない世界を行ったり来たりして、報せを運ぶ。愛しい人が闇の世界との境界を越えてしまったら、教えてくれるはずだ。

突如として、庭園にミツバチが数十匹現れ、マメの花の周りを忙しく飛びまわっている。新しい野生の群れが近くにできたのだろう。手の上に一匹舞い降りて肌の塩分をなめる。ゼブは死んじゃったの？心の中で問いかける。今すぐ教えて。だが、何の合図も出さずに飛び立ってしまう。

あんなことをすべて信じていたのだろうか？　ピラーの作った物語だったのか。あまり信じていたわけじゃない。いや、とても信じていたとは言えない。おそらくピラーだって、そんなに信じていなかったはず。だが、慰められる物語だった。死者は完全に死んでいるのではなく、これまでとは別の生き方で生きている、という物語。以前より淡い生を薄暗いところで営み、そこからメッセージも送れる。そのメッセージに気づいて、解読すればよいだけのこと。人間にはそういう物語が必要よ――ある時、ピラーはそう言った――だって、どんなに暗くても、声のする暗闇のほうが静寂な虚無よりはよいのだから。

午後遅くに雷鳴が止むと、物資調達に出ていた一行が戻ってくる。道に放置されたトラックやソーラーカーの間を縫うように歩いてくる彼らが見える。低く傾いた太陽を背にした彼らを見分ける前に、トビーは影の人数を数える。ああ、四人いる。全員戻ったんだ。だが、それは誰も見つけられなかった、ということでもある。

一行が土壁ハウスを囲むフェンス近くまで来ると、レンとローティス・ブルーが迎えに走り出る。クレイカーの子どもたちの一群が後に続く。アマンダも追いかけるが、あまり速く走れない。トビーは歩く。

「すごかった！」帰り着くと同時にスウィフト・フォックスが言う。「でも、ともかくドラッグストアには行けたわ」顔が少し赤らみ、汗ばんでいる。化粧がくずれ、喜びに満ちた顔。バックパックを下に置いて開ける。「ほら、持ってきたものを見せてあげる！」

ゼブとブラック・ライノは疲れきっているようだ。カツロはそれほどでもない。

「何があったの？」トビーはゼブに訊く。「ものすごく心配したんだから」とは言わない。彼にはわかっているはずだ。

「いろいろあったんだ。話せば長くなる」これがゼブの答え。「後で話す。まずシャワーだ。何か変わったことは？」

「ジミーが目を覚ましたわ。かなり弱っているけど。それに痩せてるし」

「それはよかった。太らせて、歩けるようにしよう。ここじゃまだ人手が必要だからな」そして、彼女を後に残して、土壁ハウスの裏に行く。

激しい怒りがトビーの身体を駆け抜ける。ほぼ二日も留守にして、言うことはあれだけ？　彼の奥さんじゃないし、小言を言う立場にもない。でも、想像してしまう。無人のドラッグストアの通路をゼブがスウィフト・フォックスと一緒に転げ回り、コンディショナーやカラーシャンプー――ワクワク・カラーが三十色以上揃っている――のボトルのそばで彼女の迷彩服をはぎ取る姿を。それとも、もう少し先のコンドームや性感刺激ジェルの並ぶ棚の近くだろうか？　レジ横のスペースに身体を押し込んだ？　ベビー用品のところかもしれない――最後にウェットティッシュが一箱まるごと使える。そんなことがあったに違いない。だから、スウィフト・フォックスはあんなに得意満面なのだ。

「マニキュア、痛み止め、歯ブラシ！　見て、毛抜きもあるのよ！」彼女は話し続ける。

「店を空っぽにしてきたみたいね」ローティス・ブルーが言う。

「もう、あまり残ってなかった。略奪された後だったから」とスウィフト・フォックス。「盗みに来る連中は薬に興味があったみたい。オキシコドン〔オピオイド系の強い鎮痛剤〕とかブリスプラス・ピルとか。あとは、ともかくコデイン〔咳止め、鎮痛作用のある物質〕が入ってるやつ」

「ヘアケア用品には興味なかったって感じ？」と訊ねるローティス・ブルー。

「そうね。それから、女の子用品もね――盗まれずに残ってたわ」スウィフト・フォックスはそう言って、多い日用ナプキンやタンポン、薄型ナプキンの箱を取り出す。「ほかの三人にも荷物を持ってもらってるの。ビールも持ち帰ったわよ。ちょっとした奇跡よね」

「どうしてこんなに時間がかかったの？」トビーが訊く。スウィフト・フォックスはにこりとするが、意地悪な微笑みではない。開けっぴろげで、素直すぎるくらい。まるで、門限を破った十代の女の子だ。

「実は閉じ込められちゃって」と語り始める。「いろんな場所を覗いて使えそうなものを集めてたわけ。午後になって、もうそろそろ帰ろうという時、あの巨大なブタの群れが出てきたのよ。ほら、前に庭園を荒らそうとしたブタ。何頭か撃ち殺したでしょ？

最初はね、私たちの後ろをコソコソついてくるだけだったの。それが、ドラッグストアで必要なものを集め終わって、外に出てみたら、連中が待ち構えていて行く手を塞いでたのよ。だから、あわてて店の中に戻ったの。でも、通りに面した窓は割れてたから、ブタが入ってくるのを止められなかった。それで、倉庫の天井の点検口から屋上に出たの――ブタは上れないから」

「飢えてるようだった？」レンが訊ねる。

「ブタのお腹具合なんてわかる？」とスウィフト・フォックス。

ブタは雑食性だから、とトビーは考える。何だって食べる。でも、空腹かどうかとは関係なく、悪意で殺すこともある。あるいは復讐のために。何しろ私たちはブタを食べてるんだから。

「それから？」レンが重ねて訊く。

「屋根の上にしばらくいたのよ。そしたらブタがドラッグストアから出てきて、私たちが上にいるのを見つけたの。あいつら、ポテトチップの入った段ボール箱を店から引きずってきて、外でパーティを始めちゃった。でも、ずーっと私たちから目を離さないの。ポテトチップを見せびらかすようにして。私たちが腹ぺこなのを知っていたにちがいないわ。それでゼブがね、何匹いるか数えろって言ったの。ブタがいくつかのグループに分かれた時のためよ。何匹かが私たちの気を引いて、残りが待ち伏せして襲ってくるかもしれないからって。そうするうちに、ブタが一斉に西のほうに行ったの。歩くというより、駆けてったわ。まるで何か目標があるみたいに。それで目を凝らすと、遠くに何か見えたのよ。煙が上がってたの」

時折、街では何かに火がつくことがある。ソーラー電源に繋がれたままのケーブル類。有機物が積み重なった山も急に自然発火する。太陽熱で温度が上昇した炭素系ごみオイルの貯蔵庫も。だから煙は珍しいことではない、とトビーは言う。

「でも、そうじゃなかった」とスウィフト・フォックス。「もっと小さくてね。焚き火みたいだったの」

「なんでブタを撃たなかったの?」ローティス・ブルーが訊く。

「ブタの数が多すぎて時間の無駄だって、ゼブが言うから。それに、スプレーガンの電池パックを使い切るのもいやだったし。ゼブは煙の場所に行って何があるか見るつもりだったけど、暗くなっちゃって。それで、ドラッグストアで一晩過ごしたの」

「屋上で?」トビーは訊ねる。

「倉庫で」とスウィフト・フォックス。「中にあった箱でドアを塞いだの。何も起きなかったわ。ネズミがいたくらい。でも、ものすごくたくさんいた。それで朝になって、焚き火が見えたあたりに行ったの。ゼブとブラック・ライノが言うには、ペインボールの男たちがいたみたい」

「連中を見た?」アマンダが訊く。

「焚き火の跡だけ」答えるスウィフト・フォックス。「燃え尽きてたわ。ブタの足跡がそこら中にあってね。モ・ヘアヒツジの残りも。赤毛のお下げ髪は、ここのヒツジでしょ? 連中が食べちゃったのよ」

「ああ、ひどい」とローティス・ブルー。

「食べたのはペインボーラー? ブタ?」アマンダが訊く。

「両方ね」とスウィフト・フォックス。「でも、男たちは見なかった。ゼブの話ではブタが二人を追い払ったんだろうって。少し離れたところで、死んだ子ブタも見つけたわ。ゼブによると、スプレーガンでやられたらしいって。後ろ脚が一本切り落とされていた。ゼブは後で戻ったほうがいいって言ってるわ。ブタは子どもが一匹殺されて、もう私たちの前に出て来ないだろうから、残されたブタ肉は最大限に利用すべきだって。でも、遺伝子接合の狂犬がうなり声を上げていたから、あのブタ肉を手に入れるためには犬と戦わなくちゃならない。外はまるで動物園よ」

「本当の動物園なら、柵があるけれど」ローティス・ブルーが言う。「ともかく、いなくなったモ・ヘアヒツジは盗まれたってことよね？　自分から逃げ出したんじゃなくて。きっと男たちはすぐ近くまで来ていたんだわ。誰も気づかなかったけど」

「うわあ、気味悪い」とレン。

スウィフト・フォックスは聞いていない。「ねえ、見て。ほかにもいろいろ持ってきたの」と、話をやめない。「妊娠検査キット、ほらスティックにおしっこするタイプの。私たちみんなに必要だと思って。少なくとも、何人かには」もう一度にこりとするが、トビーのほうは見ない。

「私は関係ないから」とレンが言う。「こんな時に赤ん坊を産みたいと思う？」腕を広げて周囲を示す。土壁ハウス、木、最低限の生活。「水道もないでしょ？　だからさあ……」

「避けられないかもよ」とスウィフト・フォックス。「長い目で見てのことだけど。まあともかく、人類のためには必要なこと。そうじゃない？」

「誰が父親になるの？」ローティス・ブルーは少し興味をそそられた様子だ。

「よりどりみどりでしょ？」とスウィフト・フォックス。「希望者は列をなすほど大勢いるんだから。長い舌をぜいぜい出して、いちばん欲しがっている男を選べばいいのよ」

「じゃあ、アイボリー・ビルできまりじゃない」とローティス・ブルー。

「舌が長くて、話も長い男って言ったっけ？」スウィフト・フォックスはローティス・ブルーと一緒にクスクス笑う。レンとアマンダは笑わない。

「おしっこの検査スティックってこれなのね」とレン。

トビーは闇を見つめる。ゼブの後を追ったほうがいい？　もうシャワーは済んでいるはず。土壁ハウスでは、誰もシャワーに時間をかけない。太陽熱で温めた水を使い切るスウィフト・フォックス以外は。

ともかく、ゼブの姿はない。

ひょっとしたらと思い、自室で起きて待つ。月光は瞳を銀色に照らす。フクロウの鳴く声。彼らは互いの羽毛に恋をする。だが、彼女がほしいのはそれじゃない。

草むしり

午前中いっぱい、ゼブの姿がない。誰も彼のことを言わない。トビーも聞かない。

昼食はスープ、何かの肉——犬の燻製？——に、クズのニンニク風味。まだ食べ頃ではないポリーベリーとミックス・グリーンサラダも。「どうにかして酢を手に入れなくちゃね」レベッカが言う。「そうすりゃ、ちゃんとしたドレッシングが作れる」

「まず、ワインを作らなきゃだめだよ」こう語るのはザンザンシトだ。

「大賛成」応じるレベッカ。サラダに胡椒風味を加えるため、ルッコラの種を使っている。海辺に蒸発皿を設置して、製塩所を作ることも考えているらしい。危険がなくなったら、と彼女は言う。そう、ペインボーラーがいなくなったらね。

昼食後は屋内で過ごす時間。人目を忍ぶ秘密の時間だ。日は高く昇り、日差しは焼けるように熱い。嵐の雲はまだ出ていない。空気は湿っていて、肌がべたべたする。

トビーは昼寝しようと思ったが、ふてくされたまま起きている。すねちゃだめ。自分に言い聞かせる。自分の傷を舐めたりして。舐めるべき傷があるかどうかもはっきりしないのに。ただ、傷ついた感覚はある。

雨が降った後の午後遅く。見張りに立つクロージャーとマナティー以外、外には誰もいない。トビーは庭園に行き、膝をついてナメクジを処分する。昔なら良心の呵責を感じる作業だ。〝〈ナメクジ〉も神の創造物なのですから――アダム一号ならこう始めるだろう――エデンクリフ屋上庭園以外の、彼らにとって快適な場所にいるかぎり、ほかの生きものと同様に、呼吸する権利があって当然ではありませんか？〟だが、今はナメクジを殺すことがはけ口になっている。何のはけ口？　それは考えたくない。

もっと悪いのは、思いをそのまま口にしていることだ。〝いやらしいナメクジ、死んじまえ！〟つかんだナメクジを木灰《もくはい》と水を入れた缶に次々放り込む。以前は塩を使ったが、今はこんなことに塩は使えない。平たい石で一撃を加えるほうがナメクジにとっては慈悲深い処置かもしれない――木灰漬けは苦しいはずだから――が、ナメクジ処刑法の慈悲深さを比較する気分ではない。

雑草をぐいと引き抜く。〝私たちが神の〈聖なる雑草〉を不当に低く見て、一顧だにしないのは、なんと軽率なことでしょう！　雑草というのは、〈人間中心〉の計画を進めるうえで都合の悪い植物に私たちがつけた名前にすぎません。多くの雑草がいかに有益で、事実、食用になり、しかも味がよいか、考えてごらんなさい！〟

そう、そのとおり。でも、これはちがうわ。見たところ、ブタクサね。ごみの山にぽいと放り投げる。

「おお、〈暗殺部隊〉、やってるな」と声がする。ゼブがにやにや笑って見下ろしている。

トビーは慌てて立ち上がる。両手が汚れているけど、どうしたものかしら。今の今まで寝てたってこと？　スウィフト・フォックスと何があったか、そんなことは訊けない。そもそも、何かがあったのかも。口うるさい女に思われたくない。

「無事に戻ってくれてうれしい」と言う。ことばで表現できないくらい、本当に喜んでいるのに、自分の声が嘘っぽく聞こえる。

「おれもだ」彼が言う。「外に出るのは思っていた以上にたいへんだった。疲れ切って、爆睡しちまった。おれも年なんだな」

何かを隠してる？　どこまで疑えば気が済むの？　「寂しかった」と声に出す。そう、それでいい。難しくないでしょ？

彼の顔に笑みが広がり、「うれしいな」と言う。「これ、お前に持ってきた」小さな丸い鏡のついたコンパクトだ。

「ありがとう」なんとか笑顔を作る。罪滅ぼしのプレゼント？　謝罪のつもり？　男が同僚とこっそりセックスした後、妻に贈るバラの花束みたいなもの？　私は妻じゃないけど。

「紙も持ってきたぞ。学校で使うようなノートがまだドラッグストアに残ってた。Ｗｉ‐Ｆｉタブレットが買えないヘーミン地の子ども用だったんだろう。それから、水性ペンと鉛筆を何本か。フェルトペンも」

「そういうのが欲しいってどうしてわかったの？」

「読心術のできる奴と仕事をしたことがあったんだ。昔々の話だが。〈筆記体〉は庭師のスキルだろう？　記録を手書きで残したいんじゃないかと思って。それより、ハグはどうだ？」

「泥だらけになっちゃうわよ」気持ちがおだやかになり、笑みも浮かぶ。

「おれのほうがずっと汚かったんだぜ」

指はナメクジでぬるぬるだけれど、両腕で抱きしめる。そうせずにいられない。

太陽は輝き、ハチは黄色いカボチャの花の周りを飛び交っている。「何が本当に欲しいかわかる？」ゼブのくすんだ色のあごひげに向かって言う。「老眼鏡。それと、ハチの巣箱」

「了解。まかせとけ」一瞬、間が空く。「実はこれを見せたかったんだ」

そう言って、袖口から靴――正確にはサンダル――の片方を引っ張り出す。手縫いで、リサイクルの材料を使っている。靴底は古タイヤ、ストラップは自転車のゴムチューブ、アクセントに銀色の粘着テープ。泥がついているが、履き古した形跡はない。「庭師たち」トビーが言う。彼らのファッション、いや、ファッション性のなさはよく覚えている。それから、言い直す。「じゃないかと思う。でも、庭師じゃなくても、こういうのを作る人はいたかもしれない」

情景が浮かんでくる。アダム一号と生き残った神の庭師たちが隠れ家のアララト貯蔵室——たとえば、昔の地下のキノコ栽培室——の一つに身を潜め、穴ぐらの小妖精の如く、ろうそくの灯りをたよりに手作りサンダルを繕ったり、非常用保存食のハチミツやソイビッツを食べたりしている。その間、地上の都市は炎上し、人類は消えてなくなる。あり得ないと思いながら、そうであることを信じたくてたまらない。

「どこで見つけたの？」

「殺された子ブタの近く。ほかの連中には見せてない」

「アダムだと思うのね。まだ生きてるって。あなたに——あなたじゃなくても、誰かに——わざとこれを置いたって」もはや質問ではない。

「お前だって」とゼブ。「お前だって、そう思うだろ」

「期待しすぎないで。希望は身を滅ぼしかねないわ」

「わかってる。だが、それにしても」

「あなたが考えるとおりなら」彼女は言う。「アダムもあなたを探しているってことじゃない？」

ブラックライトのヘッドランプ

ゼブとファックの物語

いつも連中に話をしなくったっていいじゃないか。それより、おれと来いよ。一日くらい、さぼってもいいだろ。

もう一回休んじゃったのよ。あまりがっかりさせられない。ここを出て、海辺に戻っちゃうかもしれないし。そうしたら、簡単に襲われちゃうわ。あのペインボーラーのやつらに……私、絶対に自分を許せないと思う、もし……

わかった、わかった。でも、早く切り上げられるだろ？

どうかなあ。たくさん質問されるのよ。

黙ってうせろ《ピス・オフ》って、言ってやれよ。

そう言っても、わかってもらえないわ。〝ピス（おしっこ）〟はいいことなのよ、彼らには。〝ファック〟みたいに。目に見えないけど、ファックというものがいるって、彼らは思ってるの。ファックは、クレイクが困ったら助けてあげる存在、言わばヘルパーで、ジミーのことも助けるって。ジミーが〝ああ、ファック〟と言うのを聞いて、そういう話になっちゃったの。

おお、おれもそう思うぞ。ファック！　目に見えないが、そこにいる！　困った時に助けてくれるヘルパー！　そのとおりじゃないか！

ファックの物語を聞きたがっているの。本当は、彼とあなたのこと。少年時代、一緒に冒険した物語。今やスターなのよ。あなたたち二人の話をせっつかれてたいへん。

聞きに行ってもいいか?

だめ。笑うに決まってるから。

この口、見ろよ。粘着テープで塞いであるようなもんだぞ。クレイジー・グルーみたいなスーパー接着剤があればいいんだが……おお、そうだ、おれの口をくっつけたらどうだ、おまえのあそこに……

おかしなこと言わないで。

人生はとうにおかしくなってる。自分をそこにシンクロさせてるだけだ。

魚をありがとうございます。

ほら、見てください。赤い帽子をかぶっています。そして、腕につけたこの丸くて光るものを聞きました。

今晩は、皆さんが望んだゼブとファックの話をしますね。

ゼブは家を出ると——お父さんとお母さんが親切ではなかったので——カオスの中をさまよい歩きました。どこに行けばよいか、わからなかったの。お兄さんのアダムはたった一人の友だちで、ゼブを助けてくれる人だったけれど、そのお兄さんがどこにいるかもわからなかったんです。

ええ、ファックもゼブの友だちで、助けてくれるヘルパーでした。でも、姿は見えません。

いいえ、向こうの茂みに隠れているのは動物ではありません。ゼブです。笑っているのではなくて、咳をしているのよ。

そう、ゼブにとって、お兄さんのアダムはたった一人の友だちで、ヘルパーで、目に見えるし、触れることもできました。アダムは迷子になったのか？　誰かに連れていかれたのか？　ゼブにはわかりませんでした。それで、とても悲しくなったの。

でも、ファックがずっとそばにいて、アドバイスしてくれました。ファックは空中にいて鳥のように飛びまわっていたから、ゼブと一緒にいたかと思うと、クレイクのそばに行って、そしてスノーマン・ザ・ジミーのところに行くこともできたの。一度にたくさんの場所にいることもできるのよ。困った時に呼ぶ――ああ、ファック！――と、いつでも来てくれます。必要な時はいつも。そして、名前を呼ぶと、すぐに気分がよくなるの。

ええ、ゼブは咳が止まりませんね。でも、今すぐ喉を鳴らす必要はありませんよ。

そうね、ファックのように、友だちで、助けてくれる人がいるといいわね。私にもそういう人がいるといいなあと思います。

いいえ、ファックは私のことは助けません。私には別に助けてくれる人がいるの。ピラーという名前です。ピラーは亡くなりましたが、植物になって、今はハチと一緒に生きています。

ええ、話はしますよ、姿は見えないけれど。でも、ピラーはあまり……ファックほど激しく動きまわらない。雷というより、やさしい風みたいなのよ。

今度いつか、ピラーの話をしましょうね。

そう、ゼブはどんどん危険な場所を進んでいきました。悪い人が大勢いて、残酷でよくないことをしていました。それから、〈オリクスの子どもたち〉を料理して食べる場所にも行きました。食べてはいけないことはわかっていたから、ファックを呼んで相談すると、そこを離れるように言われました。その後、水に囲まれた家に住んで、ヘビと知り合いになりました。でも、そこも危険になって、こう言ったの。ああ、ファック！って。すると、ファックは空を飛んできて、ゼブがそこから逃げ出せるように手伝うと言いました。

今日の物語はここまでにしましょう。ゼブが無事に逃げ出したことは知っているでしょう？　だって、すぐそこに座っているんですからね。そして、この物語を聞いてとても喜んでいます。だから、笑っているのよ。もう、咳はしていません。

おやすみなさいの挨拶をしてくれて、どうもありがとう。悪い夢を見ないで、ぐっすり眠れるようにって、願ってくれるのね。うれしいわ。

皆さんも、よく眠ってくださいね。

ええ、おやすみなさい。

おやすみ！

もう充分です。おやすみの挨拶をやめていいのよ。

ありがとう。

〈浮き世〉地区

ある日、ゼブはワイネット——シークレットバーガーで肉を扱うウェイトレス——の隣で目覚めて、気がついた。ワイネットは焼いた挽肉と古い食用油のにおいがする。自分も同じにおいだが、それはまた別の問題。いつだって、自分のにおいは別なんだ。欲情の対象が自分と同じにおい、なんてのはごめんこうむる。霊長類の性ってもんだ。いろんな実験結果も出てる。マッドアダマイトのバイオおたくたちに聞いてみろ。

それからタマネギのにおいだ。チューブ入りの不気味なレッド・ソースってのもあった。客があのソースに病みつきになったのは、クラックみたいな薬物が入っていたからにちがいない。店で乱闘騒ぎが始まると、決まって誰かがレッド・ソースをつかんで、そこらじゅうにまき散らした。頭から出ている血とソースが混じり合って、出血多量で死にかけているのか、ソースを浴びただけなのか、わけがわからなくなった。

二人が働いていたバーガー店はさまざまなにおいが充満していたから、それが服や髪、そして毛穴にまで染みこんでしまうのは防ぎようがなかった。シャワーが使えたとしても、悪臭は洗い流せない。においを消すためにワイネットが使っていた、どろっとした安物のデライラというスキンケア製品も効かなかった。デライラにはローションとコロンがあり、枯れかけたユリの海に沈み込むような、あるいは石油教会《ペトロリアム》に集まる信心深い高齢女性集団のような、かなり強烈なにおいがした。あの二つのにおい——

シークレットバーガーとデライラ――は、本当に腹ぺこか、欲情しているか、あるいはその両方であれば、なんとか耐えられたが、そうでないと、かなりきつかった。

なんてこった――ゼブは思った。新たな朝を迎え、寝転んだまま、不快な香りを吸い込みながら。ここに未来はない。

たとえ未来があったとしても、あまりよくない未来だ。というのも、ワイネットは変なにおいがするだけでなく、あれこれ詮索するようになっていたからだ。愛しているから本当の彼を何もかも知りたいのだと言って、ゼブの心の奥底にあるものを探ろうとした。秘密も何もかも暴露するつもりでいたのだろう。とはいえ、あちこち首を突っ込み、見え透いた作り話を一つずつ暴き――たしかに、どれも練り上げられた話じゃなかった。次に誰かをだます時は気をつけよう――嘘をすべて剝ぎ取ったところで、彼女を満足させるもっともらしい話がすぐに出てくるわけではない。だが、諦めずに探り続けていれば、彼がどこから来たか、もともと何者だったのか等々、おぼろげにわかることがあるかもしれない。そうしたら、どこかのあやしげな報奨金を目当てに密告するのは時間の問題だ。ヘーミン地ドブネズミの口コミ・ネットワークでは、その手の情報がよく売られていた。

ゼブは自分の情報に報奨金が出ていてもおかしくないと思った。生体情報だって流れているかもしれない。たとえば、耳の写真、歩く姿をシルエットで再現した動画、学校時代の親指の指紋など。彼の知るかぎり、ワイネットにはギャングとのつながりはなく、幸いなことに、貧乏でPCもタブレットも持っていない。だが、時間単位で安くネットを利用できるカフェがあったから、下手に怒らせると、そういう店で検索を始めるかもしれなかった。

すでに彼女は、ゼブとのセックスがはじめのうちもたらした失神状態から覚めつつあった。女の子という未知との遭遇に舞い上がった彼は、麻薬でハイになった子犬のようにはしゃいでワイネットに飛びかかり、彼女を性の虜にしたのだった。若い連中にはセックスの美意識なんてない。相手が誰だろうとかまわない。ビクトリア朝の人間を驚かせたペンギンみたいなもので、穴とみれば、すぐにセックスしようとする。ワイネットはそんなゼブの若い性欲を喜んで受け入れた。自慢じゃないが、二人が夜な夜な身体を絡ませると、彼女はしょっちゅう白目を剝いてゾンビみたいな姿をさらし、大音響のロックバンド並みの声を出したもんだ。すると、一階の酒屋と、上の階で暮らす悲しき賃金奴隷集団の両方から、天井や床をがんがん叩かれた。

ところがそのうち、彼女はゼブの動物的な精力を何か深淵なものだと勘違いするようになった。セックス後に会話を求める。身体のエキスの後は精神のエキスを分かち合いたいってわけだ。やたらと質問するようにもなる。自分の胸は充分大きいか？　ライムグリーンは自分に似合う色か？　どうして最初の頃みたいに一晩に二回やらないのか？——どんな答えをしたところで、何かの罠に落ちる。夜の尋問は、次第に重荷になっていく。そして、最後に思った。ワイネットに対する思いは本当の愛ではなかった、と。

「そんな目で見るなよ。ともかく若かったんだ。それに、忘れないでくれ。それまで人とまともに付き合ったこともなかった」とゼブが言う。

「どんな目で見てるっていうの？」トビーが訊く。「ヤギのお腹の中よりまっ暗なんだから、見えないでしょ、私のことなんか」

「冷ややかな視線の冷気を感じるぞ」

「彼女がかわいそうなだけ」

「嘘言うなよ。彼女と別れてなかったら、今ここでお前と一緒にはいないんだから。そうだろ？」

「たしかに、そうね。かわいそうという部分は撤回する。でも、やっぱり」

最低限の礼儀はわきまえたつもりだ。彼女には現金少しとメモを残した。いかに愛しているかを綴った後、追伸として、不正取引――詳しくは書かなかった――が原因で命が狙われていること、そんな自分のせいで彼女の身を危険にさらすのは耐えられないと書き添えた。

「その表現を使ったの？」トビーが訊く。「〝身を危険にさらす〟って？」

「あいつはロマンスが好きだったから」とゼブ。「騎士が出てきて、恋愛あり冒険ありのやつ。彼女が借りてた部屋には古いペーパーバックが何冊かあった。ぼろぼろになるまで読んでたな」

「騎士道ごっこをする気にはならなかったの？」

「あいつとはな。お前のためなら」――と、彼女の指先にキスをする――「暁に決闘をする覚悟はあるぜ。いつでもだいじょうぶだ」

「信じられない。ひどい嘘つきだって告白したばかりなのよ！」

「お前のためなら、嘘だってつくさ」とゼブ。「嘘ってのは、ありのままを語るよりずっと骨が折れるもんだ。求愛行動だと思ってくれよ。おれも年で、くたびれて、かなりがたがきてる。われらがクレイカーのような青くて巨大なペニスもない。だから、頭を使う。少しでも残ってる脳みそを使うしかないんだ」

ゼブは大型トラック《トラッカピラ》の使うルートで慌ただしく南下し、かつてサンタモニカだった廃墟に留まることにした。海面上昇でビーチは水面下に沈み、昔の富裕層向け高級ホテルやマンションはほぼ水に浸かっていた。今や運河になった通りもあり、近くのベニスビーチは海の都の名にふさわしい姿に変わっていた。この一帯は〈浮き世〉地区と呼ばれ、文字通り水に浮かぶこともしばしばあった。満月の後、大潮になる頃は特に。

以前の持ち主はもう誰も住んでいなかった。彼らは保険金を受け取れぬまま――海が陸地を浸食した？　それが不可抗力の自然災害じゃなくて何だというのだ？――丘の上に避難し、空き家は浮浪者や短期労働者など、さまざまな住所不定の連中に不法占拠されていた。市の公共サービスは何も残っていない。下水設備や水道管は壊れたままで、しばらく前から電気も止まっていた。

ところが、〈浮き世〉地区はいかがわしさで名を馳せるようになる。高台に住む裕福な中高年が時に奔放な気分を味わうため、この地区まで下りてきては、ソーラーのポンポンエンジンがついた小さな水上タクシーで水に浸かった通りを見てまわった。彼らの目当てはギャンブル、違法薬物の取引、若い女。それに、各種見せ物の巡回ショー。ショーは半壊したビルを転々とし、浸水被害がひどくなったり、激しい嵐で海岸と建物があらたに水没したりすると巡回地域そのものが移動した。

〈浮き世〉地区では種々雑多な商売が営まれ、どれも利益を上げていた。というのも、ここでは誰も家賃や税金を払っていなかったからだ。サイコロ賭博は一日中行われ、目を血走らせた客が入れ替わり立ち替わりやって来た。彼らはオンラインゲームでは飽き足らず、神経が高揚して病みつきになるこの危険な賭博を求めた。と同時に求めていたのは、監視からの自由。インターネットは大型トラック《トラッカピラ》運転手が利用するモテル同様、誰かに覗かれていると信じて、自分の接続ログをインターネット上に残すのを嫌った。

若い女が買える店もあった。店には本物の女の子とセックスロボットの両方がいて、プログラムされたやり取りをどの程度望むかで選べた。もっとも、人間とロボットの違いがはっきりわかるわけではなかったが。浸水した通りの上にワイヤを張り、火のついたトーチを操るストリートパフォーマンスのグループもいた。時どきメンバーが落下して、身体のどこか――たとえば、首――を骨折したり傷めたりしたが、怪我や死の危険は強烈な魅力だった。オンラインの世界は編集されてきれいに整えられ、リアリティと銘打ったサイトでも、リアルかどうかを視聴者は疑うようになっていた。それに対し、粗野で荒っぽい現実の世界は妖しい魅力を放っていた。

パフォーマーの中にはマジシャンもいた。悲しい目をした男で、年の頃五十くらい。くたびれたスーツ姿で、ズボンは膝が出ていた。古着屋から無断で拝借してきた衣装にちがいなく、マジックではまったく儲かってないことが見て取れた。かつての超富裕層向け高級ホテルで、カビが繁殖する中二階に間に合わせの舞台を設営し、カード、コイン、ハンカチのマジックや、女たちをノコギリで切断したり、キャビネットから消したりするパフォーマンス、さらに読心術を披露することもあった。こういう楽しみはＴＶやネットからは消えていた。なぜって、マジックをオンラインで見せても現実味がなく、信用されないからだ。どうして特殊効果じゃないって言える？　だが〈浮き世〉地区では、マジシャンが手のひら一杯の針を口に入れたら、針が本物だとわかるし、その後、糸の通った針が口から出てきたら、その糸に触ることもできる。空中に放り投げたカードのうち、スペードのエースが一枚だけ天井に貼り付いたら、それを自分の目で確認することだってできた。

〈浮き世〉地区でこのマジシャンのショーがある金曜と土曜の夜、中二階はいつも混雑した。彼はスレイト・オブ・ハンドと名乗っていたが、これは二十世紀の錬金術史研究家、アラン・スレイトにあやかった名前だ。それがわかる観客はまずいなかっただろう。

だが、ゼブは知っていた。というのも、このスレイト・オブ・ハンドに雇われていたからだ。レパードのフェイクファーで作ったやぼったい衣装を着て、筋肉隆々のアシスタント、ロターを演じていた。キャビネットを持ち上げ、回し、逆さまにして中が空っぽであることを客に見せ、ノコギリで箱を切る前に、美人アシスタントをその中に入れるのがおもな仕事。時には観客に紛れて、読心術パフォーマンス用に情報を集めたり、歓声を上げて彼らの注意をそらせたりする。日中は、〈浮き世〉地区の外に買い物に出された。外にはミニスーパーがあり、昼間、起きている人々の世界があった。

「スレイト・オブ・ハンドのおやじからは、いろいろ教わった」ゼブが言う。

「女の人をノコギリで半分に切る方法とか？」

「それもな。だが、女をノコギリで切るのは誰だってできる。ポイントは、どうやって女をにこにこさせておくかだ。切っている間ずっと」

「鏡を使うんじゃない？　煙とか」

「守秘義務があるから言えない。けど、スレイトおやじに教わった、よそ見をさせる《ミスディレクション》テクはめちゃくちゃ役に立った。客の目がマジック以外に向くようにすれば、ステージ上ではいろんなことができる。スレイトは美人アシスタントを全員、〈ミス・ディレクション〉って呼んでた。よそ見させるのがアシスタントってことだったから」

「区別ができなかったんじゃない？」

「そうかもしれない。だが、女たちの見てくれには関心がなかったようだ。もちろん、アシスタントはピカピカ光るドレスを着て——スパンコールは控えめのほうがいい——見た目もよくなきゃだめだ。当時のミス・ディレクションはカトリナ・ウー。パロアルト出身で、アジア連合の血が入ったキツネ目の女だ。彼女のことはカトリナ・ウーウーだと思って、仲良くなろうとした——シークレットバーガーのウェイトレス、ワイネットのおかげでセックスの愉しさにのめりこんでいて、無茶をやりたくてしかたなかったから——が、ミス・ディレクションのウーウーはおれのことなどまったく相手にしなかった。

毎週末、彼女を抱きかかえて、切断されたり消されたりする前の彼女を箱やキャビネットに入れ、空中浮遊のためにテーブルの上に寝かせてたから、そういう時に、ぎゅっと抱きしめたり、骨の髄までとろかすような流し目を使ったりしてみた。だが彼女は顔は笑ったまま、声をひそめて叱りつけるんだ、〝今すぐやめなさい〟って」

「あら、真似が上手じゃない。彼女、ノコギリで切断されるうちに、身体のエキスを抜かれちゃったんじゃない？」

「いや。そういうことは綱渡りの一人がケアしていた。スレイト・オブ・ハンドの仕事のない平日、彼女は空中ブランコのダンスをそいつに教わってた。空中ストリップ・ダンスで、衣装も何着かあった。鳥のやつとか、ヘビ革のやつとか。ヘビの姿で演技する時には本物のヘビも使うんだ。ロボトミー手術されたニシキヘビの一種で、名前はマーチ。ミス・ウーウーによると、三月《マーチ》は希望の月で、彼女のニシキヘビは希望に満ちているから、そう名付けたんだそうだ。

実際、ヘビ好きだったみたいだ。演技の最中首に巻き付けていることもあって、その間ヘビはずっともぞもぞ動いていた。おれもマーチと仲良くなって、ネズミをつかまえてやったりした。あの怯えたネズミたちを足がかりにウーウーの心を動かせるかと思ったが、まったくだめだった」

「女がヘビの衣装を着けるって、特別な意味があるの？」トビーが訊く。「それに鳥の衣装とか」

「男はみんな、女が野生動物だって思いたい」ゼブは答える。「飾り立てた下は野生だってな」

「愚かってこと？　それとも、人間以下ってこと？」

「いやいや。まったく制御不能ってことだ。いい意味でだぞ。ウロコや羽で覆われた女はものすごく魅力的だ。強烈な力がある、女神みたいに。危険で、そして過激だ」

「いいわ、そういうことにしておきましょ。その後、どうなったの？」

「その後、どうなったかっていうと、カトリナ・ウーウーと綱渡りの男がある日一緒に逃げちまった。マーチも――そう、ニシキヘビのマーチも一緒に。その時はかなり心配した。ヘビじゃなくて、ミス・ウーウーのことだぞ。その頃には、おれもキューピッドの腐った矢にやられていたからな。白状するが、かなり落ち込んだ」

「あなたが落ち込むなんて想像できない」

「だが、本当だ。ムカついてもいた。みんなが気づいたわけじゃないが。まあ、自分自身にムカついてたんだな。噂じゃ、カトリナと空中ブランコの師匠は金儲けのために東に行ったって話だった。数年後、二人がヘビと鳥をテーマにしたウロコとシッポっていう金持ちの男を狙った高級クラブを始めたと知った。小さい店から始めて、フランチャイズ・チェーンを展開するまでになったそうだ。コーポレーションが性風俗業界を仕切る前の話だが」

「シンクホール(下水口地区)のウロコ・クラブのこと？　エデンクリフ屋上庭園近くの。アダルト系エンタテインメントをやってたクラブ？」

「まさにそれだ。教団のガキどもがよく残り物のワインをあさってただろ。酢を作るために。あそこもフランチャイズの一つだった。ともかく、たいへんな時に助けてもらったんだ、あの店には。だが、それはまたいつか話す」

「結局、そのヘビ女の話に行き着くわけ？　彼女とはいい関係になったの？　早く知りたい。ニシキヘビも絡んでくる？」

「落ち着けよ。今は時系列に沿って話をしてるんだ。それに、いいか、おれのセックスライフが話のすべてじゃない」

ここまでの大部分がセックスライフについてだったじゃない？　トビーはそう言いたいが、思いとどまる。すべてを話せと言っておきながら、今さら止めろと言うのはフェアじゃない。「いいわ。じゃあ、続けて」

「カトリナ・ウーウーが〈浮き世〉地区からいなくなった後、スレイト・オブ・ハンドのおやじは新しいミス・ディレクションを見つけるために、あちこち出かけていた。もう少し見栄えのいい、水没の恐れがないマジックショーの会場も探していたらしい。おれはただ、ぶらぶらしていたんだが、それが幸いした。次の行動を決めるために情報を集めていたら、男数人がうろついているのに気がついた。連中は周囲に溶け込もうと、社会のくずを演じていたが、大げさすぎた。グリースで固めたポニーテイル、ボサボサに伸びたひげ、派手なノーズピアス——まだ慣れていないのはすぐにわかる。やたらと顔に触るから。それに、ズボンが変だったし。チャックみたいに新品をはくようなへまはしていなかったが、ほころび、かぎ裂き、汚れがどれもわざとらしかった。少なくとも、おれにはそう見えた。ともかく、連中を見てすぐに大型トラック《トラッカピラ》でヒッチハイクを続けることにしたんだ。

今度はメキシコまで行った。レヴが捜索の手を伸ばしたとしても、そこまでは追ってこないと思ったから」

ザ・ハッカリー

メキシコの街にあふれる麻薬密売人は猜疑心の塊で、彼らは皆、ゼブが自分たちと同類の密売人で商売敵だと思い込んだ。凝ったタトゥーを入れ、頭にチューリップ模様の剃り込みのある男たちから威嚇される日々。ダメ押しにナイフによる小競り合いをくり返した後、ゼブは南に移動した。道中は、小銭を使う。臨時の出費には現金で対応することにしていた。電子マネーでオンライン上に自分の痕跡——たとえ、ジョンやロベルト、あるいはディアスといった名前を使うにせよ——を残したくなかったからだ。

　コスメル島からカリビアン諸島に渡り、島を転々とした後はコロンビアに向かった。バーで見ず知らずの他人と酒を飲み交わして世渡り術を磨き、これといった問題を起こさず切り抜けたが、ボゴタには何の可能性も見出せなかった。おまけに、あそこでは目立ちすぎた。

　リオは全然違った。その頃、街はザ・ハッカリー〔ハッキング行為〕と呼ばれていた。ミニ・ドローンによる襲撃や、配電網への破壊工作を生き延びた優秀なプロのIT技術者たちが、カンボジアのジャングルで新たなビジネスを始める前の話だ。ともかく、当時のリオは繁栄の頂点にあった。インターネットの無法開拓地《ワイルドウェスト》と言われ、ありとあらゆる国から、無精ひげを生やした、サイバー犯罪常習犯の若者が集まってきた。客はいくらでもいた。企業は企業同士でスパイし合い、政治家も政治家同士で罠をしかけ、軍関係者の関心も高かった。軍の報酬がいちばんよかったが、採用にあたっては一通りの身元調査があったので、ゼブは近寄らなかった。だが、リオはほぼ売り手市場だったから、雇い主はすぐに現れる。

詮索はしない。見てくれがどうであれ、変人に見えれば、すぐに周囲になじんだ。

肉屋で働いた後、スレイト・オブ・ハンドの助手をつとめ、ミス・ディレクションに色目を使い、ニシキヘビとも遊んでいた期間が長かったので、コンピュータの腕前はかなり落ちていたはずだ。それでも、勘を取り戻すのに時間はかからなかった。職探しを始めて一週間もたたない間に、持ってこいの仕事を見つけた。

最初の雇い主はリストボーンズという電子投票機のハッキングが専門のグループ。今世紀最初の十年は、投票機のハッキングは簡単で、儲けもよかった——票数が拮抗している場合は、投票機をコントロールすれば好きな候補者の票を積み増しすることができた。しかし、選挙不正に対する怒りの声が上がり、騒ぎが大きくなる。当時はまだ、民主主義という建前は守るべきだと考えられていた。その結果、ファイアウォールが導入され、投票システムへの侵入は以前より厄介になった。

退屈でもあった——ファイアウォールは本格的な防御システムではなく、見せかけだけのものだったから、初歩的なレースのかぎ針編みのような作業がひたすら続く。何とか興味を持とうと努力しても、居眠りしそうになる。だから、ハックソー社から仕事のオファーがあった時には、すぐOKしたのだが、後で思うと、もっと考えるべきだった。ウォッカを飲んではいたが、酔っ払っていたわけではない。たくさん背中を叩かれ、褒め言葉をかけてもらい、親しげな笑いに励まされて決めたことだ。勧誘係は、物腰の柔らかな男三人。一人は手が大きく、もう一人は大金を持っていて、最後の一人はおそらく殺し屋。ほとんど口をきかなかった。

ハックソーはリオの沖合に停泊しているプレジャーボートが拠点で、性風俗のすべてを提供する店を隠れ蓑にしていた。だが、名目だけの性風俗店ではなく、フルコース・ディナー並みに何でも揃ったメニューを揃え、骨付き・骨なしもお好み次第、叫び声のオプションまでついていた。この宇宙要塞のような場所で、四週間、売春婦の密入国斡旋をするあやしげなロシア人グループのために働いた。連中は商品の女たちがめそめそ泣いて、毎月血を流すのに加えて、女たちの食事の世話までさせられることにうんざりして、別の方法でも稼ごうとしていた。それで、オンラインのパチンコポーカー・サイトに侵入して情報を盗むよう、ゼブに命令したわけだが、これはかなりのストレスになった。というのも――IT奴隷たちによると――ハックソーでは、雇ったハッカーが複雑なセキュリティ解除に手間取っていると見るや、オキアミで光る海にそいつを放り込むという話だったから。

商品の女と仲良くなるのも危険だった。女を多少乱暴に扱っても構わないが、傷つけるのは許されない。それは金を払う客の特権だった。ハッカーの毎週の給料には、カジノのチップや食事・飲み物のほか、店で使えるクーポンもついていた。だが、女に熱を上げるのは厳禁だった。

ハックソーの性風俗部門は、下品という次元を超えていた。特に子どもたちの扱いはひどく、スラムからさらってきては、使い捨て商品として酷使し、用済みになると魚の餌にしていた。この子どもビジネスはレヴとその子育ての記憶と重なりすぎて、嫌悪感が顔に出ていたにちがいない。というのも、陽気な同僚たちが急によそよそしくなったから。ともかく契約期間の一か月だけ仕事をした後、ロシア人の警備員にウォッカを何杯かおごり、高速船にこっそり乗り込んだ後、そいつをぶちのめし、IDを盗んでから船外に捨てた。はじめての人殺しだった。あの鈍くて頑固な警備員には気の毒だったが、信用しちゃだめだったんだ。未熟な新入りとはいえ、図体がでかく――だいたい、ハックソーで働いているってことからしてあやしい――悪賢い若造のゼブなんかを。

ハックソーからは、プログラムのソースコードとパスワードをいくつか失敬する。そのうち役に立つかもしれない。若い女も一人連れ出す。自分用のミス・ディレクション役をしてくれるよう、事前に甘い言葉で口説き落としておいた。手順はこうだ。まず、クーポンを使って彼女を一時間予約する。ネグリジェらしきもの――ガーゼの布切れ――を着せて、泥酔した警備員の前を歩かせる。誘っているようにも、秘密があるようにも見える姿は――〝どこへ行く？〟――と、男の空っぽ頭を振り返らせるのに充分だった。

女をプレジャーボートに置いてくることもできたが、不憫に思った。連中は女がおとりだったと気づけば――わざとかどうかなぞ、関係ない――ジャガイモみたいにぐしゃぐしゃに潰してしまっただろう。そもそも女があのボートにいたのは、荒廃した故郷のミシガン州で嘘に惑わされ、よくあるお世辞に舞い上がり、連れて来られただけのこと。才能があるからダンスの仕事をしないか、と言われたんだそうだ。

高速船を普通のマリーナに停泊させるほどバカではなかった。連中は二人――警備員を入れれば三人――がいないのに気がついて、探しまわっているかもしれない。海岸のホテルの一つに船を停め、女をごてごてした噴水の後ろで待たせておいて、警備員のＩＤで部屋を予約してホテル内に入った。それから、マスターキーのコードを割り出して荷物の多い部屋に忍び込み、女の服と自分用のシャツを盗んだ。シャツは小さすぎたから、袖をまくり上げる。浴室の鏡にはミス・ディレクション効果を狙って脅迫文を石けんで走り書きする――〝また来る。復讐だ〟こういう場所に泊まるやつらの九割方は、過去に一度や二度、凶暴な悪党の恨みを買っているに決まっているから、ホテルを早々に逃げ出すはずだ。着るものがなくなったと苦情を言う前に。

あるいは、車のキーがなくなったとか。はたまた車そのものがなくなったとか。

充分離れた場所まで移動し、ネットカフェに入る。複数のネットワークを経由して、例の〇・〇九パーセント秘密資金の一つにアクセスし、一部を別の口座に送金してから引き出した。その後、ネット上の痕跡をすべて消去する。そして別の自動車を拝借した。誰も彼も不注意だった。

ここまでは問題なし。だが、女が一緒だった。名前はミンタで、オーガニックのチューインガムを連想させた――爽やか、グリーン。逃避行中の彼女は正気を保ち、取り乱すことなく、静かだった。だが、長くは続かなかったから、おそらくショック状態にあっただけなのだろう。心の問題か身体の問題かわからなかったが、ともかく内側がぼろぼろになっているようだった。

通りや店など、人目があるところで短時間なら、彼女も普通を演じることができた。しかし、北に西にとジグザグに移動しながら泊まったホテルの部屋や、車の中でやることと言えば二つの十八番――絶望して泣く、うつろな目で宙を見つめる、そのどちらか。TVもセックスも彼女の気晴らしにはならない。当然と言えば当然だが、触られるのもいやがった。ただし、感謝のしるしとして、お礼に何でもする。触ってほしいなら、そうすると言ってきた。

「それで、彼女のオファーを受け入れたの?」軽い口調のままトビーが訊く。ぼろぼろの哀れな死に損ないにやきもちを焼く必要なんかないわよね?

「受け入れなかった、実は」ゼブは言う。「楽しくないからな。モールでセックスロボットを借り出してマスかいたほうがましだ。そんな必要はないと言うほうがずっと気分がよかったし。ちょっとだけハグしてみたが、抵抗しなかった。それで落ち着くかと思ったが、ずっと震えていた」

ミンタは幻聴を聞くようになり――誰かの忍び足、激しい息づかい、カチャカチャ金属のぶつかる音――薄汚いホテルの部屋から外に出るのを怖がるようになった。もっとましなホテルに移ることもできたが、へーミン地の奥深い闇の世界に留まるほうが安全だった。

かわいそうに、ミンタはサンディエゴでバルコニーから飛び降りて命を絶った。その時、ゼブは彼女のためにコーヒーを買いに出ていて部屋にいなかったが、人だかりがするのが見え、サイレンも聞こえた。捜査が始まる前に急いで街を出なくてはならない。本格的な捜査が行われることはめっきり少なくなっていたが、仮にそうなった場合、第一容疑者として手配書が流される可能性がある。警察は一体どこから手をつけるだろう？　ミンタは身分を示すものを持っていない。自分も部屋に私物は一切残していなかった——出かける時は常にすべてを身につけるよう気をつけていたから——が、ひょっとして、近くに防犯カメラがあったんじゃないか？　ヘーミン地の奥深い闇の世界ではありそうにないが、ないとも断言できないだろう。

シアトルまで行き、アダムとの連絡用に作った『ビーナス誕生』の共有フォルダを見ると、メッセージが届いていた。「まだ肉体とともにあると連絡されたし」時折、アダムはレヴの言葉遣いを気味悪く真似ることがあった。

「誰の肉体だ？」ゼブは返信した。

これは古い冗談の一つだった。葬儀でレヴがもっともらしく、御霊はすでに肉体を離れた云々と説くのを、いつも二人でばかにしていた。だから、なりすましではなく、ゼブ本人だとわかるように、この冗談で返した。アダムだって、ゼブなら「肉体とともに」に反応せずにはいられないと知っていたからこそ、あの表現を使ったのだろう。偽者なら、まぜっ返すことなくストレートに答えるだろうから。アダムはいつも曲がり角の先の先まで読んでいた。

次に向かったのはホワイトホース。リオのバーでベアリフトの話を聞いて、身を隠すのにもってこいだと思った。そんなところにいるとは誰も考えないだろう。ハックソーの連中は仕返しを企んでいたはずだが、ベアリフトではなく、ハッカーがたむろする場所——たとえばインドのゴア州あたり——を探しているはずだ。レヴだって思いつかないにちがいない。ゼブが、野生動物に関心を示したことは一度もなかったし。

「こうして」とゼブは続ける。「マッケンジー山脈のふもとでクマの毛皮を被ってバイカーに飛びかかり、サスクワッチことビッグフットと間違えられる事態になったわけだ」

「なるほど」とトビー。「クマの毛皮がなくても、そう思われたかも」

「嫌味か?」

「褒めているのよ」

「どうだか。ともかく、結末は悪くなかった」

ソプター墜落後のホワイトホースまで話を早送りしよう。

汚れを落とし、身なりを整え、正気を――多少なりとも――取り戻す。ベアリフトの本部やスタッフ行きつけの酒場は避けた。なぜって、連中には死んだと思われていたのだから。この世にいないメリットを台無しにしたくないだろう? だから、ほとんどの時間をモテルの部屋で過ごし、まがい物のピーナッツを食べ、誰かにピザを買ってこさせ、有料のTV番組を見て――内容はどうでもよかった――次にどうするかを思案していた。ホワイトホースからどこに行く? 出ていく手段は? 次はどんな役柄を選べばいい?

と同時に、気にかかることがあった。一体、誰がチャックを使って注射針をゼブに刺そうとしたのか? ゼブの災難を望むやつは大勢いるはずだが、どこのどいつがチャックみたいに無能で、超ド級の間抜けに任せたんだ?

冷めた料理

ゼブはその時、二つのキャラを使っていた。まず、現在の偽りの姿。どこにでもいそうな誰かで、名前はでたらめ。もう一つは、その前の仮の姿。ソプター墜落事故で黒焦げになった男。気の毒だと言う者もいるだろうが、好都合だと思う者もいるはず。実は、彼自身にとっても好都合だった。だが、アダムには死んだと思ってほしくなかったから――ベアリフトの仕事で飛び回っている間、長いこと通信が途絶えていた――事故のニュースが流れる前に、連絡する必要があった。

パイロット帽、ふかふかのフェイク・ダウンジャケット、サングラス等々、手持ちのものをすべて身につけ、街に二軒あるネットカフェのうち、小ぎれいでサービスもよいほうのカブズコーナーに行った。店が出すのはグラスになみなみ注いだ有機大豆ドリンクや大きな生焼けのマフィン。その両方を注文する。どこへ行っても、その土地のものを食べる主義だった。それから、インターネット三十分の利用料を現金で支払い、例の西風が吹き飛ばすバラの花びらの共有フォルダ経由でアダムにメッセージを送った。「どこかの大ばかに殺されかけた。くたばったことになっている」

十分後に返信を受け取る。「野卑な言葉遣いを止めると消化機能が改善されるよ。死んだままでいるように。仕事があるかもしれない。至急、ニュー・ニューヨーク方面に行かれたし。改めて連絡せよ」

「OK。求人サイト用のIDをもらえるか?」と返す。

「イエス。到着を待つ」これがアダムの返事。あいつはどこにいたんだ? 見当もつかない。だが、安全な場所、少なくとも安全に感じる場所に落ち着いているらしい。そう思うと安心できた。アダムを失うことは片腕と片脚をなくすに等しい。それと頭の上半分、そう、脳みそも。

モテルの部屋に戻り、ニュー・ニューヨークまで行く算段をした。死んだことになっているのだし、急ごしらえで作ったＩＤがあったから、大型トラック《トラッカピラ》をヒッチハイクしてカルガリーあたりまで行けば、超高速列車を利用しても大丈夫そうだった。

だが、大きな謎がまだ解けていなかった。一体、誰がチャックを使って彼を拉致しようとしたのか？黒幕の候補を絞り込もうとした。まず、誰が居場所を突き止められただろう？ベアリフトにいることがどうしてわかったのか？当時はデブロンと名乗り、その前はラリー、さらにその前はカイルだった。カイルはまったく似合わない名前だったが、ミスマッチのほうがうまくいくこともある。それまでに、少なくとも六つの名前を使っていた。

過去の偽造ＩＤのほとんどはグレイマーケット以上にあやしげな場所で調達したが、闇商売の連中にとっては、客を裏切って情報を横流ししたところで何のメリットもない。というのも、彼らだって商売を続けなければならず、そのためには店の信用を保つ必要があったし、そもそもゼブが一体何者かなんて、到底わかるはずがなかった。店での彼は借金や強欲な女房から逃げる男、あるいは、コーポレーションでの横領、知的財産の窃盗、コンビニ強盗、ひょっとして異性装と鉄梃《バール》が関係する連続猟奇事件をしでかして逃走中の犯人、そんなろくでなしの一人にすぎない。いずれにせよ、個々の事情など一切問題ではなかった。店では販売前に型どおりの質問をして、倫理基準がある――児童性的虐待者はお断り――ふりをし、彼のほうも、互いにうそっぱちだと了解済みの使い古された身の上話を語った。もっともらしいやり取りの後、店が「喜んでお手伝いします」と言えば、「キャッシュで前払いだ」の意味に取るのが取り引きの作法だった。

だから、いかに優秀なサイバー探偵であっても、何層にも重なったゼブの偽装を暴いて情報を引っ張り出すにはかなりの資金や技能が必要だったはずだ。探すべき場所をはっきり特定できないかぎりは、けっして見つけられないよう、慎重に自分の痕跡を消していたのだから。追跡者が誰であれ、よほど強い動機が必要だった。

リストボーンズの可能性はほぼなかった。一体、連中のどんな秘密を握っているというのだ？　第一、外部に知られて困る情報があっただろうか？　投票機がハッキングされているのは公然の秘密で、メディアを自称する連中からは批判の声が上がったが、誰も本気で昔の紙のシステムに戻るつもりなどなかった。機械を所有するコーポレーションが当選者を決めて賄賂を受け取り、巧みな広報を展開していたから、投票機の不正を激しく糾弾すると、みんなの楽しみを台無しにする偏屈なアカという烙印を押された。今、楽しんでいなくとも、後々あるかもしれない楽しみ、思い描いているだけの楽しみまで踏みにじろうとする、と。

要するに、彼はリストボーンズの敵ではなかった。たとえ、古臭い市民社会のスローガンを唱えて人々を煽動しようとしたところで、耳を貸す者は皆、末期のヘルペス脳炎だと茶化されておしまいだ。どうしようもなく無分別だったら、どれほど簡単にハッキングできるかを示すために、投票機のダブルハッキング——バーチャルな議員を作って、そこに票を集める——をしたかもしれないが。

「でも、無分別じゃなかったのよね」トビーが言う。

「時間があったら、シャレでやってたかもしれない。おれみたいなネクラな天才ハッカーはそういう悪ふざけをして、システムに異議申し立てをしているつもりになってたから。やっても何の影響もないのに」

「だけど、リストボーンズじゃないとすると」トビーは続ける。「ハックソーだったってこと？」

「報復する動機はあった」ゼブが答える。「やつらの警備員を魚の餌にして、やつらの船を盗み、やつらの囚われの姫君を一人救い出したんだからな。本当にまずかったのは連中を間抜けに見せちまったことだ。おれをさらし者にしたかったはずだ――脚を一本切り落とし、体中の血を抜いて、橋みたいな高い場所から鎖で吊り下げて、おぞましい見世物にするとか。だが、世間の注目を集めるには、おれがしたことを明かさないといけない。そうすると、やはりやつらの面目は丸つぶれだ。

ともかく、連中がベアリフトのおれを突き止めて、かなり北のホワイトホースまで追いかけてくる気配はなかった。リオからずいぶん離れているし、ホワイトホースなんて、一面雪に覆われて、氷の家《イグルー》のある場所っていうイメージしかなかっただろう。だいたいチャックみたいなケチなチンピラがハックソーの仕事をするとは思えなかった。あいつらが同じバーで飲んでる姿だって想像できない。ハックソーでは雇い入れる前に、とりあえずバーで一緒に飲むんだが、チャックはそういう場にまったく合わない。身なりだって間違ってたし。連中だって、あんなダサいズボンをはいた男を雇ったなんて知られたくないはずだ」

チャックのこと――それに、やつの気味悪いほどの清潔さ――を考えるにつけ、チャックをチャックたらしめる要素こそが謎を解く鍵だと思った。媚を売るような親しげな振る舞い、白い歯を見せての愛想笑い……。石油教会《ペトロリアム》から来たにちがいない。だが、レヴやその仲間はもちろん、彼に雇われた追跡のプロでも、ゼブの不規則で複雑な動きを追えたはずがない。絶対に無理だ。

ということは、すべてを逆に考えるべきかもしれないと思った。レヴと彼の教会と信者、それと既知の実派のように教義がそっくりな宗派と、政界の盟友たちは皆、エコ狂いの一派を心底嫌っていた。彼らは、愛らしい金髪の女の子の写真と、コモリガエルやホホジロザメなど、気味悪い姿の絶滅危惧種の写真を並べた意見広告を作り、〝こっち？　それとも、こっち？〟というコピーをつけたほどだ。つまるところ、コモリガエルが繁殖すれば、愛らしい金髪の女の子たちが喉を切り裂かれるような危機に陥ると暗示するものだった。

その考えを押し広げると、こんな主張になる。花の香りが好きで、香りを楽しむために花を身近に置き、水銀含有量ゼロの魚を食べ、有毒ヘドロを含む飲料水のせいで目が三つある子どもが産まれると抗議するような連中は、闇に潜む邪悪な悪魔の家来であり、〈アメリカ的な生き方〉と神の〈聖なる油〉——二つはまったく同一のもの——を破壊させようと必死なのだ、と。一方、ベアリフトと言えば、活動趣旨が曖昧で、運送業務にも問題がある環境団体にすぎないが、重要なのはその拠点だ。石油の採掘が期待できる地域にあり、そこにパイプラインを通せば、石油の輸送——故障、石油の漏出、問題の隠蔽など、いつものトラブルを引き起こしながら——もできそうだった。

だから当然、レヴとその仲間は潜入工作を試みたはずだ。幸い、ベアリフトは人を雇う際、まったく選り好みをしない。チャックは本物のペトロリアム信者だったにちがいない。ベアリフト内部で毛皮動物保護の過激派をスパイし、どんな悪事を企んでいるか報告するのが任務。だから、特にゼブを探してはいなかったはずだ。たまたま顔を合わせた時に素性がわかったのかもしれない。レヴの近くにいたなら、家族写真を見る機会があってもおかしくない。〝息子だ。親不孝なやつでな。ああ、おまえが……おまえが息子だったなら〟溜息。悲しげな微笑み。肩に置いた手。男っぽく無骨に背中をポンポン叩く。だいたい、そんな感じだろう。

後は自然の流れだ。チャックの密告、レヴからの指示、催眠薬入り注射器の確保、ソプター内での実行と失敗。そして、炎上する墜落機。

ゼブは怒りを新たにした。

再び手持ちの服をすべて身につけて、反撃のメッセージを送るために出かけた。今度は街のもう一軒のネットカフェ、プレスト・サムズに入る。小さなモールにある、あやしげな店だ。隣は触感フィードバックのリモート・セックスショップ、その名もザ・リアルフィールという店——「本物の感覚！　本当の本物！　いつも安全！　ワクワク、ドキドキ、病気の心配無用！」　懐かしかったが、ザ・リアルフィールには寄らずにプレスト・サムズに直行し、ネットを使った。

まず、石油《ペトロリアム》教会最高位の長老にメッセージを送った。レヴが横領した記録を添付し、カナリア諸島・グランドケイマンの銀行口座に預けてあった資金は有価証券に換えられ、トゥルーディのロックガーデンに埋めてある金属ケースに入っていると伝える。レヴは武器を持っていて危険だから、ショベルを持った男六人だけでなく、スタンガンを携えた警護部隊も連れていくべきだと書き添えた。メッセージにはアルゴスと署名した。ギリシャ神話に登場する百の目を持つ巨人。まさにゼブ自身だ。『ビーナス誕生』のウェブサイトにこの巨人の絵が数点アップされているが、美的な観点から言うと、目が百あることで魅力が増すことはない。同じサイトに百の乳房を持つ女神の画像もあったが、数が多ければいいわけじゃないことは、その女神の姿からもわかった。

レヴの夜を台無しにするメッセージ——そうなることを願った——を送った後、ケイマン秘密資金口座を空っぽにする。それまでも、折に触れては口座にアクセスし、あいつが指示どおり金に手をつけていないかどうか確かめていた。たしかに資金は手つかずのままだった。その全額をアダム用に開設したリック・バートルビー名義の口座に移す。ニュージーランド・クライストチャーチの葬儀屋のリックというもっともらしい経歴も用意する。アダムにはメッセージで口座番号とパスワードを知らせ、びっくりするような贈り物をビーナスの右の乳首に用意したと伝えた。アダムがあの乳首を——ついに——クリックする姿を想像すると気分がよかった。

ベアリフトにもメッセージを送るべきだと考えた。チャックがスパイだったと伝え、おべっか使いのゴマすり野郎が急に現れたら、とりわけ、そいつがポケットのたくさんある真新しい服を着ていたら、しっかり身元調査をやるべきだと助言した。ついでに、ベアリフトとその活動について、誰もが素晴らしいと思っているわけではないとも書き添える。「ビッグフット」と署名したが、送信後、すぐにまずいと思った。正体がばれる手がかりになるかもしれない。

それから、おんぼろモテルに戻り、薄型TVのあるバーで、レヴの悪事を白日にさらす〈レヴのすべて〉作戦の成果を待つ。はたして、フェネラの骨や遺体の一部が見つかったと夜の全国ニュースが伝える。顔を覆い、連行されるレヴ。ミルクシェイクのように甘くやさしいトゥルーディも。目頭を押さえた彼女は語る。何もわかりません。冷酷な殺人者と何年も一緒に暮らしていたとは、なんて恐ろしいことでしょう。

抜け目ないな。トゥルーディの勝ちだ。彼女に罪を負わせることなど一切できない。ここに至るまで、彼女はレヴの秘密資金の情報もつかんでいたはず――長老たちが横領について問い質しただろうから――で、レヴに捨てられそうなこともわかっていたにちがいない。やつが外国の隠れ家に逃げ、日光浴をしたり、幼い子どもたちをその時々の気分まかせに愛撫したり、むち打ったりするつもりであることも。彼女はもちろんずっと知っていたはずだ、やつのねじれた欲望を。だが、知らんぷりすることを選んだ。

再び分厚い服を重ね着してカブズコーナーまで歩き、アダムにもう一度メッセージ――レヴ逮捕のニュースが見られるURLを記した短いもの――を送った。きっとアダムも喜ぶだろう。レヴは解任されるか、そうでなくても権限が大幅に奪われるはずだ。二人ともこれで少しほっとできると思った。

だが、ホワイトホースはすぐに出る必要があった。捜査当局は、ゼブが石油教会《ペトロリアム》の長老に送ったメッセージの通信経路を辿ろうとするかもしれない。追跡に成功すれば、広くはないホワイトホースの街を詳しく調べ始めるだろう。ゼブが指名手配されることはない——もう死んでいるのだから——にせよ、やはり姿を見られたくない。発信場所を突き止めるのにそれほど時間はかからないかもしれないし。ひょっとしたら、追っ手は近くに迫っているかもしれない。何だか嫌な感じがし始めた。

だから、モテルには戻らず、いちばん近い高速道の大型トラック停車場《トラッカピラ》まで行き、一台に飛び乗った。カルガリー到着後、密閉チューブ内を走る超高速列車に素早く乗り込み、何度か電車を乗り換えてニュー・ニューヨークに到着。〈マジで　ばかなこと　やっちまった　みたいだ〉と言う間もなかった。

「マジでばかなこと？」トビーが問い返す。

「レヴのことをたれ込んで、金も全部取ったのはあまり冴えちゃなかった」ゼブは答える。「おれがまだ死んでないことがわかったはずだから。よく言うだろ？　復讐は冷めてから食べた方がおいしい料理だって。怒りにまかせて復讐するなってことだ。しくじるに決まってるから」

「でも、違った」とトビー。「しくじらなかったじゃない」

「いやいや、全部ぶち壊すところだった。運がよかっただけだ」とゼブ。「見ろよ、月が出てきた。こういうのをロマンチックっていうんだろう？」

ああ、本当に。月が出てきた。東のほうの木の上に。ほぼ真ん丸で、ほぼ真っ赤。

どうしていつもこんなに驚くのだろう？　トビーは自問する。月。月が出ることは、わかっているのに。月を見るたび、一瞬立ち止まり、沈黙してしまう。

ブラックライトのヘッドランプ

ニュー・ニューヨークはジャージー海岸——正確に言うなら、現在、海岸になっている地域——にある街だ。オールド・ニューヨークのほうは、もはや人があまり住まなくなっていた。もっとも、当局が立ち入り禁止地域に指定し、つまりは家賃を払わなくてよい地区となったから、崩れかけて水浸しで荒れるがままの建物で暮らそうと頑張る人たちはいた。だが、ゼブは違う。足に水かきはなく、自殺願望もなかったから。それにニュー・ニューヨークは天国ではないにしても、人が多く、それだけ潜伏に適した条件が揃っている。要するに、群集に紛れやすい街だった。

到着後、ソフト・プレッツェルしかない三流のネットカフェにひっそりと入り、アダムにメッセージを送った——〝プランA、完了！　プランBは？〟——アダムが一体どこにいるのか、何を企んでいるのかわからないまま、返信をじりじりと待つ。ようやく来たメッセージは〝もうすぐ会おう〟とあるだけだった。

ゼブが身を隠したのは、プールやパーティルームのある、一昔前の超高級マンション、スターバースト。花火をイメージしたネーミングだろうが、今や連想するのは宇宙で黒焦げになったがれきだ。スターバーストはしばらく前につかの間の最盛期を終えた。かつて高価だった渦巻模様の鋼鉄の門扉は今では犬が用を足す場所となり、カビ臭く、水漏れする建物は分割されて賃貸アパートに変わっていた。出入りするのはクスリの売人、中毒者、チンピラ、酔っ払い、売春婦、胡散臭いマルチ商法の親方とその手下、ペテン師、家賃の取り立て屋等々。互いに寄生する雑多な生きものが棲むサンゴ礁のようだった。

この間、スターバーストの区分所有者は必要な修繕工事をせず、入居者が次々回転するのを待っていた。最初にやって来るのは低家賃に釣られたアーティストたち。エネルギーを持て余し、恨みに満ちあふれ、世界を変えるつもりでいる。次は新進デザイナーやグラフィック・スタジオ。周囲のダーティなクールさを真似て自らのスタイルにするのが狙い。その後に来るのは、いかがわしい遺伝子売買ショップ、あくどいファッション業者、いんちき画廊。最新流行のレストランもオープンする。メニューは、ドライアイス、培養肉、代用肉を使った分子混合フュージョン料理。付け合わせには絶滅危惧種を大胆に使う——当時、こうした店で人気だったのは、ムクドリの舌のパテだった。ほとんどの所有者は強大なコーポレーションを通じて財をなした連中で、不動産投資でさらなるもうけを目論んでいた。ムクドリの舌のパテがブームになったら、崩壊しそうな賃貸アパート部分を取り壊し、短期投資目的の富裕層向け高級マンションを何棟も建てるつもりだったのだろう。

だが、スターバーストは次の最盛期にはまだほど遠い状態だったから、ゼブは余計なことに首をつっこまず、よろよろ歩いて、頭をやられたヤク中に見せておけば安全だった。チャックのようなスパイの注意を引きたくなかったから、あらゆる人やものから距離を置いた。

たまたま見たニュースで、レヴが裁判開始前に保釈を認められ、無実を訴える声明を出していることを知る。曰く、自分は反宗教・反〈オリアム〉の左翼陰謀団の犠牲者だ。彼らは清純な先妻フェネラを誘拐・殺害しておいて、彼女がふしだらな生活を求めて逃げたという悪質なデマを流した。自分もデマを信じ、これまでずっと苦しんできた。しかも、この卑劣な陰謀団は私の名を汚し、〈聖なるオリアム〉の評判を貶めることを狙って、遺体を教会の庭に埋めたのだ。

保釈されたレヴは自宅に戻り、石油《ペトロリアム》教会のメンバーと連絡を取っただろう——〝本物〟の熱狂的信者は横領容疑でつかまった彼を拒絶するにせよ、金目当てで教会に来るシニカルな連中とは話ができたはず。そして、哀れなフェネラの骨がロックガーデンで植物の肥やしになっていると誰が通報したか、およその目星がつき、冷酷な憎悪を募らせ、復讐を誓っているにちがいない。

一方、機を見るに敏いトゥルーディは、自らの悲劇を綴る自伝出版の契約を結び、多くのオンライン・インタビューをこなしていた。どれだけレヴに騙されていたか——妻を失い、悲嘆に暮れながらも大義に奉仕する人だと信じて結婚し、ともに神に仕えてきたのに。フェネラの子、幼いアダムのよき母親にもなりたいと思っていた。あの子が見つからないのは無理もない。感性が鋭く、今の私みたいに世間の目にさらされるのはいやだろうから。レヴの残忍な正体がわかって、どんなに恐ろしかったことか！　事実を知ってからというもの、フェネラの魂のために祈り、赦しを請うてきた。彼女に何が起きたのか、これまで知る由もなかった。だって、ほかの人たちと同じように、フェネラはどこかのヤクザなメキシコ系テキサス人と逃げたと信じていたのだから。彼女を故なく批判したことを今は恥じている。

それなのに、教会の信者——これまで本物の兄弟姉妹のように思ってきたのに——の中には、レヴが残忍な犯罪や窃盗を重ねる間、妻としてその傍らにいたことを責め、今も口をきいてくれない人たちがいる。信仰だけがこの辛く苦しい試練を乗り越える支えだ。行方不明の愛する息子ゼブロンに一目だけでも会いたい。父親の本性を思えば、あの子が道を踏み外したのも不思議はない。どこにいるか想像もできないが、ともかく彼のために祈っている。

その愛しい息子はと言えば、何としても行方不明のままでいるつもりだった。とはいえ、トゥルーディが涙ながらに語るオンライン・インタビューをハッキングして、おどろおどろしい亡霊の声で彼女を非難したい誘惑は強かった。とんだＤＮＡだ——詐欺師でサイコパスの父親。身勝手で嘘つきで、金に異常に執着する母親。こうなったら、トゥルーディがナルシシストで貪欲なだけでなく、レヴに隠れてどこの馬の骨ともしれない野郎と園芸用具入れの中で密会するふしだらな浮気女だったことを願うばかりだ。それならゼブは、素性のしれない本当の父親――指輪や腕輪をじゃらじゃらさせたハイソな雇い主の主婦とすぐにセックスする、季節雇いのやり手の庭師――から、そのあやしげな才能を受け継いだ可能性も出てくるから。うぶな女をたらし込む術、リアルでもバーチャルでも、窓をすり抜ける才能、逃げるが勝ちの姑息さ、それに、ほぼ完璧に姿をくらます技。

だから、レヴにあれほど嫌われていたのかもしれない。素性のわからぬ子どもをトゥルーディに押しつけられても、一緒に庭に穴を掘った以上、文句を言えない。つまりは、彼女を殺すか、彼女の存在を浮気性もろとも受け入れるかしかなかったのだ。レヴのＤＮＡ――髪の毛を数本とか、足指の爪のかけらとか――を盗むことを思いついていれば、検査をして、気持ちが落ち着いただろうに。いや、落ち着かなかったか。だが少なくとも、レヴとの親子関係は確かめられたはずだ。

レヴとそっくりなアダムについては疑問の余地がなかった。あいつの上品さはもちろんフェネラから受け継いだものだ。不運な彼女はおそらく信心深いタイプ――きれいに洗った手、マニキュアはなし、ひっつめ髪、ひらひらした縁飾りのない白い下着――で、善行を積み、人助けをしたいと願っていたのだろう。いいカモだった。〈詭弁〉の大王レヴなら、自分の伴侶になるのは天命だとやすやすと説得できたはず。彼に尽くし、ともに聖なる使命を果たすつもりなら、喜びや快楽は諦めなくてはならない、とも。やつは女のオルガスムなんてお構いなしだ。はっきり言って、最低のセックスだったにちがいない。

そんなことを考えながら、ゼブは昼間、スターバーストのじめじめした隠れ家でＴＶを見ていた。あるいはボコボコでシミだらけのマットレスの上で寝返りを打っては、頼りない鍵のかかったドアの外から聞こえる怒鳴り声や叫び声を聞いていた。血気にはやる声、ヤク中のばか騒ぎ、憎悪、恐怖、狂気。叫び声はさまざまに変化した。心配なのは、叫びが中途で途切れる時だった。

ようやくアダムから連絡が来た。落ち合う場所と時刻、それから服装の指示も。赤とオレンジはだめ。できれば、茶色のプレーンなTシャツ着用のこと。グリーンもだめ。エコ狂いの敵対勢力のことを考えると、政治色が強すぎるから。

場所はニューアストリアにある目立たないハッピーカッパ。半分水没して倒壊しそうなウォーターフロントのビル群からは、そこそこ離れている。ゼブはハッピーカッパの小さな気取ったテーブルの後ろに身体を押し込んで、ミニチュアみたいな椅子――幼稚園時代を思い出す。当時も園児用の椅子は小さすぎた――に座り、ハッピーカプチーノ一杯でねばり、元気づけのためにジョルトバーを半分食べながら、アダムがどんな奇策を持ちかけてくるか、想像していた。すでに仕事を用意しているはず――じゃなかったら、会おうと言ってくるはずがない――だが、どんな仕事だ？　虫退治？　悪質ブリーダーの夜警？　やつがこれまでどこにいたのか知る由もないが、どんな人脈を作り上げてきたのだろう？

アダムは、待ち合わせ場所に連絡係を行かせるようなことを言っていた。それが安全なのかが心配だった。それまで二人は自分たち以外の人間を信用することを警戒していたから。もちろん、アダムは充分注意するはずだ。だが、彼の几帳面さゆえのパターンは見破られる危険があった。予測できない行動こそがカモフラージュの極意だ。

ゼブは窮屈な椅子に座ったまま、連絡係を見つけようと、入ってくる客を観察していた。ホルターネックのトップスを着て、角が三本付いたラメ入りヘアバンドをした性別不明の金髪？　いや、違うだろう。じゃあ、クリーム色の短パンにウェッジソールを履き、昔風の幅広ベルトをつけて、ガムを嚙んでるぽっちゃりした女？　虚ろな表情だが、おおかた演技に決まっている。若い女の場合は特にそうだ。それとも、こっちのおとなしいおたくに見える若者か？　ニキビ面の同級生が大勢集まった講堂で、急にマシンガンを撃ちまくるタイプだ。いや、彼も違う。

驚いた。アダム本人だ。誰もいなかった向かいの席に突如姿を現した。まるで亡霊の出現だった。アダムはパスポート写真みたいだった。色あせて光と影だけになった写真。死後の世界から戻ってきたかのように目がギラギラ光っていた。Tシャツはベージュ、野球帽にはスローガンもロゴもない。ハッピーモカを注文したのは、二人がIT関連のおたくで一緒に休憩している、あるいは、沈みかけた飛行船のように破綻間近のスタートアップ企業について打ち合わせ中に見せる演出だ。ハッピーモカはアダムにまったく似合わない。実際、混じり物いっぱいのこの飲み物に口をつけるのか見ものだった。

「大声を出さないで」これがアダムの最初に発したことば。目の前に姿を現したと思ったら、その瞬間に指示を出していた。

「くそでかい声で叫ぼうかと考えてたところだ」とゼブ。下品な言葉遣いを咎められると思ったが、アダムは食いついてこなかった。よく見ると、何かが違った。つぶらな青い瞳はいつもどおりだが、髪の色が明るい。白髪が増えたのか？　新しく生やした口ひげも色が明るかった。「おれも会えてうれしいぜ」と言ってやった。

アダムはにこりとする。一瞬の微笑み。そして、「サンフランシスコ近くのヘルスワイザー・ウェストで仕事をしてもらう」と言った。「データ入力の仕事。手配しておいたからね。ここを出る時、左膝の横にあるショッピングバッグを持っていって。必要なものは全部入ってる。IDを作るには、スキャンと印刷をしないといけない――それができる場所も書いておいた。古いIDは処分すること。オンライン情報もすべて削除しなくちゃだめだよ。でも、こんなことを言う必要はないね」

「それはそうと、今までどこにいたんだ？」ゼブが訊ねた。

アダムはいつもの人をいらいらさせる、聖人ぶった笑みを浮かべた。虫も殺さぬような顔ってやつだ。実際、あいつが虫を殺すことは絶対になかった。「機密情報。人の命に関わることだから」こういう態度だから、やつのベッドにヒキガエルを入れたくなるのだ。

「教えないってことだな。ＯＫ。ところで、ヘルスワイザー・ウェストって何だ？　おれは何をすればいいんだ？」

「構内の一つ」アダムが答えた。「研究・イノベーションをやっていて、専門は医療用の薬品。それから、高濃度ビタミンサプリメントとか、遺伝子接合や遺伝子操作で能力を増強するための材料――特に、疑似ホルモンや混合ホルモン――とかも。力のあるコーポレーションだよ。優秀なスタッフが揃っている」

「どうやっておれを入れることができたんだ？」

「新しい知り合いがいてね」アダムは、相変わらずの〝ぼくは君よりいろんなことを知っているんだ〟という優越感の微笑みを浮かべていた。「彼らが気をつけてくれるからだいじょうぶ」そう言って、首を伸ばしてゼブの後ろのほうを見てから、自分の腕時計を見た。というか、腕時計に目を遣ったようだった。上手に注意をそらすアダムのミスディレクション作戦。実際は、部屋を見渡して、怪しい人物がいないかチェックしていたのだ。

「はっきり言えよ」とゼブ。「おれに何かをさせたいんだろ」

アダムは微笑んだまま「ブラックライトのヘッドランプになってもらう」と言う。「潜入したら、ネットでの連絡には特別に気をつけること。そうそう、新しい共有フォルダを作ったんだ。新しいアクセスポイントも設定した。西風のサイトはもう使っちゃだめだよ。すでに見つかっているかもしれない」

「ブラックライトのヘッドランプって何だ？」ゼブは訊いた。だが、アダムはすでに席を立ち、ベージュのＴシャツのシワをのばしてから、出口に向かっていた。ハッピーモカにはまったく口をつけていなかった。仕方ないので、ゼブが代わりに飲み干した。ヘーミン地で、ハッピーモカが手つかずのままだと驚かれるだろうから。あんな場所で無駄金を使えるのはポン引きくらいなものだ。

ゼブは急ぐそぶりを見せず、時間をかけてスターバーストに戻った。帰る道すがら、首の後ろがずっとピリピリしていて、絶対に誰かに見られていると思った。だが、誰も襲ってこなかった。部屋に戻ると、安物の最新型使い捨て携帯電話で「ブラックライトのヘッドランプ」を調べる。「ブラックライト」は今世紀初頭の新奇商品で、解説によると、暗闇でものが見えるようになる光線。というか、暗闇でその光線を当てると光るものがあるらしい。たとえば、眼球。歯。白いベッドシーツ。〈暗闇で光る《グロー・イン・ザ・ダーク》〉へアジェル。霧。「ヘッドランプ」はその名のとおりで、自転車屋やキャンプ用品店で売っているもの——もはや廃墟のビル以外でキャンプするなど不可能だったが。

アダム、礼を言うぜ、とゼブは思う。めちゃくちゃ助けになるぜ。まるでわかんねえ。

それから、アダムのショッピングバッグを開けた。偽装グッズが整理されて入っている。まずは大型トラック《トラッカピラ》でサンフランシスコまで行き、それから市内に潜り込まなくてはならない。

腸内パラサイト・ゲーム

アダムの準備は徹底していた。やることリスト——要焼却——があり、現金の入った大きな封筒もあった。たしかに、偽の証明書類を準備するため、グレイマーケットの偽造屋に支払う現金が入り用になるはずだ。クレジットカードも入っていたから、アダムが勧めるような服を買い揃えることもできる。服装の指示は具体的だった。基本はカジュアルなおたくルック。茶色のコーデュロイパンツにプレーンなTシャツとチェック柄——茶色と灰色——のシャツ。それに、度の入っていない丸めがね。靴のおすすめはスニーカー。ゴムのストラップがたくさんついたモデルで、ゼブが履くと、ゲイのモリス・ダンサー〔モリス・ダンスはイギリスの民俗舞踊。鈴付きの木靴を履いて踊る〕か、コスプレショーを抜け出したロビンフッドに見える。帽子は二〇一〇年代に再流行したスチームパンク風の山高帽だという。アダムはどうしてそんなことを知ってるんだ？　ファッションには一切関心がなかったはずなのに。しかし、無関心は関心の一つの表れでもある。きっと、他人の服装をチェックして、自分は着ないようにしていたのだろう。

　ゼブに与えられた名前はセス。アダムのちょっとした聖書ジョークだった。セスが「任された」という意味なのは、二人にとって常識だ。というのも、聖書に出てくるおもだった名前や物語は、ドライバーで頭にねじ込まれるようにして、叩き込まれていたから。セスはアダムとイヴの第三子で、殺害された兄アベルの代わりを任されたが、アベルは完全に死んだわけではなく、大地に流れた彼の血は叫び続ける。要するに、「セス」が消息不明で死んだと思われているゼブになり代わるという筋書きだ。寛大なるアダムのご厚意で代役を仰せつかったってわけだ。まったく、くそ面白いぜ。

アダムはゼブ／セスに、ヘルスワイザー潜入前に新しいチャットルームを試し、その後は週に一度アクセスして、生存しているサインを送ることも求めた。そこで翌日、指紋や虹彩スキャン情報を偽造証明書に登録するため、遠回りして偽造屋に行く途中、手近なネットカフェに入り、アダムが準備したアクセスポイントを経由してログインした（〝記憶したら処分すること〟という、バカにしたメモまでついていた）。

最初のアクセスポイントはバイオおたくが知識を競うゲーム、エクスティンクタソンのサイト。管理者はマッドアダム。〝アダムは生ける動物に名前をつけた。マッドアダムは死んだ動物に名前をつける。プレイしますか？〟ゼブはアダムから教えられたコードネーム――スピリット・ベア――とパスワード〝クツヒモ〟を入力し、サイトに入った。

往年のTVクイズ番組〈動物、野菜、それとも鉱物？〉に似たゲームのようだった。対戦相手の出すあいまいなヒントをもとに、甲虫、魚、植物、爬虫類等々の絶滅種を当てなくてはならない。消滅した種のリストを延々と読み上げるゲーム。退屈なのは折り紙付き。コープセコーの連中だって寝落ちしてしまっただろうし、ほとんど回答できなかったはず。正直、ゼブにもちんぷんかんぷんだった。ベアリフトの連中としばらく過ごして、知識量にこだわる彼らが互いに対抗意識を燃やす中でもまれていた――〝ステラーカイギュウを知らないの？　えっ、マジで？〟自己満足の薄ら笑い――が、それでも皆目わからなかった。

多少ともプライドのあるコープセコーの人間がエクスティンクタソンのサイトで五分過ごせば、叫びながら、酒を求めて逃げ出したにちがいない。偽装工作という点では、この極度に退屈なゲームは虚ろに宙を見つめるのと同じくらい効果的だった。万人に開かれたエコ狂いのサイトに秘密が隠されているとは、誰も思わない。コープセコーの連中が調べ上げていたのも、おそらくバイオ・インプラントの広告や、オフィスに居ながらにして珍獣のオンライン射撃が楽しめるサイトだろうから。アダムのやつ、満点だな。

アダム自身がこのゲームを作ったのだろうか？　管理者の名義に、自分の名前を埋め込んで？　あいつが動物に特別な興味を示したことはなかった。ただ、考えてみると、レヴの創世記についての解釈――神が動物をお創りになったのは、人間が動物を愛し、利用するためだ。ゆえに、人間はいつでも好きな時に動物を絶滅させてよい――をうっすらと軽蔑していることは知っていた。エクスティンクタソンは、憎きレヴに対するアダムの反論なのだろうか？　何かの因縁で、エコ狂いの一派とつるむことになったのか？　脳みそをだめにする幻覚剤を吸い過ぎて植物の妖精と仲良くなって、宗旨替えしたのかもしれない。だが、それはありそうにない話だ。ドラッグのリスクがあるのはゼブのほうで、アダムではなかったから。いずれにしても、アダムが誰かと組んでいるのは間違いない。こんなことをすべて、一人でやり通せるはずがない。

ゼブはそのままログインして、〝はい〟を選び、対戦準備ＯＫのサインを送ると、画面が切り替わった。〝ようこそ、スピリット・ベア。一般ゲームをしますか？　それとも名人と対戦しますか？〟アダムの指示に従い、名人との対戦をクリックする。

〝了解しました。ご自分のプレイルームへどうぞ。マッドアダムがそちらでお会いします〟

プレイルームに到達するには、さまざまなサイトの画像に張られたリンクを転々と飛び、複雑な経路を辿らねばならなかった。中継ポイントの多くは広告画像だったが、リストの場合もあった。たとえば〝怖すぎるイースターバニー画像トップテン〟〝史上最強の恐怖映画十選〟〝恐ろしい海獣ベストテン〟怯えきった子どもを膝に乗せた紫色のビロード製の狂ったウサギの前歯にアクセスポイントがあり、そこから『ナイト・オブ・ザ・リビングデッド』オリジナル版の墓石に飛び、さらにシーラカンスの目に。

そして、ようやくチャットルームに入った。

〝マッドアダムのプレイルームにようこそ、スピリット・ベア。メッセージが届いています〟

ゼブは〝メッセージ配信〟をクリックする。

〝ハロー〟これがメッセージの書き出しだった。〝ほらね、うまくいく。来週のチャットルーム・アクセスポイント一覧を送る。A〟

大したミニマリストだよ。ゼブは思った。何も話す気はないんだな。


アダムお勧めの衣装を買った。だが、丸めがねや靴はとうてい受け入れがたく、全部揃えるのはやめにした。シャツとパンツは着古した感じが出るよう、わざと食べ物をこぼし、少しほつれを作り、さらに洗濯機で何度か洗う。その後、それまで着ていた服を数か所のごみ箱に分けて処分し、スターバーストの安っぽい部屋から自分の痕跡を可能なかぎり消し去った。

スターバーストでの借金を清算し――取り立て屋に追われては計画が台無しになりかねない――、大陸を横断してサンフランシスコに向かう。指示どおりにヘルスワイザー・ウェストへ出向き、偽造した書類を提示すると、迎えに出たぽっちゃり顔のスタッフが〝やあ、よく来たね。すぐに慣れるよ。みんなでサポートするから〟と、型どおりの台詞で軽やかに歓迎してくれた。

トラブルは一切なかった。彼の到着は予定通りで、すんなり受け入れられた。潤滑油を塗ったように滑らか、摩擦なし。

ヘルスワイザー・ウェストでは、住居棟の独身者用の部屋を割り当てられた。どの建物にも荒れた様子はない。通路周辺はきれいな庭で、屋上にはプールがあり、給排水や電気も問題ない。もっとも、内装はいたって簡素で殺風景だ。ベッドはクイーンサイズで、これは幸先がいいと思った。どうやら、へルスワイザー・ウェストの構内社会において、独身は「性交渉なし」を意味しないらしい。

仕事場のある高層ビルにはカフェテリアがあり、飲食したものを記録する磁気カードが支給された。スタッフ全員にポイントが割り当てられ、それを使ってメニューにあるものは何でも注文できる仕組み。食材はすべて本物。ベアリフトで食べていた、どろっとした正体不明のものとは違う。しかも、酒類には本物のアルコール――酒に求める最低限のこと――が入っていた。

ヘルスワイザーの女たちは皆、きびきびと忙しく仕事をして、おしゃべりをする暇などなさそうだった。それに、安っぽいナンパの口説き文句など一切受け付けない雰囲気で、口説く気にもならなかった。ゼブのほうも、いろいろ質問されるのを警戒して、誰かと深い関係になるのを避けた。とはいえ、浮いた話がまったくなかったわけではない。すでに若い女性スタッフ何人かが〝セス〟という名札――ヘルスワイザーでは名札が自己表現のファッション・アイテムだった――に目をやっていた。うち一人は、見慣れない顔だけど、新人?と話しかけてきて、自分も入社して間もないんだけど、と続けた。

ひょっとして今、肩のあたりを少しよじらせたのか? 意味深にまばたきをしたか? 〝マージョリー〟という名札を読んだだけで、胸を長いこと見たわけじゃないが、ごく普通のサイズだった。ヘルスワイザーでは、派手なバイオインプラントは一般的ではなかった。マージョリーはまるい鼻に茶色の目、従順なスパニエル犬のような顔立ちの娘。いつもならば積極的に迫っただろうが、今回は、またそのうち、と言って別れた。彼女との再会は願いごとリストの第一位ではなかった――何と言っても第一位はつかまらないこと――が、最下位というわけでもなかった。

セスに与えられた仕事はそこらへんの低級IT技術者でもできるありふれた内容だった。やることと言えば、ヘルスワイザーの天才たちが持ち寄る大量のデータやがらくた情報を記録・比較するためのデータ入力。作業には、便利だがつまらないソフトを使う。要するに、デジタル秘書で、それ以上のことは求められていなかった。

作業は簡単で、片手、それも指二本でちょいちょいと片付けると、時間がたっぷり余るほどだった。ヘルスワイザーのプロジェクトマネジャーは勤務状態を厳しく管理せず、求めるのは入力作業のスムーズな進行だけ。だから、仕事の合間にヘルスワイザーのデータベースを探っても邪魔されることはない。まず、ＩＴセキュリティをチェックして、外部から侵入された形跡がないかを調べた。ハッキングは重要な情報だから、把握しておきたかった。

最初は、確証をつかめなかった。だが、ある時データのレイヤーの深い部分を調べるうちに秘密のトンネルらしきものを探り当てた。何とか入り込むと、そこはもうヘルスワイザーのサイトではなく、厳重な――燃えさかる炎で囲んだような――ファイアウォールの外だった。その後、アクセスポイントをいくつも経由してエクスティンクタソンのチャットルームに到達すると、メッセージが待っていた。〝必要な時だけ使うように。長居は無用。痕跡はすべて消去すること。Ａ〟素早くログアウトして、侵入の記録をすべて削除した。また新たにポータルへのアクセスポイントを作らなくてはならない。というのも、このトンネルを使っている人間が、誰かがここを通ったことに気づくかもしれないから。

ゲーム好きのセスというキャラを広めることにした。そうすれば、エクスティンクタソンへのログインも不審がられない。作戦上の必要だったが、ゲームに挑戦したい気持ちもあり、また、勤務時間中にゲームに興じても咎められないか――スタッフはそんなふうに時間を無駄にしてはいけない、少なくとも長時間はだめだと言われていた――試したかったし、人目を欺くのがどのくらい簡単かも試したかった。自分の腕を落とさないためにもやってみたいと思った。

娯楽用オンラインゲームは、似たり寄ったり――武器や爆発が絡むものばかり――だったが、ヘルスワイザー・ウェストのバイオおたくが自分たちで作ってアップするゲームもあり、こちらは彼らのおたくぶりが遺憾なく発揮されていた。その中で、スパンドレルはよくできたほうだった。このゲームは、機能的には意味のない余計な外観的特徴、スパンドレルをある生物体《バイオフォーム》に付け加え、それをつがい選びの要素にしたうえで、進化によってどういう個体が生み出されるかを早送りで見るというもの。雄鶏のような肉垂が額にあるネコ、口紅をつけたように真っ赤で大きな唇のトカゲ、左目が巨大な男。何であれメスの好みが重視されるので、実生活と同じく、オスの属性に対するメスの悪趣味を操ればよい。その後、捕食者と獲物を競わせる。超セクシーなスパンドレルは捕食のスキルを妨げたり、獲物の逃げ足を遅くしたりするのだろうか？ プレイヤーのオスが充分にセクシーでなければ、セックスがかなわず絶滅種になる。セクシーすぎても、食べられて、やはり絶滅する。セックスとディナーの微妙なバランス。突然変異セットも少ない課金で入手可能だ。

ウェザーモンスターズも悪くなかった。自分のプレイヤー――小さな人間の姿をしたアバターで、性別を選べる――を極度の悪天候の中に置き、どれだけ長く生きられるかを競う。ポイントを獲得するとアバター用のツールが買える。たとえば、より速く走れて、より高く跳べるブーツ、雷を防ぐ服、洪水や津波用の浮き板、山火事の際、鼻を覆うウェットティッシュ、雪崩で雪に閉じ込められた時に食べるジョルトバー。それに、ショベル、マッチ、斧。アバターが大規模土砂崩れ――壊滅的な大災害――を生き延びれば、ツールボックスを一つと次回以降に使える千ポイントがもらえる。

ゼブがいちばん遊んだのは、腸内パラサイト――気味の悪いぬるっとした寄生虫だが、バイオおたくたちの大のお気に入り――というゲームだ。寄生虫は醜いことこの上なく、たくさんのフックが口を取り囲み、目がない。除去するには、毒入りの錠剤を使うか、ナノサイズのロボットやモテイン〔必要に応じて自立的に形状変化する鎖状の超小型ロボット〕を大量に送り込む必要がある。さもないと、無数の卵をプレイヤーの体内に産み付けたり、脳内に侵入して涙管を伝って外に出てきたり、自己分裂して内臓を腐って溶けかかった肉の塊にしたりする。これは実在する生きものなのか？　それとも、バイオおたくがでっち上げたものか？　生物兵器計画の一環として、実際にあの寄生虫の遺伝子接合を行っているという、恐ろしい話なのか？　まったくわからない。

腸内パラサイトをやりすぎると、絶対に悪夢を見ます――これが画面上に流れるゲームの謳い文句だった。当然、人の警告にけっして従わないゼブはゲームをやりすぎて、悪夢を見るようになった。たしかに悪夢を見るようになったが、このゲームの別バージョンを作った。その際、気味悪い口の一つに新しいアクセスポイントを設定し直した。三重にロックしたＵＳＢメモリにプログラム・コードを保管すると、それを輪ゴムの山、鼻をかんだティッシュ、ばらけたのど飴などが雑然と入った上司の机の引き出し奥にしのばせた。誰もそんなところを覗きはしないだろう。

マーガレット・アトウッド(Margaret Atwood)
カナダのオタワ生まれ．トロント大学，ハーバード大学で英文学を学び，大学で教鞭をとった後，カナダを代表する作家となる．詩，小説，評論，グラフィック・ノベルなど，幅広いジャンルの著作は50点を超え，45か国で翻訳・出版されている．
二度のブッカー賞をはじめ，カナダ総督文学賞，アーサー・C・クラーク賞，ドイツ書籍協会平和賞，フランツ・カフカ賞など，数々の文学賞を受賞．
邦訳に『オリクスとクレイク』『洪水の年』のほか，『侍女の物語』とその続編『誓願』，『昏き目の暗殺者』『またの名をグレイス』など．

林 はる芽
翻訳家．東京大学，リヨン第二大学，イーストアングリア大学で仏文学，美術史学を学ぶ．
訳書にフレデリック・マルテル『超大国アメリカの文化力』(共監訳)『メインストリーム』『現地レポート 世界LGBT事情』(以上，岩波書店)など．

マッドアダム 上　　　マーガレット・アトウッド

2024年3月22日　第1刷発行

訳 者　林《はやし》 はる芽《め》

発行者　坂本政謙

発行所　株式会社 岩波書店
〒101-8002 東京都千代田区一ツ橋2-5-5
電話案内 03-5210-4000
https://www.iwanami.co.jp/

印刷・精興社　製本・牧製本

ISBN 978-4-00-024837-2　　Printed in Japan